Diogenes Taschenbuch 21630

de
te
be

Margery Allingham

Überstunden für den Totengräber

Roman

Aus dem Englischen von Theda Krohm-Linke

Diogenes

Titel der Originalausgabe:
›More Work for the Undertaker‹

Umschlagillustration von
Hans Traxler

*Dieses Buch ist allen
alten und geschätzten Kunden gewidmet,
mit Hochachtung und der Bitte
um Verzeihung für die unvermeidliche
Verzögerung bei der Auslieferung
von Waren.*

Deutsche Erstausgabe

150/88/36/1
ISBN 3 257 21630 0

Jede Figur in diesem Buch ist das sorgfältige Ebenbild einer lebenden Person, von denen jede nicht nur über die genaue, sondern auch über die nachsichtige Charakterisierung ihrer selbst entzückt war. Jede Ähnlichkeit mit nicht zu Rate gezogenen Personen ist daher unbeabsichtigt.

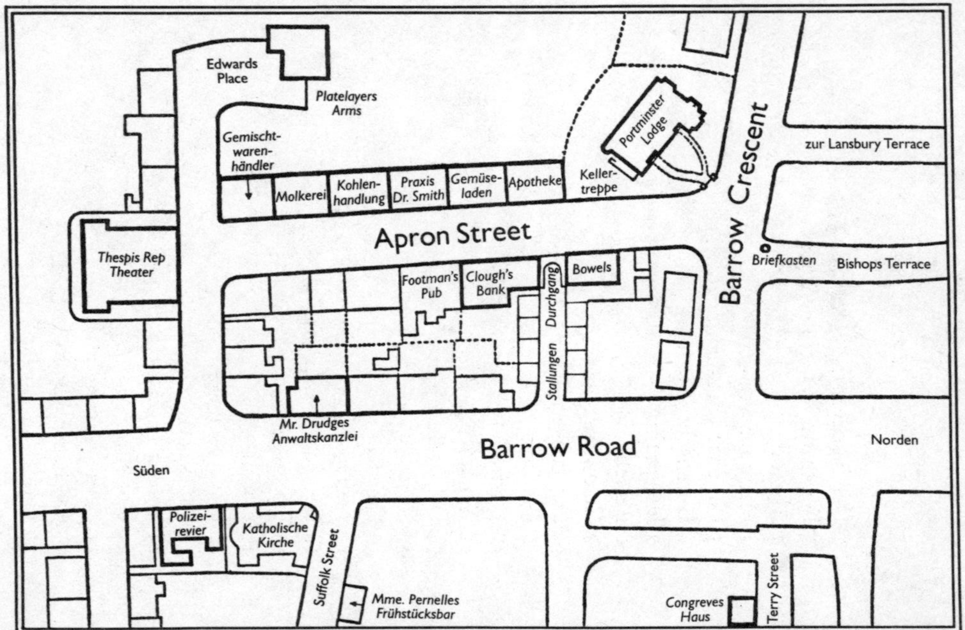
Edwards Place
Platelayers Arms
Gemischtwarenhändler
Molkerei
Kohlenhandlung
Praxis Dr. Smith
Gemüseladen
Apotheke
Kellertreppe
Portminster Lodge
Barrow Crescent
zur Lansbury Terrace
Briefkasten
Bishops Terrace
Apron Street
Thespis Rep Theater
Footman's Pub
Clough's Bank
Durchgang
Bowels
Stallungen
Mr. Drudges Anwaltskanzlei
Barrow Road
Norden
Süden
Polizeirevier
Katholische Kirche
Suffolk Street
Mme. Pernelles Frühstücksbar
Congreves Haus
Terry Street

Inhalt

Hört gut zu, was ich euch berichte.
Es ist eine wirklich komische Geschichte.
Ein gewaltsamer Tod
ist für viele das tägliche Brot.
Der Totengräber hat reichlich zu tun,
und auch der Steinmetz darf nicht ruhn.
Auf dem Dorffriedhof da oben
haben sie ein frisches Grab ausgehoben.
Da drin ist's wenigstens warm im Winter!

Music Hall Song, um 1890

I

Der Nachmittag eines Kommissars

»Hier habe ich mal eine Leiche gefunden, da hinten, gleich hinter dem Bogen«, sagte Stanislaus Oates und blieb vor dem Schaufenster stehen. »Das vergesse ich nie. Als ich mich runterbeugte, streckte der Kerl plötzlich die Arme aus, und seine eisigen Finger schlossen sich um meinen Hals. Sie hatten glücklicherweise keine Kraft mehr. Er war schon fast hinüber und starb, noch während ich mich von ihm losmachte. Aber es ist mir trotzdem kalt den Rücken heruntergelaufen. Ich war damals noch Hauptwachtmeister.«

Er wandte sich vom Schaufenster ab und ging weiter den belebten Bürgersteig entlang. Sein verschossener, schwarzer Regenmantel umwehte ihn wie ein Talar.

Äußerlich hatten ihn die achtzehn Monate als Chef von Scotland Yard nicht verändert. Er war immer noch derselbe schäbig angezogene, magere Mann mit der leichten Neigung zum Bauchansatz, und sein graues, scharfnasiges Gesicht wirkte unter dem Schatten seines weichen, schwarzen Hutes so traurig und zurückhaltend wie eh und je.

»Ich bin diesen Weg schon immer gern gegangen«, fuhr er mit düsterer Begeisterung fort. »Das war fast dreißig Jahre lang der Höhepunkt meiner Tätigkeit.«

»Und immer liegen die süßduftenden Blüten der Erinnerung darauf«, kommentierte sein Begleiter lächelnd. »Was war das für eine Leiche? Der Ladenbesitzer?«

»Nein. Irgend so ein armer Teufel, der einbrechen wollte. Er stürzte aus dem Dachfenster und brach sich das Genick. Das ist schon so lange her, daß es beinahe nicht mehr wahr ist. Was für ein angenehmer Nachmittag, Campion, finden Sie nicht auch?«

Sein Begleiter antwortete nicht. Er war damit beschäftigt, sich aus den Armen eines Passanten zu winden, der gegen ihn gelaufen war, als Oates ihm plötzlich einen Blick zugeworfen hatte. Die meisten Leute auf der Straße kannten den alten Kriminalbeamten nicht, aber für einige glich sein Erscheinen dem friedlichen Dahinschwimmen eines großen Flußfisches, dem man besser ausweicht.

Auch Mr. Albert Campion war manchen kein Unbekannter, aber sein Arbeitsfeld war kleiner und entschieden exklusiver. Er war ein großer Mann in den Vierzigern, überschlank, mit dünnem Haar, das früher einmal blond, jetzt aber beinahe weiß gebleicht war. Seine Kleidung war teuer genug, um unaufdringlich zu wirken, und trotz einer ungewöhnlich großen Hornbrille besaß sein Gesicht viel von dieser seltsamen Anonymität, die man in seiner Jugend so bemerkenswert gefunden hatte. Er besaß die wertvolle Gabe, wie ein eleganter Schatten zu wirken, und er war, wie ein berühmter Kollege einmal neidisch bemerkt hatte, ein Mann, vor dem sich auf den ersten Blick niemand fürchtete.

Er hatte die unvorhergesehene Einladung seines Chefs zum Mittagessen nur mit Vorbehalt angenommen, und der gleichfalls ungewöhnliche Vorschlag, einen Verdauungsspaziergang im Park zu machen, ließ bei ihm den Entschluß reifen, sich in nichts hineinziehen zu lassen.

Oates, der für gewöhnlich rasch ausschritt und wenig redete, trödelte. Plötzlich hob er den Kopf. Campion folgte seinem Blick und sah, daß er auf der Uhr über dem Juwelierladen zwei Häuser weiter ruhte. Es war gerade fünf Minuten nach drei. Oates schnaufte befriedigt.

»Wir wollen uns mal die Blumen anschauen«, schlug er vor und überquerte zielstrebig die Straße. Er steuerte auf eine Gruppe kleiner grüner Stühle zu, die ansprechend im Schatten einer mächtigen Buche gruppiert waren. Dort setzte er sich, wobei er die Schöße seines Mantels wie einen Rock über die Knie zog.

Sie waren allein, abgesehen von einer Frau, die auf einer der öffentlichen Bänke längs des Kiesweges saß. Volles Sonnenlicht ergoß sich über ihren gebeugten Rücken und das Viereck der Zeitung, in die sie vertieft war.

Sie war gerade noch mit bloßem Auge zu erkennen. Ihre kleine Gestalt war von unterschiedlich langen Kleidungsstükken umhüllt, und verschiedenfarbige Kleidersäume zogen sich wie eine Girlande über die faltigen Strümpfe an ihren übereinandergeschlagenen Beinen. Aus dieser Entfernung sahen ihre Schuhe wie mit Gras ausgestopft aus. Aus jeder Öffnung sprossen Rispen, eine davon sogar aus dem Zeh. Es war warm in der Sonne, aber um ihre Schultern lag etwas, das früher vielleicht einmal ein Pelz gewesen war. Ihr Gesicht konnte man nicht sehen. Campion erspähte jedoch verfilztes Haar unter den gelblichen Falten eines Hutschleiers. Da sie ihn über ein arg zerrissenes, viereckiges Stück Pappe gebunden hatte, das flach auf ihrem Kopf saß, wirkte das Ganze ziemlich exzentrisch, ja sogar pathetisch, so ähnlich wie bei einem kleinen Mädchen, das sich verkleidet hat.

Eine zweite Frau tauchte so plötzlich auf dem Weg auf, wie das mitunter im Sonnenlicht der Fall ist. Mr. Campion, der im Moment an nichts anderes Wichtiges denken mußte, überlegte träge, wie erfreulich es war, daß Mutter Natur oft der beste Künstler ist. Er sah eine Helen Hopkinson vor sich. Sie war vollkommen, mit ihren kleinen Füßen, den vollen Brüsten, dem großen, weißen Hut, halb Weinglas, halb Blumenstrauß, und der unbeschreiblichen Ausstrahlung gesetzter Biederkeit über jeder Rundung. Er bemerkte, daß sein Chef neben ihm in dem Moment, als die aufsehenerregende Erscheinung stehenblieb, starr wurde. Ihr Mantel, den ein genialer Schneider so entworfen hatte, daß er dem Körper wie ein Seihtuch die harmlosen Umrisse eines Kruges gab, zögerte, als hinge er in der Luft. Der weiße Hut drehte sich unschlüssig hierhin und dorthin. Dann trippelten die kleinen Füße zu der Frau auf der Bank. Ein zierlicher Handschuh flatterte vor und zurück, und endlich schritt die Gestalt mitten auf dem Weg weiter, ein Bild selbstbewußter, wenn auch schwankender Unschuld.

»Ha«, sagte Oates leise, als sie an ihnen vorbeiging und sie ihr rosafarbenes, tugendhaftes Gesicht sahen, »haben Sie das gesehen, Campion?«

»Ja. Was hat sie ihr gegeben?«

»Sixpence. Vielleicht Ninepence. Kann auch ein Shilling gewesen sein.«

Mr. Campion blickte seinen von Natur aus nicht frivolen Freund an.

»Ein reiner Akt der Nächstenliebe?«

»Genau.«

»Ich verstehe.« Campion war der höflichste aller Männer. »Ich weiß, das ist selten«, sagte er sanftmütig.

»Sie macht das fast jeden Tag, immer um diese Zeit«, erklärte sein Chef unzureichend. »Ich wollte es mal mit eigenen Augen sehen. Oh, da sind Sie ja, Super...«

Schwere Schritte näherten sich über den Rasen hinter ihnen, und Superintendent Yeo, der gewissenhafteste aller Polizeibeamten, kam auf sie zu und reichte ihnen die Hand.

Mr. Campion freute sich aufrichtig, ihn zu sehen. Sie waren seit langem miteinander befreundet und hegten jene tiefe Zuneigung füreinander, die sich so häufig zwischen gegensätzlichen Charakteren entwickelt. Campions farblose Augen blickten träumerisch. Über eins war er sich nun im klaren. Wenn Oates es sich in den Kopf gesetzt hatte, sich wie ein Narr aufzuführen, so war Yeo ganz bestimmt nicht der Mann, der einen ganzen Nachmittag vergeudete und das mit sich machen ließ.

»Nun«, sagte Yeo frohlockend, »jetzt haben Sie es auch gesehen.«

»Ja«, erwiderte der Chef nachdenklich. »Die menschliche Habgier ist schon etwas Seltsames. In der Zeitung, wenn sie überhaupt von heute ist, müßte etwas über die Exhumierung stehen, aber sie liest den Artikel nicht, es sei denn, sie lernt ihn auswendig. Sie hat nicht weitergeblättert, seit wir hier sind.«

Campions mageres Kinn reckte sich einen Augenblick lang vor, dann beugte er sich wieder über das Stöckchen, mit dem er im Staub gestochert hatte.

»Der Fall Palinode?«

Yeos runde braune Augen huschten zu seinem Chef.

»Sie haben es ihm schon gesagt«, sagte er enttäuscht. »Ja, da drüben sitzt Miss Jessica Palinode, Mr. Campion. Sie ist die dritte Schwester, und sie sitzt jeden Nachmittag da, ob es regnet oder ob die Sonne scheint.«

»Und wer war die andere Frau?« Campion war immer noch in seine Hieroglyphen vertieft.

»Das war Mrs. Dawn Bonnington von Carchester Terrace«, erwiderte Oates. »Sie weiß, daß ›es nicht recht ist, Bettlern Almosen zu geben‹, aber wenn sie ›eine Frau sieht, die so heruntergekommen ist‹, kann sie der Versuchung nicht widerstehen, ›etwas zu tun‹. Das ist natürlich der reine Aberglaube. Andere Leute klopfen auf Holz.«

»Sagen Sie es doch klar heraus«, brummelte Yeo. »Mrs. B. führt bei schönem Wetter ihren Hund hier spazieren, Mr. Campion, und da sie Miss Jessica immer hier sitzen sah, bildete sich bei ihr, nicht ganz unverständlich, die Überzeugung, das arme alte Mädchen sei total am Ende. Deshalb machte sie es sich zur Gewohnheit, ihr etwas zuzustecken, und es wurde ihr auch nie verwehrt. Einer unserer Beamten hat beobachtet, daß das Ganze ziemlich regelmäßig stattfand, und ging hin, um die alte Frau wegen Bettelns zu verwarnen. Als er zu ihr kam und sah, was sie machte, war er total von den Socken.«

»Und was hat sie gemacht?«

»Ein lateinisches Kreuzworträtsel gelöst«, erwiderte der Superintendent seelenruhig. »Es gibt eins in so einer intellektuellen Wochenzeitschrift neben zwei anderen in englisch, eins für Erwachsene und eins für Kinder. Der Beamte, der weiß Gott selbst nicht ganz dumm ist, löst immer das für Kinder, und er erkannte die Seite, als er näherkam. Er war richtig schockiert, als er sah, wie sie die Wörter einsetzte, deshalb ging er an ihr vorbei.«

»Aber am nächsten Tag, als sie nur ein Buch las, tat er seine Pflicht«, warf Oates fröhlich ein, »und Miss Palinode erteilte ihm eine taktvolle, verständliche Lektion über die Ethik wahrer Höflichkeit und gab ihm eine halbe Krone.«

»Er nahm die halbe Krone natürlich nicht.« Yeos schmaler Mund war steif, aber amüsiert. »Er hatte jedoch so viel Verstand, ihren Namen und ihre Adresse herauszufinden, und er hatte eine ruhige Aussprache mit Mrs. Bonnington. Sie glaubte ihm nicht – so ist sie eben –, und sie beging ihren mildtätigen Akt weiter, wenn sie glaubte, niemand sähe sie. Interessant daran ist, daß er schwört, Miss Palinode nähme das Geld gern. Er behauptet, sie warte geradezu darauf und werde ganz blaß, wenn Mrs. Bonnington einmal nicht kommt. Na, Mr. Campion, interessiert Sie das Ganze?«

Der dritte Mann richtete sich auf und lächelte halb entschuldigend, halb bedauernd.

»Ehrlich gesagt, nein«, sagte er. »Tut mir leid.«

»Es ist ein faszinierender Fall«, sagte Oates, ohne ihn zu beachten. »Er wird bestimmt einmal zu den klassischen gehören. Es sind so unterschiedliche, interessante Leute daran beteiligt. Sie kennen sie doch, oder? Ich habe schon als Junge von Professor Palinode gehört. Er schrieb Essays und seine Frau Gedichte. Das sind jetzt die Kinder. Es sind hochintellektuelle Leute. Sie wohnen jetzt in ihrem früheren Zuhause zur Miete. Vom kriminalistischen Standpunkt sind sie nicht einfach, und jetzt ist ein Giftmörder unter ihnen. Ich dachte, das sei gerade in Ihrer Straße passiert?«

»Meine Straße hat sich ganz schön ausgedehnt«, murmelte Campion entschuldigend. »Was ist mit Ihren Leuten?«

Oates sah ihn nicht an.

»Der junge Charlie Luke ist der zuständige Inspektor«, erklärte er. »Er ist der jüngste Sohn vom alten Bill Luke. Er und der Super hier waren zusammen in der Y-Abteilung. Wenn Charlie so ist, wie ich ihn einschätze, sehe ich keinen Grund, warum er es nicht schaffen sollte – wenn ihm jemand hilft.« Er sah den jüngeren Mann hoffnungsvoll an.

»Wir geben Ihnen auf jeden Fall alle Informationen«, fuhr Oates fort. »Es lohnt sich, sich das Ganze einmal anzusehen. Die gesamte Straße scheint darin verwickelt zu sein. Es ist schon komisch.«

»Ich glaube, ich kenne den größten Teil der Geschichte schon.« Der Mann mit der Hornbrille sah sie unglücklich an. »Die Frau, der das Haus gehört, in dem alle leben, ist eine alte Varietékünstlerin namens Renee Roper. Sie ist eine Bekannte von mir. Das heißt, sie hat mir vor langer Zeit einmal einen großen Gefallen getan, als ich mich mit ein paar Ballettänzerinnen vergnügte. Sie hat mich heute früh besucht.«

»Hat sie Sie gebeten, sie zu vertreten?« Sie redeten beide gleichzeitig, und er lachte.

»Nein«, sagte er. »Renee ist nicht die, die Sie suchen. Sie ist nur ganz durcheinander, weil ein oder zwei – sind es jetzt zwei, Oates? – Morde in ihrem achtbaren Haus geschehen sind. Sie bat mich, sie für sie aufzuklären. Es tat mir leid, daß ich Renee enttäuschen mußte, und weil sie nun schon mal da war, hörte ich mir die ganze schreckliche Geschichte an.«

»Na!« Der Superintendent setzte sich auf wie ein Bär, seine runden Augen blickten ernst. »Ich bin nicht religiös«, sagte er, »aber wissen Sie, wie ich das Ganze nennen würde? Ein Omen. Es ist ein seltsames Zusammentreffen, Campion, das können Sie nicht einfach ignorieren. Es ist alles vorherbestimmt.«

Der dünne Mann stand auf, blickte über den sonnenbeschienenen Rasen zu der zusammengesunkenen Gestalt auf der Bank und zu den Blumen um sie herum.

»Nein«, sagte er traurig. »Nein, zwei Krähen machen noch keine Aufforderung, Super. Nach dem Sprichwort braucht man drei dazu. Ich muß jetzt gehen.«

2

Die dritte Krähe

Eine Krähe bedeutet Gefahr; zwei, Fremde; drei, eine Aufforderung

Oben auf dem Hügel blieb der dünne Mann stehen und blickte zurück. Winzig klein lag die Szene wie unter der Kuppel eines gläsernen Briefbeschwerers unter ihm. Da war der sonnenüberflutete Rasen, die Linie des Weges und dahinter, nun nicht mehr größer als eine Puppe, die unordentliche Gestalt mit dem Pilzkopf, ein verschwommenes Geheimnis auf der dunklen Bank. Zögernd zog Campion ein zusammenlegbares Fernglas aus seiner Tasche. Als er es ans Auge hielt, sprang ihm die Frau durch die glasige Luft entgegen, und er sah sie zum ersten Mal mit allen Einzelheiten. Sie war immer noch über die Zeitung auf ihrem Schoß gebeugt, aber plötzlich, als merke sie, daß sie beobachtet wurde, hob sie ihren Kopf und starrte ihm genau in die Augen. Er war zu weit von ihr entfernt, als daß sie das Fernglas hätte sehen können, oder auch nur, daß er in ihre Richtung blickte. Ihr Gesicht überraschte ihn.

Unter der zerrissenen Kante der Pappe, die man durch die Mittelnaht des Schleiers deutlich sah, strahlte es vor Intelligenz. Die Haut war dunkel, die Züge fein gezeichnet und die Augen tiefliegend, aber was ihn am meisten beeindruckte, war der kluge Gesichtsausdruck.

Seiner Zudringlichkeit bewußt, wandte er hastig das Glas in eine andere Richtung und wurde ganz zufällig Zeuge eines kleinen Zwischenfalls. Zwischen den Büschen hinter der Frau waren ein Junge und ein Mädchen aufgetaucht. Sie waren ganz offensichtlich unabsichtlich hinter sie getreten, und genau in dem Augenblick, als sie in den hellen Kreis von Mr. Campions siebenfach verstärktem Auge traten, packte der Junge das Mädchen an der Schulter. Verstohlen zogen sie sich zurück. Der Junge war der ältere, ungefähr neunzehn, und er besaß die ungelenke Knochigkeit, die Größe und Gewicht verspricht. Sein Kopf mit dem unordentlichen blonden Haar war barhäuptig und sein sommersprossiges Gesicht häßlich und freundlich. Campion konnte seinen Gesichtsausdruck genau erkennen und war fasziniert von der Besorgnis, die sich darin spiegelte. Das Mädchen war ein wenig jünger, und sein flüchtiger Eindruck von ihr war, daß sie seltsam angezogen war. Ihr Haar hob sich mit dem blauschwarzen Glanz von Mohnblütenstaubfäden gegen die leuchtenden Blumen ab. Ihr Gesicht konnte er nicht genau erkennen, aber er sah runde dunkle Augen, die alarmiert blickten, und wieder empfand er überrascht und fasziniert eine undefinierbare Ausstrahlung von Intelligenz.

Er hielt sein Glas auf sie gerichtet, bis sie im Schutz der Tamarisken verschwanden. Neugierig blieb er stehen. Yeos Bemerkung, daß sein Eingreifen in den Fall Palinode vorherbestimmt sei, kam ihm vor wie eine Prophezeiung.

Die ganze Woche über waren alle möglichen Dinge zusammengetroffen und hatten ihm den Fall gegenwärtig gehalten. Der zufällige Anblick dieser beiden jungen Leute war der letzte Köder gewesen. Er hätte zu gerne gewußt, wer sie waren, und warum sie solche Angst davor gehabt hatten, von dieser unwirklichen Hexe auf der Parkbank gesehen zu werden.

Er ging rasch weiter. Dieses Mal durfte das alte Sprichwort nicht in Erfüllung gehen. In einer Stunde mußte er den Präsidenten anrufen und dankbar und bescheiden das große Glück annehmen, das seine Freunde und Beziehungen für ihn bereithielten.

Als er die Straße überquerte, erblickte er eine altmodische Limousine mit einem Wappen auf der Tür.

Die alte Dame, eine Witwe mit hochwohlgeborenem Namen, wartete auf ihn und kurbelte das kleine Seitenfenster herunter, als er auf sie zukam und barhäuptig in der Sonne vor ihr stand.

»Mein lieber Junge«, die dünne Stimme klang huldvoll wie in der Zeit vor den zwei Weltkriegen, »ich sah Sie und habe gleich angehalten, um Ihnen zu sagen, wie sehr ich mich freue. Ich weiß, es ist noch ein Geheimnis, aber Dorroway hat mich gestern abend besucht, und er teilte es mir im Vertrauen mit. Dann ist nun alles geregelt. Ihre Mutter wäre sehr glücklich gewesen.«

Mr. Campion gab die erfreuten Laute, die von ihm erwartet wurden, von sich, aber in seinen Augen stand eine Trostlosigkeit, die ihr erfahrener Blick nicht übersehen konnte.

»Es wird Ihnen dort gefallen«, sagte sie, was ihn fatal an etwas erinnerte, was ihm früher einmal jemand über seine Schule vorgelogen hatte. »Schließlich ist es einer der letzten zivilisierten Orte auf der Welt, und das Klima wird den Kindern so guttun. Und wie geht es Amanda? Sie fliegt doch natürlich mit Ihnen? Ich habe gehört, sie entwirft Flugzeuge? Wie tüchtig doch die Frauen heutzutage sind!«

Campion zögerte. »Ich hoffe, sie geht mit mir«, sagte er schließlich. »Ihre Arbeit ist nicht unbedeutend, und ich fürchte, sie muß erst noch so einiges zu Ende bringen, bevor sie weggehen kann.«

»Wirklich?« Die alten Augen blickten ihn pfiffig und prüfend an. »Lassen Sie sie nicht zu lange trödeln. Vom gesellschaftlichen Gesichtspunkt her ist es wichtig, daß die Frau eines Gouverneurs von Anfang an bei ihm ist.«

Er glaubte, damit sei er entlassen, aber ihr fiel noch etwas ein.

»Ach übrigens, ich mußte gerade an Ihren außergewöhnlichen Dienstboten denken«, sagte sie. »Tugg oder Lugg. Der mit der unmöglichen Stimme. Sie müssen ihn entlassen. Das verstehen Sie doch, oder? Dorroway hatte ihn ganz vergessen, hat mir aber versprochen, es zu erwähnen. Solch eine liebe, treue Kreatur kann leicht mißverstanden werden und eine Menge Unheil anrichten. Seien Sie nicht dumm.« Die Worte glitten entschlossen von ihren blauen Lippen. »Ihr ganzes Leben lang haben Sie Ihre Fähigkeiten damit vertan, unwürdigen Leuten zu helfen, die sich durch eigene Schuld Ärger mit der Polizei eingehandelt haben. Jetzt haben Sie die Gelegenheit, eine Stellung einzunehmen, die selbst Ihr Großvater als angemessen betrachtet hätte. Ich freue mich sehr darüber. Auf Wiedersehen und meinen herzlichen Glückwunsch. Ach übrigens, lassen Sie die Kleidung für die Kinder in London schneidern. Man hat mir gesagt, der einheimische Stil sei recht ausgefallen, und ein Junge kann unter so etwas sehr leiden.«

Der große Wagen glitt davon. Er ging langsam weiter und fühlte sich, als schwebe ein Damoklesschwert über seinem Haupt. Als er an seiner Wohnung in der Bottle Street, einer Sackgasse am nördlichen Ende von Piccadilly, aus dem Taxi stieg, hatte sich seine depressive Stimmung noch nicht gebessert.

Das enge Treppenhaus war so vertraut und freundlich wie ein alter Mantel, und als sich sein Schlüssel im Schloß drehte, kam ihm die ganze Wärme des Zufluchtsortes, der ihm gehörte, seit er Cambridge verlassen hatte, wie eine Geliebte entgegen. Zum ersten Mal seit zwanzig Jahren sah er seinen Wohnraum bewußt in allen Einzelheiten, und das Durcheinander von Pokalen und Trophäen schockierte ihn. Am liebsten hätte er gar nicht mehr hingeguckt.

Das Telefon auf dem Schreibtisch läutete hartnäckig. Die Uhr dahinter zeigte fünf Minuten bis zur vollen Stunde. Er riß sich zusammen. Die Zeit war gekommen. Mit ausgestreckter Hand durchquerte er rasch das Zimmer.

Die Notiz auf seinem Berichtsblock fiel ihm auf, weil sie mit einem Dolch mit blauer Klinge, einem Erinnerungsstück an sein erstes Abenteuer, das er für gewöhnlich als Brieföffner benutzte, auf die Platte geheftet war. Das ärgerte ihn, aber die experimentelle Aufmachung des Briefkopfes und eine gewisse Spontaneität in der Art der Mitteilung erregte seine Aufmerksamkeit, und er beugte sich darüber, um sie zu lesen.

HÖFLICHKEIT – MITGEFÜHL – TROST BEIM SCHEIDEN
Jas Bowels und Sohn
(Die *praktischen* Leichenbestatter)
Familienbestattungen
Apron Street 12, W3

Ob Sie arm sind oder reich –
im Tode sind Sie alle gleich

An
Mr. Magersfontein Lugg
c/o A. Campion Esq.
Bottle Street 12a
Piccadilly, W

Lieber Magers,

wenn Beatty noch lebte, was leider nicht mehr der Fall ist, würde sie diesen Brief an meiner und an Boys Stelle schreiben.

Wir haben heute beim Abendessen überlegt, ob Du Deinen Arbeitgeber, wenn Du noch für ihn arbeitest und Du dieses Schreiben bekommst, dazu kriegen kannst, uns bei diesem Palinode-Ärger, von dem Du bestimmt in der Zeitung gelesen hast, ein bißchen zu helfen. Exhumierungen, wie man bei uns dazu sagt, sind nicht sehr schön und auch schlecht für's Geschäft, das auch nicht mehr das ist, was es mal war.

Wir finden beide, wir könnten ein bißchen Hilfe gebrauchen von Deinem Chef mit der Polizei und so, und wir

könnten einem *nicht Blauen,* wenn Du verstehst, was ich meine, auch ganz schön nützlich sein.
Ohne ihm zu nahe treten zu wollen, bring ihn doch einfach mal zu einer Tasse Tee mit, wann immer Du willst. Nach halb vier haben wir nicht mehr viel zu tun, und wenn es bei uns so weitergeht, wird es noch weniger werden.
In freundlichem Gedenken an Dich und in der Hoffnung, daß alles vergessen ist

Dein Jas Bowels

Als Campion den Kopf von diesem gewinnenden Dokument hob, hörte er Schritte vom Flur, und der Fußboden erbebte.

»Schöne Frechheit, was?« Magersfontein Luggs üppige Erscheinung erfüllte das Zimmer wie Kochdünste. Er war in der Unterhose, was auf den ersten Blick so aussah wie das Hinterteil eines dahintrottenden Elefanten, und hielt ein mächtiges wollenes Unterhemd vor sich. Die ›unmögliche Stimme‹, von der die alte Dame geredet hatte, war eigentlich nur eine Sache des Geschmacks. Es lag viel Ausdruck und Flexibilität in dem reichhaltigen Dröhnen, das manch ein Schauspieler sicher gerne, wenn auch erfolglos, imitiert hätte.

»'n schrecklicher Mann. Hab ich schon gesagt, als se ihn geheiratet hat.«

»Auf der Hochzeit kürzlich?«

»Wo ich den halben Liter Champagner abgekriegt hab.« Er schien sich voller Befriedigung an diesen Vorfall zu erinnern.

Campion legte eine Hand aufs Telefon.

»Wer war sie? Deine einzige Liebe?«

»Lieber Himmel, nee! Meine Schwester! Der jämmerliche Wurmbuddler is mein Schwager. Hab seit dreißig Jahren nich mit ihm geredet, noch nich mal an ihn gedacht, un jetzt das hier.«

Campion sah seinem alten Kumpanen gebannt in die Augen, was ihm schon seit ein paar Wochen nicht mehr möglich gewesen war.

»Er hat's als Kompliment aufgefaßt.« Die Knopfaugen starrten mit einer Aufsässigkeit aus dem faltigen Gesicht, die weder den Vorwurf noch die Panik, die darin lauerte, verbarg. »So einer is Jas. Als se mich eingebuchtet haben, hat er sich so aufgeführt, als hätt ich ihn mitgenommen, und hat mein Hochzeitsgeschenk für Beatt zurückgeschickt mit 'n paar Sätzen, wie Sie und ich se nicht gewöhnt sind. Ich hab ihm zurückgeschrieben, was ich von ihm halte. Und jetzt rührt er sich auf einmal, sagt mir so ganz nebenbei, daß meine Schwester tot is, was ich aber schon gewußt hab, und bittet mich um 'nen Gefallen. Is einfach 'n blöder Zufall, das is alles. Soll ich gehen, während Sie telefonieren?«

Der dünne Mann mit der Hornbrille drehte sich um.

»Ist das eine Kündigung?« fragte er knapp.

Die Stelle, an der früher wahrscheinlich einmal Luggs Augenbrauen gesessen hatten, hob sich, bis sie die kahle Kuppel seines Schädels erreichte. Entschlossen faltete er sein Unterhemd zusammen.

»Manche Bemerkungen hör ich gar nich«, sagte er würdevoll. »Ich pack nur meine Sachen zusammen. Is schon in Ordnung. Hab meine Stellenausschreibung schon fertig gemacht.«

»Deine was?«

»Meine Stellenausschreibung. ›Gentleman eines Gentlemans sucht interessante Anstellung. Bemerkenswerte Referenzen. Titel bevorzugt.‹ Is eben so. Ich kann nich mit Ihnen kommen. Ich hab keine Lust, 'n internationaler Zwischenfall zu werden.«

Mr. Campion setzte sich, um den Brief noch einmal zu lesen. »Wann genau ist er gekommen?«

»Mit der Nachmittagspost, vor zehn Minuten. Ich zeig Ihnen den Umschlag, wenn Sie mir nich glauben.«

»Könnte die alte Renee Roper es ihm gesteckt haben?«

»Sie hat unsere Beatt vor dreißig Jahren nich an ihn verheiratet, wenn Sie das meinen.« Lugg war voller Geringschätzung. »Sie gehn mir auf 'n Keks. Is einfach nur 'n blöder Zufall, der zweite in diesem Palinode-Witz. Regen Sie sich doch nich auf. Dazu haben Sie überhaupt keinen Grund. Was is schon Jas für Sie?«

»Die dritte Krähe, wenn du es genau wissen willst«, sagte Mr. Campion, und nach einer Weile sah er auf einmal richtig froh aus.

3
Altmodisch und ganz und gar ungewöhnlich

Der Chefinspektor wartete im Obergeschoß des *Platelayers Arms,* einer diskreten altmodischen Kneipe in einem der finstereren Viertel seines Bezirks.

Campion traf ihn dort ein paar Minuten nach acht, wie der Superintendent es ihm gesagt hatte. Am Telefon hatte Yeo erleichtert und erfreut geklungen.

»Ich hab die ganze Zeit gewußt, daß Sie nicht widerstehen können«, sagte er fröhlich. »Sie können nicht aus Ihrer Haut. Es gibt im Charakter eines jeden Mannes etwas, das ihn zu einer bestimmten Art von Ereignissen hinzieht. Ich hab das schon so oft erlebt. Der Himmel hat Sie der Familie Palinode gesandt. Ich werde es gleich Charlie Luke sagen. Sie treffen sich am besten mit ihm in dem Pub am Edwardes Place. Sie werden gut mit ihm auskommen.«

Und nun, als er die Holztreppe hinaufkam und die getünchte Kammer über dem riesigen kreisförmigen Schankraum betrat, blieben Mr. Campions farblose Augen an Bill Lukes Sohn hängen. Der Chefinspektor war ein cleverer Bursche. Er saß auf der Tischkante, die Hände in den Hosentaschen, seine Muskeln sprengten beinahe seinen Zivilmantel. Er war ziemlich groß, aber sein kompakter, stämmiger Knochenbau ließ ihn kleiner erscheinen, als er wirklich war. Er hatte ein lebendiges, dunkelhäutiges Gesicht mit einer großen Nase, schmale, lebhafte Augen, und sein bereitwilliges Lächeln wirkte ein wenig ungebändigt.

Er stand sofort mit ausgestreckter Hand auf.

»Schön, daß Sie gekommen sind, Sir«, sagte er, vermittelte dabei aber den leisen Eindruck, er hoffe inständig, daß es auch so sei.

Der Bezirks-Chefinspektor ist vollständig für seinen Bezirk zuständig, außer es geschieht etwas so Interessantes, daß sein vorgesetzter Superintendent bei Scotland Yard sich verpflichtet fühlt, ihm zu Hilfe zu kommen. Dabei kann es ihm, obwohl er seinen Bezirk besser kennt, immer passieren, daß er sich an zweiter Stelle wiederfindet. Campion fühlte mit ihm.

»Ich hoffe, es ist nicht so schlimm«, sagte er beschwichtigend. »Wie viele Morde sind es denn bis jetzt schon im Fall Palinode?«

Die schmalen Augen blinzelten ihn an, und er sah, daß der Mann jünger war, als er angenommen hatte, höchstens vier- oder fünfunddreißig, erstaunlich jung für seinen Rang.

»Zunächst mal, was wollen Sie trinken?« Luke drückte auf die Tischglocke. »Erst wenn Ma Chubb außer Hörweite ist, erzähle ich Ihnen alles.«

Die Gastwirtin selbst bediente sie. Sie war eine flinke kleine Person mit raschen Äuglein, einem höflich besorgten Gesicht und grauen Haaren, die unter einem Netz sorgfältig in Locken gelegt waren.

Sie nickte Campion zu, ohne ihn direkt anzusehen, und watschelte mit dem Geld hinaus.

»Nun«, sagte Charlie Luke, zwinkerte noch einmal, und die Spur eines ländlichen Akzents trat in seine Stimme, die genauso kräftig und geschmeidig war wie seine Schultern, »ich weiß nicht, was Sie schon gehört haben, aber ich erzähle jetzt einfach mal der Reihe nach. Es fing an mit dem armen alten Doktor Smith.«

Campion hatte noch nie etwas von diesem Doktor Smith gehört, aber plötzlich kam es ihm vor, als stünde er neben ihnen im Raum. Er nahm Gestalt an wie ein Porträt unter den Händen des Malers.

»Ein ziemlich großer, alter Bursche – na ja, so alt nun auch wieder nicht, fünfundfünfzig, mit einem Besen verheiratet. Überarbeitet, über-pflichtbewußt. Kommt morgens total erschöpft aus seiner Wohnung und geht in seine Praxis – ein Raum mit einer Ladenfront wie eine Wäscherei. Geht gebückt, ein Buckel wie ein Kamel. Schlabbrige Hosen, ausgebeult am Hintern, als ob der liebe Gott ihn an den Knöpfen hochhalten würde. Wackelt mit dem Kopf wie 'ne Schildkröte. Sorgenvolle Augen. Ein guter Kerl. Freundlich. Nicht so clever wie manche (keine Zeit dafür), aber er versteht sein Handwerk. Alte Schule, nicht alte Schulkrawatte. Ganz seiner Berufung ergeben, das vergißt er nie. Und dann kriegt er auf einmal anonyme Briefe. Das macht ihn fertig.« Charlie Luke redete ohne Punkt und Komma, aber mit seinem ganzen Körper. Als er Doktor Smiths Rücken beschrieb, krümmte sich auch sein eigener. Als er die Ladenfront erwähnte, zeichnete er sie mit den Händen nach. Seine eher psychische als physische Kraft floß in seine Rede ein, unterstützte die Tatsachen wie ein Rammklotz.

Campion mußte einfach teilhaben an den Nöten des Doktors. Der Mann redete wie ein Wasserfall.

»Ich zeig Ihnen das Dreckspapier später«, sagte er. »Das ist erst der Anfang.« Und schon wieder war er mittendrin, sein kraftvoller Mund stieß die Worte hervor, und seine Hände zerpflückten sie. »Das übliche wirre Zeug. Ein Psychiater hat's sich angeguckt. Er meinte, es wäre natürlich wahrscheinlich eine Frau, aber sexuell sehr erfahren und nicht so ungebildet, wie man aus der Orthographie hätte schließen können. In den Briefen stand, der Doktor würde einen Mord decken. Eine alte Dame namens Ruth Palinode sei ermordet und begraben worden, und kein Mensch hätte Fragen gestellt. Und der Doktor sei schuld. Der Doc wurde langsam ganz nervös. Hatte Angst, seine Patienten kriegten die gleichen Briefe. Rein zufällige Bemerkungen hielt er für Anspielungen. Der arme alte Kerl kriegte ganz komische Gedanken. Überprüfte noch mal die Symptome der alten Frau. War entsetzlich erschrocken. Sagt es seiner Frau, die ihn damit fertigmacht. Er wird total nervös, muß selbst zum Onkel

Doktor, und der sagt ihm, er soll uns informieren. Und so ist die ganze Sache an mich gekommen.«

Er holte tief Luft und trank einen Schluck Whisky mit Wasser. »›Lieber Himmel, Junge‹, sagt er zu mir, ›es war vielleicht Arsen. An Gift hätte ich nie gedacht.‹ ›Na, Doc‹, sagte ich zu ihm, ›es ist vielleicht nur blinder Alarm. Auf jeden Fall stört's irgend jemanden. Wir werden das herausfinden, und damit hat sich die Sache.‹ Und jetzt zur Apron Street.«

»Ich komme mit«, sagte Mr. Campion und versuchte, nicht atemlos zu klingen. »Da ist das Haus der Palinodes, ja?«

»Noch nicht. Ich muß erst mal die Straße beschreiben. Eine wichtige Straße. Eng und schmal. Kleine Geschäfte auf jeder Seite. Die alte Bruderschaftskirche, dann das Thespis Rep Theater, hochgestochen und harmlos, an einem Ende; Portminster Lodge, das Haus der Palinodes, am anderen. Das Viertel ist in den letzten dreißig Jahren heruntergekommen wie ein Säufer und die Palinodes mit ihm. Ihr Haus gehört jetzt einer lieben alten Varietétänzerin, die darin Zimmer vermietet. Eine Hypothek wurde abgelöst, sie hat geerbt, ihr eigenes Haus wurde ausgebombt, deshalb ist sie mit ein paar ihrer alten Mieter umgezogen und hat die Palinodes unter ihre Fittiche genommen.«

»Miss Roper ist eine alte Bekannte von mir.«

»Ach ja?« Die hellen Augen sprühten. »Dann können Sie mir vielleicht sagen, ob sie die Briefe geschrieben haben könnte?«

Campion hob seine Augenbrauen bis über den Brillenrand.

»Ich kenne sie nicht gut genug, um dazu etwas sagen zu können«, murmelte er. »Aber ich würde annehmen, daß sie die letzte ist, der ich so etwas zutrauen würde.«

»Hab ich mir's doch gedacht. Ich liebe sie.« Luke war ganz ernst. »Aber man kann ja nie wissen, was?« Er streckte eine große Hand aus. »Überlegen Sie doch mal. Eine Frau, allein, das glückliche Leben vorbei, nichts als Schinderei, Langeweile, höchstwahrscheinlich einen Haß auf diese aufgeblasenen alten Schnorrer. Vielleicht kehren sie das ›meine gute Frau‹ heraus, weil es früher einmal ihr Haus war.«

Er hielt inne. »Ich will sie nicht schlechtmachen«, sagte er. »Jeder hat so seine dunklen Winkel. Und je nach den Umständen kommen sie eben raus. Ich schieße nicht gegen das arme alte Mädchen, ich will es nur wissen. Vielleicht wollte sie der ganzen Bande was am Zeug flicken und hat nicht gewußt, wie sie es sonst anstellen soll. Möglicherweise hat sie sich auch in den Doc verliebt und wollte ihm weh tun. Obwohl, dazu ist sie eigentlich zu alt.«

»Sonst noch einer?«

»Der die Briefe geschrieben haben könnte? Ungefähr fünfhundert. Jeder von seinen Patienten. Er benimmt sich ein bißchen komisch, wenn dieser Drache von Frau mal wieder über ihn hergefallen ist, und damit kommen sie schlecht zurecht. Das ist also die Straße. Ich kann sie nicht in jedes Haus mitnehmen, sonst müßten wir jeden Abend hierhin kommen. Trinken Sie aus, Sir. Ich werd's Ihnen beschreiben. An der Ecke gegenüber dem Theater ist ein Lebensmittel- und Eisenwarenhändler. Er ist vor fünfzig Jahren vom Land gekommen, aus Cockney. Er betreibt sein Geschäft, als wenn's eine Handelsstelle in der Wildnis wäre. Unbegrenzter Kredit. Kriegt Ärger, legt den Käse zu nahe ans Paraffin, und ist nicht mehr derselbe, seit seine Frau gestorben ist. Er kennt die Palinodes schon ewig. Ihr Vater hat für ihn gebürgt, als er sein Geschäft aufgemacht hat. Neben dem Lebensmittelhändler ist der Kohlenladen, er ist neu. Dann kommt das Haus vom Doktor. Dann der Gemüseladen. Die sind in Ordnung. Alles Mädchen. Mächtig geschminkt und ewig schmutzige Hände. Und dann, Mr. Campion, kommt die Apotheke.«

Er hatte seine Stimme gesenkt, aber sie war immer noch kräftig genug, um die Wände zum Erzittern zu bringen. Die plötzliche Stille, als er nun schwieg, tat richtig gut.

»Ist der Apotheker von Interesse?« ermutigte ihn sein Zuhörer, der ganz fasziniert von der Darbietung war.

»Pa Wilde wäre hochinteressant, wenn sein Leben verfilmt würde«, sagte Charlie Luke. »Das ist vielleicht ein Laden! Ein richtiges Handelszentrum! Haben Sie schon mal was von Mutter Apfelgartens Dynamit-Hustenkur und Verstopfungspillen gehört? Sicher nicht, aber ich wette, Ihr Großvater hat sich damit selbst kuriert. Und wenn man will, kann man das da immer noch kaufen, in Originalverpackung. Er hat Dutzende von Schubladen mit solchem Zeug, es riecht da drinnen wie im Schlafzimmer einer alten Lady, es haut einen fast um. Mittendrin steht Pa Wilde und sieht aus wie Tantchens Ruin mit seinen gefärbten Haaren, so einem Kragen« – er reckte sein Kinn nach oben und ließ seine Augen hervorquellen – »kleiner schwarzer Binder, gestreifte Hosen. Als Pat und Patachon Bowels Miss Ruth Palinode ausgegraben haben, und wir alle draußen in der Kälte warteten, daß Sir Doberman endlich seine verdammten Einmachgläser voll kriegte, hab ich angefangen, über Pa Wilde nachzudenken. Ich behaupte nicht, daß er ihr etwas gegeben hat, was immer es auch war, aber ich wette, es kam von dort.«

»Wann rechnen Sie mit dem Laborbericht?«

»Den vorläufigen haben wir schon. Den Abschlußbericht kriegen wir nicht vor heute abend. Spätestens bis Mitternacht. Wenn sie was gefunden haben, das in verbrecherischer Absicht verabreicht worden ist, holen wir die Leichenbestatter aus dem Bett und graben sofort den Bruder aus. Die Genehmigung hab ich schon. Ich hasse das! Alles modert und stinkt!«

Er schüttelte sich wie ein nasser Hund und nahm einen Schluck aus seinem Glas.

»Das ist der älteste Bruder, habe ich das richtig verstanden? Der älteste von allen.«

»Ja, Edward Palinode, siebenundsechzig bei seinem Ableben im letzten März. Was sind schon sieben Monate? Wir wollen hoffen, daß er noch gut erhalten ist. Es ist ein feuchter alter Friedhof, er sollte verlegt werden.«

Mr. Campion lächelte. »Wir sind bei dem zwielichtigen Apotheker stehengeblieben«, sagte er. »Wohin gehen wir jetzt? Direkt zum Haus der Palinodes?« Der Chefinspektor überlegte. »Könnten wir auch«, stimmte er unerwartet widerstrebend zu. »Auf der anderen Straßenseite ist nur noch der alte Bowels, die Bank, eine kleine Filiale von Clough's, der Eingang zu den Ställen und der schlechteste Pub der Welt, ›Footman's‹. Na gut, Sir, jetzt kommen wir also zu dem Haus. Es liegt an der Ecke, auf der gleichen Seite wie die Apotheke. Es ist riesig. Daß es einen Keller hat, hab ich Ihnen ja schon erzählt. Es ist schrecklich schäbig, und hinten hat es noch ein winziges Fleckchen Garten mit Sand und Lorbeerbüschen. Alles voller Katzen und Papiertüten.«

Er schwieg. Er hatte etwas von seinem Enthusiasmus verloren und blickte Campion düster an.

»Ich sag Ihnen was«, sagte er mit plötzlicher Erleichterung. »Ich glaube, ich kann Ihnen jetzt den Captain zeigen.« Er stand auf und hängte mit der vorsichtigen Sanftheit, die sehr starken Männern eigen ist, ein großes gerahmtes Plakat mit einer Irish-Whisky-Werbung von der Mitte der inneren Wand ab. Dahinter kam ein kleines verglastes Fenster zum Vorschein, durch das ein umsichtiger Hausbesitzer den ganzen öffentlichen Teil seines Hauses ohne weiteres im Auge behalten konnte. Die verschiedenen Schankräume gingen kreisförmig von der Mitteltheke aus, wie die Speichen eines Rades. Sie standen voller Leute. Die beiden Männer steckten die Köpfe zusammen und schauten hinunter.

»Da ist er.« Charlie Lukes Flüstern klang wie das Grollen ferner Artillerie. »Der große alte Knabe in der Ecke. Der mit dem grünen Hut.«

»Der mit Price-Williams vom ›Signal‹ spricht?« Campion hatte den fein modellierten Kopf des scharfzüngigsten aller Polizeireporter entdeckt.

»Pricey hat im Moment nichts zu tun. Er langweilt sich. Gucken Sie mal, wie er rumkritzelt«, sagte der Chefinspektor leise. Seine Stimme klang wie die eines Anglers, erfahren, geduldig, leidenschaftlich interessiert.

Der Captain sah ungeheuer soldatisch aus. Er mochte um die sechzig sein, eine von diesen schlanken, edwardianischen Gestalten, die im Alter leicht austrocknen. Sein Haar und der kleine Schnurrbart waren so kurz geschnitten, daß man nicht genau sagen konnte, ob sie blond oder grau waren. Campion konnte seine Stimme nicht hören, er nahm aber an, daß sie angenehm im Akzent und leicht geringschätzig im Tonfall war. Vermutlich waren auch seine Hände auf dem Rücken gesprenkelt wie die Haut eines Frosches, und höchstwahrscheinlich trug er einen unauffälligen Siegelring und hatte Visitenkarten bei sich.

Es kam ihm erstaunlich vor, daß ein solcher Mann eine Schwester haben sollte, die ein Stück Pappe mit einem Schleier als Kopfbedeckung trug, und er sagte das auch. Luke entschuldigte sich.

»Tut mir leid. Ich hätte Ihnen sagen müssen, daß er kein Palinode ist. Er wohnt nur in dem Haus. Renee hat ihn mitgebracht. Er war ihr Lieblingsmieter, und jetzt hat er eins der besseren Zimmer. Sein Name ist Alastair Seton, er war beim Militär und ist als Invalide ausgeschieden. Irgendwas mit dem Herzen, glaube ich. Er hat ein Einkommen von ungefähr vier Pfund vierzehn in der Woche. Aber er ist ein Gentleman und tut sein Bestes, um auch so zu leben, der arme alte Teufel. Das hier ist sein geheimer Pub.«

»Ach du lieber Himmel«, sagte Mr. Campion, »dann kommt er vermutlich immer hierher, wenn er nebenbei erwähnt, er habe eine wichtige Geschäftsbesprechung.«

»Ganz recht.« Luke nickte bestätigend. »Die Besprechung hat er dann mit Nellie und einem halben Liter. Aber er genießt dieses ganze Durcheinander. Auf der einen Seite regt es ihn schrecklich auf, daß er mit so etwas Häßlichem in

Zusammenhang gebracht werden könnte, auf der anderen Seite könnte er sich totlachen über die ganze Aufregung.«

Eine Weile schwiegen beide. Campions Blick wanderte über die Menge. Dann nahm er seine Brille ab und sagte, ohne sich umzudrehen: »Warum möchten Sie nicht über die Palinodes reden, Inspektor?«

Charlie Luke füllte sein Glas und sah ihn freimütig an.

»Ich kann's nicht«, sagte er.

»Warum?«

»Ich verstehe sie nicht.« Er gab das zu, wie der beste Schüler des Jahrgangs seine Unwissenheit zugibt.

»Wie meinen Sie das?«

»Genau, wie ich es sage. Ich verstehe einfach nicht, was sie reden.« Er lehnte sich zurück und spreizte seine kräftigen Hände. »Wenn sie nur in einer fremden Sprache reden würden, würde ich mir einen Dolmetscher besorgen«, sagte er, »aber das ist es nicht. Auch nicht, daß sie nicht reden wollen. Sie reden sogar stundenlang, mit wachsender Begeisterung. Aber wenn ich dann von ihnen weg bin, brummt mir der Kopf, und wenn ich das Protokoll lese, muß ich nach dem Stenographen schicken, um zu überprüfen, ob er die richtigen Wörter aufgeschrieben hat. Er weiß es auch nicht.«

Er schwieg.

»Hm – lange Wörter?« schlug Mr. Campion schüchtern vor.

»Nein, nicht besonders.« Luke war nicht beleidigt. Er wirkte eher traurig. »Es gibt drei von ihnen«, sagte er schließlich. »Soviel kann ich Ihnen erzählen. Zwei sind tot, drei leben noch. Mr. Lawrence Palinode, Miss Evadne Palinode und das Nesthäkchen, Miss Jessica Palinode. Sie ist die mit den Almosen im Park. Keiner von ihnen hat auch nur einen Pfennig Geld, und Gott weiß, warum jemand sie umbringen sollte. Verrückt sind sie jedenfalls nicht. Den Fehler hab ich schon gemacht. So bringt das nicht viel, Sir, Sie müssen sie selbst sehen. Wann wollen Sie hingehen?«

»Sofort, dachte ich. Ich habe einen Koffer dabei.«

Der Chefinspektor grunzte zustimmend. »Das sind gute Neuigkeiten für mich«, sagte er ernst. »An der Tür steht einer meiner Leute, aber er kennt Sie vom Sehen. Heißt Corkerdale. Tut mir leid, Mr. Campion, ich kann Ihnen diese Leute nicht beschreiben. Sie sind einfach altmodisch und ungewöhnlich. Ich sag's nicht gern, aber genau das trifft's.«

Er beugte sich über sein Glas und klopfte sich auf den Magen. »Ich bin mittlerweile so weit, daß ich mich schon schwach fühle, wenn ich nur an sie denke. Ich schicke Ihnen den gerichtsmedizinischen Bericht, sobald ich ihn habe.«

Mr. Campion trank sein Glas aus und nahm seinen Koffer. Ein Gedanke kam ihm.

»Sagen Sie mal, wer ist eigentlich das Mädchen?« fragte er. »Jung, dunkelhaarig. Ihr Gesicht konnte ich schlecht erkennen.«

»Das ist Clytie White«, sagte Luke. »Sie ist eine Nichte. Früher gab's mal sechs Palinodes. Eine zog weg und heiratete einen Arzt, der sie mit nach Honkong nahm. Auf der Reise dahin ging das Schiff unter, und die beiden ertranken beinahe. Das Kind kam zur Welt, als seine Mutter noch tropfnaß vom Meerwasser war. Daher der Name. Fragen Sie mich nicht weiter. Genau das hat man mir gesagt. ›Daher der Name.‹«

»Ich verstehe. Wohnt sie auch bei Renee?«

»Ja. Ihre Eltern schickten sie zurück, was ein Glück war, weil sie beide später umkamen. Sie war damals noch ein kleines Kind. Jetzt ist sie achtzehneinhalb. Sie arbeitet bei *Literary Weekly* im Büro, leckt die Briefmarken an und verschickt Rezensionsexemplare. Sobald sie Schreibmaschine schreiben kann, will sie selbst anfangen zu schreiben.«

»Und wer ist der Junge?«

»Mit einem Moped?« Die Worte wurden so heftig hervorgestoßen, daß Mr. Campion erschreckt aufsprang.

»Das hab ich nicht gesehen. Sie waren im Park.«

Das Ende des Satzes ging unter. Charlie Lukes immer noch

jungenhaftes Gesicht war um einige Schattierungen dunkler geworden, und seine dreieckigen Lider hatten sich über seine hellen Augen gesenkt.

»Ein junger Bulle und ein streunendes Kätzchen, das sind sie«, sagte er mürrisch. Doch dann blickte er auf, lachte mit entwaffnender Anmut und fügte hinzu: »So ein niedliches Kätzchen. Hat die Augen noch nicht ganz auf.«

4
Man muß vorsichtig sein

Campion ging leise zu dem Treppenabsatz, von dem aus er durch ein weiß vergittertes Fenster mitten ins Herz von Portminster Lodge sehen konnte.

Da stand Renee; sie sah fast genauso aus wie damals, als er sie vor beinahe zehn Jahren zum letzten Mal gesehen hatte. Sie stand im Profil, lehnte sich über einen Eßtisch und redete mit jemandem, den er nicht sehen konnte. Miss Ropers Alter hätte gut noch ›um die sechzig‹ sein können, obwohl sie aller Wahrscheinlichkeit nach acht oder neun Jahre älter war. Ihre kleine Gestalt wirkte noch genauso füllig wie in den Tagen, als sie auf den Provinzbühnen ihre Beine geschwungen hatte, und ihr Haar war immer noch von einem wundervollen, wenn auch mittlerweile unglaubwürdigen Braun.

Sie war im Empfangskostüm, einer übertrieben bunten Seidenbluse, die in einen ordentlichen schwarzen, nicht zu kurzen Rock hineingezwängt war. Sie hörte Campion schon, als er sich noch seinen Weg durch die Milchflaschen die Treppe hinunter bahnte. Sie drehte ihr Gesicht mit der Stupsnase zum Fenster, und er fing einen Blick aus ihren zu weit vorstehenden Augen auf. Dann eilte sie zur Tür und öffnete sie einen Spalt.

»Wer ist da?« Die Wörter perlten die Tonleiter hinauf wie der Einsatz zu einem Lied. »Ach, du bist's, mein Junge.« Jetzt redete sie wieder normal, wirkte aber immer noch, als stünde sie auf der Bühne. »Komm herein. Das ist nett von dir, ich werd's dir nicht vergessen. Wie geht's deiner Mutter? Gut?«

»So gut, wie man erwarten kann.« Mr. Campion, der seit

mehr als zehn Jahren Waise war, gab den Ball zurück, so gut er konnte.

»Ich weiß. Nun, wir dürfen uns nicht beklagen.« Sie klopfte ihm, wahrscheinlich als Billigung, auf die Schulter und ging zurück ins Zimmer.

Es war eine typische Kellerküche alten Stils, mit Rohren, zahlreichen Nischen und einem Steinfußboden. Eine gewisse Fröhlichkeit war erzielt worden durch einige hundert Theaterphotographien, die die Wände zur Hälfte bedeckten, und durch helle Flickenteppiche auf dem Boden.

»Clarrie«, ratterte sie gekünstelt fröhlich weiter, »ich glaube, du kennst meinen Neffen Albert noch nicht. Er ist aus Bury. Die feine Linie der Familie, mein Lieber. Er ist Anwalt, und gerade jetzt brauchen wir so dringend einen. Seine Mutter schrieb mir, er würde mir helfen, wenn ich ihn brauchte, und da hab ich ihr ein Telegramm geschickt – ich wollte es dir nur nicht sagen, falls er nicht käme.«

Sie log wie gedruckt, und sie hatte ein nettes Lachen. Es kam frisch und jung aus einem Herzen, dem das Alter nichts hatte anhaben können.

Mr. Campion küßte sie. »Ich freue mich, daß ich hier bin, Tantchen«, sagte er, und sie errötete wie ein junges Mädchen. Der Mann im pflaumenblauen Pullover hatte Brot, Käse und eingelegte Zwiebeln gegessen und dabei seine Füße über die Stuhllehne gelegt. Jetzt stand er auf und lehnte sich über den Tisch.

»Erfreut, Sie kennenzulernen«, sagte er und streckte eine sorgfältig manikürte Hand aus. Seine Fingernägel waren genauso irreführend wie das goldene Blitzen seines Lächelns und der blonde Haarschopf, der ihm in Wellen über die Schultern fiel. Sein faltiges Gesicht war freundlich, und obwohl sein Aussehen aus zweiter Hand war, zeugte es doch von gesundem Menschenverstand. Das rosa-braun gestreifte Hemd, das man im V-Ausschnitt des Pullovers sah, war an den verschlissenen Kragenspitzen bereits gestopft.

»Mein Name ist Grace«, fuhr er fort. »Clarrie Grace. Glaub nicht, daß Sie ihn schon mal gehört haben.« Seine Stimme klang nachdenklich.»Ich bin mal 'ne Saison in Bury aufgetreten.«

»Ach, das war doch Bury in Lancashire«, warf Renee rasch ein. »Albert ist aus Bury St. Edmunds.«

»Genau.« Mr. Campion versuchte bedauernd und entschuldigend zugleich zu klingen. »Ganz ruhiges Nest.«

»Aber von Gesetzen muß er da genauso viel verstehen wie anderswo.« Renee hielt sich tapfer. »Setz dich, mein Herz. Du hast bestimmt Hunger. Werd mal sehen, ob ich was für dich auftreiben kann. Wir sind ein bißchen in Eile, wie immer. Es ist komisch, aber anscheinend werde ich nie ganz fertig. *Mrs. Love!«*

Das letzte kam in einer Art Operettenschrei heraus, es kam aber leider keine Antwort darauf, und Mr. Campion nutzte die Gelegenheit, um darauf hinzuweisen, er habe bereits gegessen.

Renee klopfte ihm wieder auf die Schulter, als wolle sie sich daran festhalten. »Setz dich und trink was von Clarries Stout, während ich mich um dein Bett kümmere. *Mrs. Love!* Die anderen werden gleich nach Hause kommen, zumindest der Captain. Er hatte eine Verabredung zum Abendessen, ich vermute, mit einer alten Flamme. Er wird gleich auf sein Zimmer gehen. Er kann die Küche nicht leiden. Wenn du die Vordertür hörst, ist er es. Danach müßt ihr zwei mir mit den Tabletts helfen. *Mrs. Love!«*

Clarrie setzte seine Füße gemächlich auf den Fußboden. »Ich hole sie«, sagte er. »Was ist denn mit dem Kind heute abend? Sie sollte um diese nachtschlafende Zeit nicht mehr unterwegs sein.«

»Clytie? Ja.« Renee warf einen Blick auf die Uhr. »Viertel nach elf. Heute kommt sie wirklich spät, was? Wenn sie meine Tochter wäre, würde ich mich ja nicht aufregen, aber diese wahre Unschuld macht mich ganz nervös, was, Albert?

Man macht sich immer Sorgen. Aber halt den Mund, Clarrie. Keine Märchenstunde, denk dran.«

Der Mann blieb stehen, die Hand auf der Türklinke.

»Wenn ich diesem alten Riechsalzfaß was erzähle, dann bestimmt nichts über ihre Nichte«, sagte er heiter, aber in seinem Gesicht arbeitete es, und als er sich umdrehte, blickten seine großen Augen unbehaglich. Renee wartete, bis er die Tür hinter sich zugezogen hatte, dann sagte sie: »Das sind die Nerven. Aber er wird schon wieder ein Engagement kriegen.« Sie verteidigte ihn, als ob Campion danach gefragt hätte. »Ich hab in der Provinz viel schlechtere als Clarrie gesehen, ehrlich.« Und dann, fast im gleichen Atemzug, aber mit einer verblüffenden Wandlung zu tiefer Intensität, fuhr sie fort: »Sagen Sie, *Mr. Campion, wird der andere jetzt auch ausgegraben?«*

Er sah liebevoll auf sie hinunter.

»Machen Sie sich keine Gedanken«, sagte er. »Es ist doch nicht Ihre Beerdigung. Im Ernst, ich weiß es nicht.«

Sie sah winzig und alt aus. Kleine Netze roter Adern schimmerten durch den Puder auf ihren Wangenknochen und über der Nase.

»Ach, ich halte das nicht mehr aus«, sagte sie leise. »Nicht Gift. Ich halte alles Essen unter Verschluß, wissen Sie. Ich versuche es nicht aus den Augen zu lassen, bis es gegessen ist. Das Stout können Sie trinken, das ist in Ordnung. Mein altes Mädchen hat es eben erst gebracht, und Clarrie und ich haben es zusammen aufgemacht.«

Plötzlich stand alles so klar vor ihm, als habe sie den Deckel von einem Topf genommen. Und nun breitete sich das ganze Entsetzen, das sie so tapfer unter ihrem Geplauder verborgen gehalten hatte, wie eine bedrohliche Wolke in der hellen Küche aus, lähmte alle anderen Reaktionen, die Aufregung, das Interesse, die gräßliche Neugier der Polizei, der Öffentlichkeit und der Presse.

»Ich bin so froh, daß Sie gekommen sind«, sagte sie. »Ich

wußte es. Auf Sie kann man sich verlassen. Ich werde es Ihnen nie vergessen. Diese Laken müssen zum Trocknen aufgehängt werden. *Mrs. Love!«*

»Ham Sie mich gerufen, Miss?«

Die betagte Stimme aus dem Flur wurde gefolgt von einem tiefen, befriedigten Schnaufen. Eine kleine alte Frau in einem hellrosa Kittel kam hereingeschlurft. Sie hatte lebhafte, intensiv himmelblaue Augen, die trotz einer gewissen verschnupften Verschleiertheit fröhlich zwinkerten. Auf ihrem Kopf saß ein dünner kleiner Haarknoten, der mit einem Stück rosa Band zusammengehalten wurde.

Sie blieb auf der Schwelle stehen und betrachtete Campion interessiert.

»Ihr Neffe?« schrie sie. »Eh? Sieht Ihnen ähnlich. Ich sag, sieht Ihnen ähnlich.«

»Das freut mich«, brüllte Miss Roper zurück. »Wir beziehen jetzt sein Bett.«

»Beziehen sein Bett?« Das klang so, als sei Mrs. Love selbst auf die Idee gekommen. Ihre Augen blickten fragend. »Ich hab Ihren Porridge fertig gemacht. Ich sag, ich hab Ihren Porridge fertig gemacht. Hab ihn in die Anrichte gestellt und abgeschlossen. Der Schlüssel ist hier, wenn sie ihn haben wollen.« Sie klopfte sich auf ihre flache Brust.

Clarrie, der hinter ihr hereinkam, begann hilflos zu lachen, und sie wandte sich fragend zu ihm um, wobei sie, wie der faszinierte Campion dachte, aussah wie ein Kätzchen, das als Puppe verkleidet worden war.

»Sie lachen.« Die rauhe Stimme mit dem Londoner Akzent hätte aus dem Dachgeschoß des Hauses kommen können. »Aber man kann nicht vorsichtig genug sein. Ich sag, man kann nicht vorsichtig genug sein.«

Sie drehte sich zu Campion um und warf ihm einen weiblich verführerischen Blick zu.

»Er begreift's nicht«, sagte sie achselzuckend. »Manche Männer begreifen's nie. Aber man muß aufpassen, wenn man am Leben bleiben will. Ich bin nur hier, weil mein Freund glaubt, ich bin im Pub. Er sagt, ich soll nicht hierher kommen, damit man nicht über mich redet und ich keinen Ärger mit der Polizei krieg und so, aber ich konnt sie doch nicht allein lassen, und da komm ich eben nachts.«

»Das stimmt, meine alte Freundin kommt nachts«, kicherte Renee, aber in ihrer Stimme war ein Sprung.

»Ich bin mit ihr aus dem anderen Haus gekommen«, brüllte Mrs. Love. »Sonst wär ich nicht hier. Ich war's nicht, keine Angst. Viel zu gefährlich.«

Nachdem sie einen Effekt abgefeuert hatte, schob sie gleich den nächsten nach.

»Hab noch immer meine Ausgehklamotten an.« Sie wedelte mit ihrem Band zu Clarrie hin, der sich an einen imaginären Hut tippte. Sie lachte wie ein ungezogenes Kind. »An ihm häng ich auch«, sagte sie zu Campion. »Ich sag, an ihm häng ich auch. Sind das hier die Laken? Haben sie auch Kopfkissenbezüge? Fußboden hab ich schon gewischt. Ich sag, Fußboden hab ich schon gewischt.«

Sie schlurfte mit den warmen Laken hinaus, wobei sie ihre Fersen traurig hinter sich herzog. Renee folgte ihr mit der zweiten Garnitur.

Clarrie Grace setzte sich wieder und schob dem Besucher ein Glas und eine Flasche hin.

»An der ist ein Komiker verlorengegangen«, bemerkte er. »Fast achtzig und macht immer noch alles mit. Schuftet wie ein Pferd. Die hört erst auf, wenn sie tot umfällt. Renee und sie machen alle Hausarbeit gemeinsam. Und sie liebt diesen Laden. Mein Gott, und wie sie ihn liebt!«

»Ein Fall von ›was Gift für die eine ist, ist für die andere das tägliche Brot‹«, schlug Campion ein bißchen dümmlich vor.

Clarrie, der gerade sein Glas zum Mund führen wollte, hielt auf halbem Weg inne.

»So könnte man sagen«, sagte er ernst. »Ich höre oft Leute

was sagen, was richtig sein könnte. Obwohl, Sie sind natürlich Anwalt, oder?«

»Das macht es nicht einfacher«, murmelte Campion.

Clarrie Grace lachte. Er hatte ein reizendes Lachen, wenn er wirklich erheitert war, und ein scheußliches für höfliche oder berufliche Zwecke.

»Wissen Sie«, begann er im Plauderton, »Renee ist mit mir befreundet, seit ich ein ganz junger Bursche war, und irgendwie kann ich nicht glauben, daß Sie ihr Neffe sind. Dann hätte ich doch schon mal irgendwann was von Ihnen gehört. Das muß einfach so sein. Renee ist eine von den Besten, wirklich.« Er zögerte. »Sie brauchen mir nichts zu sagen, wenn sie nicht wollen. Leben und leben lassen. Das war schon immer mein Motto. Ich meine, mich hat noch nie was umgehauen. Das kann man sich in meinem Beruf nicht leisten, und ich nehme an, in Ihrem auch nicht. Überraschungen kosten Geld, das will ich damit sagen. Ihr Vater war nicht wirklich Renees Bruder, oder?«

»Nur sozusagen«, sagte Mr. Campion, wobei er zweifellos an die Brüderschaft aller Menschen dachte.

»Na, das ist stark.« Clarrie war entzückt. »Das ist echt stark. Das hätte von mir sein können. So was darf man nicht vergeuden. Sozusagen. Sie sind ein Witzbold, Mann. Sie werden uns schon wieder auf Vordermann bringen.«

Seine Nervosität schien nachgelassen zu haben.

»Stärken Sie sich«, sagte er und zeigte auf sein Glas. »An das Zeug in den Flaschen können sie nicht ran.«

»Wer?«

»Die Familie. Die Pally-allys da oben. Sie glauben doch nicht etwa, daß Renee oder ich ... oder der Captain in die Apotheke gegangen sind, oder? Mein Lieber, wenn wir auch den Verstand dazu hätten, so mangelt es uns doch an Initiative, wie die Königinnen sagen. Wir sind anständige Bürger. Wir sind in Ordnung. Wir kennen einander seit ewigen Zeiten. Es sind die Ally-pallys, soviel ist sicher. Aber an das Bier kommen sie nicht heran. Ich trinke nur aus versiegelten Flaschen.«

Da es seine Ehre zu erfordern schien, trank Mr. Campion einen Schluck Stout, obwohl er es eigentlich verabscheute.

»Ich kann mir kaum vorstellen, daß die Gefahr groß ist, daß hier wahllos vergiftet wird«, äußerte er schüchtern. »Ich meine, was sind die Tatsachen? Vor ein paar Monaten ist eine alte Dame gestorben, und aus Gründen, die ihr selbst am besten bekannt sind, hat die Polizei sie wieder ausgraben lassen. Und bis jetzt weiß noch keiner, was der Gerichtsmediziner herausfinden wird. Die gerichtliche Untersuchung ist noch nicht abgeschlossen. Nein, ich glaube nicht, daß irgend etwas darauf hindeutet, daß nun alle hier in diesem Haus in Gefahr schweben, wirklich nicht. Bis die polizeilichen Ermittlungen abgeschlossen sind, können Sie nicht mal an Gift denken.«

Clarrie setzte sein Bierglas ab. »Mein lieber Junge, Sie sind Anwalt«, sagte er. »Das soll keine Beleidigung sein. Sie sehen die Sache nur nicht mit menschlichen Augen, das ist alles. Natürlich sind wir alle in Gefahr! Hier ist ein Mörder, oder etwa nicht? Noch ist jedenfalls keiner gehängt worden. Außerdem, was ist mit dem Alten? Dem Bruder, dem ersten?«

Er schwenkte seine manikürte Hand mit den kräftigen, maskulinen Knöcheln wie einen Stock.

»Er ist doch letzten März gestorben, oder etwa nicht? Die Polizei wird ihn als nächsten ausgraben. Das steht zumindest zu erwarten. Ich jedenfalls bin nicht zufrieden, bevor sie es nicht getan haben.«

Campion war sich nicht ganz sicher, ob er dem Gedankengang des anderen vollständig hatte folgen können, aber sein Ton zumindest war außerordentlich überzeugend. Clarrie reagierte dankbar auf die schweigende Billigung seiner Argumentation.

»Sie werden sehen, er ist bis an den Rand mit dem Zeug

abgefüllt«, sagte er, »genau wie seine Schwester. Ich sag Ihnen, die alten Ally-pallys stecken da alle mit drin, das ist meine Theorie.« Er war ganz ernst. »Das werden Sie auch sofort merken. Warten Sie ab, bis Sie sie erst mal alle gesehen haben.«

Mr. Campion reckte sich. Der Wortschwall ermüdete ihn langsam. »Ich denke, sie sind exzentrisch?« murmelte er.

»Exzentrisch?« Clarrie starrte ihn an und stand auf. Aus unerfindlichen Gründen schien er beleidigt zu sein. »Sie sind alle total eingebildet und unheimlich fein. Exzentrisch? Dann müßten alle Intellektuellen exzentrisch sein. Es ist eine feine Familie. Ihr alter Herr war eine Art Professor, ein Genie. Nach seinem Namen sind Gedichte benannt.« Er ließ diese kluge Bemerkung wirken, dann fuhr er ernst fort: »Die alte Miss Ruth – die sie ausgegraben haben – war nicht auf dem Familienstandard. Sie war ein bißchen anders. Vergaß ihren eigenen Namen, nahm ihr Gebiß in der Öffentlichkeit heraus und alles so was. Dachte wahrscheinlich, sie sei unsichtbar. Ich glaube, die anderen haben sich zusammengesetzt und darüber geredet und –«, er machte eine entsprechende Geste, »sie hat eben ihre Ansprüche nicht erfüllt.«

Campion saß da und sah ihn geraume Zeit an. Allmählich brachte ihn die ruhige Überzeugung zu der Annahme, daß der Mann das völlig aufrichtig meinte.

»Wann kann ich einen von ihnen sehen?« fragte er.

»So, mein Herz, jetzt kannst du hinaufgehen, wenn du so lieb sein willst«, sagte Renee, die mit einem Tablett in der Hand aus einer anderen Küche auftauchte. »Bring das für mich zu Miss Evadne. Irgend jemand muß es schließlich tun. Clarrie, du kannst heute abend Mr. Lawrence bedienen. Bring ihm einen Kessel, er kann sich seinen Tee selbst zusammenbrauen.«

5
Ein paar Unannehmlichkeiten

Als er die ungewohnte Treppe hinaufstolperte, kam es Mr. Campion so vor, als bekäme Miss Evadne Palinode, selbst wenn man sie als mögliche Giftmörderin ansah, eine seltsame Zusammenstellung von Abendgetränken. Auf einem kleinen Tablett, das er für sie hinauftrug, befanden sich eine Tasse schokoladenfarbenes Patentmilchpulver, ein Glas heißes Wasser, ein weiteres mit kaltem Wasser, eine Schüssel mit Zucker, es konnte auch Salz sein, ein Likörglas mit etwas Schrecklichem, das aussah wie Trockeneipulver, eine Dose mit der Aufschrift ›Bullrich Salz‹, wobei das ›Bullrich‹ durchgestrichen war, und eine kleine schmierige Flasche, auf der ganz unerwartet ›Haushaltsparaffin‹ stand.

Das Innere des Hauses, jedenfalls das, was er davon sehen konnte, war eine Überraschung.

Die Treppe war aus Pechkiefer gebaut von jemandem mit einem gewissen Hang zur Einfachheit, allerdings waren in gewissen Abständen Herzen oder möglicherweise auch Piks in die solide Holzarbeit geschnitzt. Die Treppenstufen waren nicht ausgelegt. Sie wanden sich zwei Stockwerke hoch, wobei sie den vier Seiten eines viereckigen Schachtes folgten, und bekamen Licht von oben durch eine nicht ausreichende Glühbirne, die von einer Deckenrosette herunterhing, die wohl eigentlich für einen Kronleuchter ausgelegt war. Schwere, acht Fuß hohe Türen säumten paarweise angeordnet auf jedem Stockwerk die Wände.

Campion wußte, wo er hingehen mußte, denn der Weg war ihm bis in die kleinste Einzelheit von den drei aufgeregten Seelen unten beschrieben worden.

Sich vorsichtig hochtastend erreichte er das einzelne Fenster auf dem ersten Treppenabsatz. Er hielt inne, um hinauszuschauen. Die Umrisse des ausladenden Hauses hoben sich gegen den schwachen Schein der Laternen auf der Straße ab, und als sein Blick an einem Vorsprung hängenblieb, der ihm wegen seiner seltsamen Form auffiel, bewegte sich ein Teil davon.

Er stand ganz still, während sich seine Augen immer mehr an das Halbdunkel gewöhnten. Einen Augenblick später erschien fast auf gleicher Höhe mit ihm eine Gestalt, sehr viel näher, als er erwartet hatte, so daß er sich denken konnte, daß dort unter seinem Fenster eine Art Plattform war – vielleicht das Dach eines Erkerfensters.

Eine Frau war auf dem Dach. Als sie durch den Lichtstrahl kam, konnte er sie deutlich sehen. Verblüfft stellte er fest, wie elegant sie war. Sie trug einen weißen Hut mit einer riesigen Schleife und einen hellen Schal, der nach Regency Art um ihren zierlichen Hals geschlungen war. Ihr Gesicht konnte er nicht erkennen. Er hielt den Atem an. Fast konnte er hören, wie sie sich bewegte, und er überlegte, was in aller Welt sie da wohl machte. Wenn sie einbrechen wollte, dann nahm sie sich aber Zeit dafür. Campion wagte sich gerade einen halben Schritt näher, als ein Stück Stoff am Fenster entlang rauschte. Das wiederholte sich nicht, aber das raschelnde Geräusch ging weiter. Schließlich begann sich das Schiebefenster zu heben.

Er nahm die einzige Zuflucht, die sich ihm bot, und kroch auf die zweitletzte Stufe zurück, wo er sein Tablett fest an sich preßte und sich gegen den soliden Rahmen des Geländers lehnte. Das Fenster bewegte sich lautlos, und aus seiner knienden Position hatte er einen direkten Blick nach oben auf die größer werdende Öffnung.

Das erste, was er sah, waren ein Paar sehr hochhackige neue Schuhe. Eine kleine schmale, nicht allzu saubere Hand stellte sie vorsichtig auf das Fensterbrett. Dann folgte der weiße Hut und danach ein geblümtes Kleid, sorgfältig gefaltet und mit dem Schal zu einem Paket verschnürt. Zu guter Letzt wurden ein paar aufgerollte Strümpfe auf den Haufen gelegt.

Campion wartete die kommende Entwicklung voller Interesse ab. Seiner Erfahrung nach waren die Gründe, aus denen jemand durch ein hochgelegenes Fenster in ein Haus einsteigt, so zahlreich und unterschiedlich wie die, aus denen Menschen sich verlieben, aber heute traf er zum ersten Mal auf jemanden, der sich zu diesem Zweck vorher auszog.

Endlich tauchte die Besitzerin der Kleidungsstücke auf. Ein schlankes Bein, das nun in einem groben Wollstrumpf steckte, kam vorsichtig über die Brüstung, und mit der Lautlosigkeit, die nur langjährige Übung hervorbringt, schlüpfte ein Mädchen auf den Treppenabsatz. Sie sah eigenartig und schlampig aus in ihrem altmodischen Aufzug, den manche vielleicht als ›praktisch‹ mißdeutet hätten. Ein eilig übergezogener, grauer, formloser Rock und eine gräßliche Strickjacke aus khakifarbener Wolle, darunter eine gefältelte, safrangelbe Bluse, die vielleicht einmal, ohne allzu großen Anstoß zu erregen, von einer Frau getragen worden war, die viermal so alt, bestimmt aber auch viermal so dick wie ihre jetzige Trägerin gewesen war. Das schwarze seidige Haar, an dem er sie erkannte, hing in einem geraden Pagenkopf herunter. Er war ganz zerzaust und verbarg ihr Gesicht.

Das war also nun wieder einmal Miss Clytie White, dieses Mal auf dem Dach.

Campion hielt sein Tablett hoch und stand auf.

»Haben Sie einen Spaziergang über die Dächer gemacht?« fragte er in dem schüchternen Versuch, einen Witz zu machen.

Er hatte damit gerechnet, sie ein wenig zu überraschen, aber die vehemente Wirkung seines plötzlichen Auftauchens traf ihn gänzlich unerwartet. Sie erstarrte zu Eis, und ein Zittern durchlief sie, als habe jemand auf sie geschossen. Es sah schrecklich aus, wie sie so starr dastand, und er hatte Angst, sie würde zusammenbrechen.

»Sehen Sie her«, sagte er abrupt. »Nehmen Sie Ihren Kopf herunter. Es ist alles in Ordnung, keine Angst.«

Sie sog hörbar den Atem ein und warf einen nervösen Blick auf alle Türen. Ihre Angst rührte ihn und hielt ihn einen Augenblick zurück. Sie steckte einen Finger in den Mund, dann griff sie nach ihren Sachen und rollte sie hastig zu einem großen, unförmigen Bündel zusammen.

»Es tut mir leid«, sagte er ruhig. »Es ist schrecklich wichtig, nicht?«

Sie verbarg das Paket hinter dem Vorhang und lehnte sich mit dem Rücken dagegen. Als sie ihn ansah, bohrten sich ihre riesengroßen dunklen Augen in seine.

»Es ist lebenswichtig«, sagte sie kurz. »Was werden Sie jetzt tun?«

Campion fiel ihr Charme auf. Charlie Luke hatte ihn schon erwähnt. Auch Clarrie hatte, jetzt fiel es ihm wieder ein, Interesse bekundet. Da war etwas, eine Ausstrahlung von animalischem Magnetismus, wie ein Scheinwerfer, den ein Kind unbeholfen in der Hand hält. Es war seltsam, weil sie nicht eigentlich schön war, zumindest nicht in diesem gräßlichen Aufzug, aber sie war verzweifelt lebendig und ganz weiblich, und ihre Intelligenz war offenkundig.

»Das geht mich wohl kaum etwas an, wissen Sie«, sagte er und tat einfach so, als sei sie die ältere. »Wollen Sie nicht einfach annehmen, daß gar nichts passiert sei? Ich habe Sie einfach nur auf der Treppe getroffen.«

Ihre Erleichterung war so offensichtlich, daß ihm wieder einfiel, wie jung sie noch war.

»Ich bringe das hier zu Miss Evadne«, sagte er. »Ihr Zimmer ist in diesem Stockwerk, nicht wahr?«

»Ja. Onkel Lawrence wohnt im Arbeitszimmer, neben der Haustür. Deshalb«, sie brach ab, »ich wollte ihn nicht stören«, sagte sie verlogen. »Sie sind Mrs. Ropers Neffe, nicht? Sie sagte mir, Sie kämen vielleicht.«

Sie hatte eine hübsche Stimme, sehr klar, ein wenig überdeutlich in der Aussprache, was nicht unangenehm war. Im Moment allerdings wirkte es unangebracht, weil ihre Nervosität ihre Stimme beben ließ.

Genau in diesem Augenblick verlor der weiße Hut, der oben auf dem verräterischen Bündel lag, sein Gleichgewicht und rollte hinter dem Vorhang hervor, wo er vor ihren Füßen liegenblieb. Sie hob ihn errötend auf und hielt ihn lächelnd an sich gepreßt.

»Ein bezaubernder Hut«, sagte er.

»Ja, finden Sie?« Sie sah ihn mit einem der pathetischsten Blicke an, die er je gesehen hatte. Es lag Wehmut darin und so etwas wie Stolz, vermischt mit ehrlichem Zweifel. »Ich war mir nie wirklich sicher«, sagte sie. »Bei mir, meine ich. Die Leute gucken immer so. Ich konnte es gar nicht übersehen.«

»Es ist ein Hut für eine erwachsene Frau«, sagte Mr. Campion. Ganz bewußt vermied er gönnerhaftes Verhalten und betonte seine respektvolle Haltung ihr gegenüber.

»Ja«, sagte sie spröde, »ja, natürlich. Deshalb vielleicht.« Sie zögerte, und er merkte, daß sie ihm gerne mehr erzählt hätte, aber in diesem Moment ging irgendwo im Haus eine Tür zu. Das Geräusch war weit weg, aber es schien sie wie ein Zauberstab zu berühren. Sie wurde blaß und steif, und der Hut verschwand verstohlen hinter ihrem Rücken. Beide lauschten. Campion ergriff als erster wieder das Wort.

»Ich werde nichts verraten«, sagte er noch einmal, wobei er sich überlegte, woher er so genau wußte, daß sie diese Zusicherung brauchte. »Sie können sich auf mich verlassen, wirklich.«

»Wenn nicht, sterbe ich«, sagte sie, und die Schlichtheit ihrer Worte berührte ihn. Es lag etwas von der Schicksalsergebenheit einer verzauberten Prinzessin in dieser Bemerkung, die so gar nicht gekünstelt wirkte. Aber es lag auch Willensstärke darin, ein beunruhigendes Element.

Dann drehte sie sich rasch um und mit einer Anmut, die

man bei so einer unerfahrenen jungen Person gar nicht vermutete, nahm sie das Bündel und lief leichtfüßig den Flur hinunter, wo sie hinter einer der großen Türen verschwand.

Mr. Campion nahm sein Tablett und ging weiter seinem Ziel entgegen. Sein Interesse an der Familie Palinode wuchs. Er klopfte an die mittlere Tür in der Treppenhausnische. Sie war solide gebaut, ein handwerkliches Meisterstück, wie die Tür zum Büro seines Chefs.

Während er noch auf eine Aufforderung von drinnen wartete, ging die Tür plötzlich auf, und er blickte in die besorgten Augen eines adretten kleinen Mannes von ungefähr vierzig Jahren in einem dunklen Anzug. Er lächelte Campion nervös zu und trat beiseite.

»Kommen Sie herein«, sagte er. »Kommen Sie nur. Ich wollte gerade gehen. Ich finde schon alleine hinaus, Miss Palinode. Ich wünsche Ihnen alles Gute«, murmelte er dem Neuankömmling zu, eine Bemerkung, die zwar höflich, aber völlig unverständlich wirkte. Noch während er sprach, drückte er sich an ihm vorbei, schloß die Tür hinter sich und ließ Campion in dem fremden Zimmer auf der Schwelle stehen.

Campion zögerte und sah sich nach der Frau um, die nichts erwidert hatte. Zuerst glaubte er, es sei überhaupt niemand da. Er stand in einem rechteckigen Zimmer, das mindestens dreimal so groß war wie ein normales Schlafzimmer. Es war sehr hoch, und die drei großen Fenster an der Längsseite ihm gegenüber milderten kaum den düsteren Eindruck. Es war so vollgestopft mit riesigen dunklen Möbeln, daß man sich kaum darin bewegen konnte. Am hinteren Ende stand ein Himmelbett, und der Raum zwischen ihm und den Fenstern wurde wahrhaftig von einem Konzertflügel ausgefüllt, aber sonst wirkte es eher nüchtern. Abgesehen von einer Brücke vor dem Kamin lagen noch nicht einmal Teppiche auf dem Boden, und an den kahlen Wänden hingen lediglich ein paar Sepia-Zeichnungen, wie er sie auch schon auf dem Flur bemerkt hatte. Die weitere Einrichtung bestand aus drei verglasten Bücherschränken, einem Bibliothekstisch und einem mächtigen, doppelseitigen Schreibtisch, auf dessen unordentlicher Platte eine Leselampe stand, die einzige Lichtquelle in diesem Zimmer. Es saß jedoch niemand dahinter, und er überlegte gerade, wo er denn nun das Tablett abstellen sollte, als plötzlich eine Stimme ganz in seiner Nähe laut und deutlich sagte: »Stellen Sie es hierhin.«

Da erst sah er sie und mußte schockiert feststellen, daß er sie im Dämmerlicht für eine bunte Decke gehalten hatte, die über der Lehne des Sessels lag. Sie war eine füllige Frau in einem langen Morgenmantel mit Paisley-Muster und einem glanzlosen roten Schal auf dem Kopf. Ihr Gesicht, das sich in der Farbe nicht wesentlich davon abhob, war so faltig und runzlig, daß es sich dem rostbraunen Brokatsamt des Sessels anglich. Sie saß völlig bewegungslos da. Abgesehen von einem Krokodil war ihm noch nie ein lebendes Wesen begegnet, das so starr dasaß. Aber ihre Augen waren trotz der schmutzigweißen Augäpfel hell und klug.

»Auf den kleinen Tisch hier«, sagte sie, machte aber keine Anstalten, auf den Tisch zu zeigen oder ihn näher an sich heranzuziehen. Sie hatte eine klare, herrische Stimme, gebildet und kräftig. Er gehorchte ihr sofort.

Der kleine Tisch stellte sich als äußerst wackelige, kuchenverkrustete Angelegenheit auf einem schlanken, dreifüßigen Bein heraus, und an das, was sich darauf befand, sollte er sich zu gegebener Zeit noch erinnern. Da standen eine flache Schale mit staubigen, nachlässig angeordneten Plastikblumen und zwei kleine, apfelgrüne Gläser, in denen ebenfalls Büschel dieser Blumen steckten. Daneben ein Teller mit einer umgestülpten Puddingform und eine antike Tasse ohne Griff, die einen winzigen Klecks Erdbeermarmelade enthielt. Alles war ein bißchen klebrig. Sie überließ es ihm, wo er in diesem Durcheinander das Tablett abstellte. Ohne ihm zu helfen oder mit ihm zu reden, saß sie einfach da und beobachtete ihn mit freundlichem, amüsiertem Interesse. Er lächelte selbst insgeheim darüber, als sie plötzlich zu seiner Überraschung zu reden anfing.

Herdgroom, what gars thy pipes so loud?
Why bin thy looks so smicker and so proud?
Perdy, plain Piers, but this couth ill agree
With thilk bad fortune which aye twarteth thee.

Mr. Campion zuckte zusammen. Nicht, daß es ihm was ausmachte, als Herdgroom, als Schäfer, angeredet zu werden, auch nicht als ›plain Piers‹, obwohl ihm letzteres ein wenig unnötig erschien, aber es traf sich, daß er sich gerade zu diesem Zeitpunkt gut bei George Peele auskannte, da er erst am Abend zuvor auf der Suche nach einem Namen, der ihm nicht einfallen wollte, Stücke von ihm gelesen hatte.

»That twarteth me, Good Palinode, is fate«, sagte er, wobei er versuchte, das Zitat so weit wie möglich einzuhalten. »Y-born was Piers to be unfortunate.«

»*In*fortunate«, verbesserte sie ihn abwesend, aber sichtlich erfreut, wenn nicht sogar überrascht. Plötzlich wurde sie nicht nur menschlicher, sondern auf verblüffende Weise auch weiblicher. Sie schob den roten Schal zurück und enthüllte einen feinen Kopf mit spärlichen Wellen grauen Haares. »Dann sind Sie also Schauspieler?« fragte sie. »Natürlich, ich hätte es wissen müssen, Miss Roper hat ja so viele Freunde vom Theater. Aber«, fügte sie herablassend hinzu, »es sind nicht immer diejenigen Schauspieler, die ich so besonders gut kenne. Meine Bühnenfreunde sind mehr von Ihrer Art. Nun sagen Sie mir, haben Sie gerade kein Engagement?«

»Leider habe ich schon seit längerer Zeit nicht mehr auf der Bühne gestanden«, begann er vorsichtig.

»Machen Sie sich nichts daraus, wir werden sehen, was wir machen können.« Sie sah ihn nicht an, während sie sprach. Obwohl sie immer noch bemerkenswert regungslos in ihrem

Sessel saß, hatte sie einen kleinen Notizblock hervorgezogen, der mit einer zierlichen, wunderschönen Handschrift bedeckt war. »Ah«, fuhr sie fort, während sie darin herumblätterte, »dann lassen Sie mich einmal sehen, was Sie mir mitgebracht haben. Eine Tasse Kakaopulver? Ja. Heißes Wasser? Ja. Kaltes Wasser? Ja. Salz, Zucker – ach ja, und das Paraffin. Hervorragend. Jetzt rühren Sie das Ei unter das Kakaopulver – ja, machen Sie weiter, rühren Sie, was das Zeug hält, verschütten Sie nichts, ich kann schmutzige Untertassen nicht ausstehen. Sind Sie fertig? Gut.«

Seit seiner Kindheit hatte niemand mehr mit Campion in so einem herrischen Ton geredet. Er tat, wie ihm geheißen wurde, und überraschte sich sogar dabei, daß seine Hand zitterte. Das Schokoladengetränk nahm eine gefährliche Farbe an, und auf seiner Oberfläche bildeten sich ekelerregende Bröckchen.

»Jetzt den Zucker«, befahl die ältere Miss Palinode. »So ist es richtig. Geben Sie mir die Tasse. Den Löffel können Sie behalten, denn wenn Sie richtig umgerührt haben, brauche ich ihn nicht. Stellen Sie ihn in das kalte Wasser, dafür ist es da. Schütten Sie das Paraffin in den Kamin, es ist für meine Frostbeulen.«

»Frostbeulen?« murmelte er fragend. Das Wetter war vergleichsweise warm.

»Die Frostbeulen, die ich übernächsten Monat bekommen werde«, erklärte Miss Palinode geduldig. »Die richtige Vorbeugung verhindert Frostbeulen im Dezember. Das haben Sie sehr nett gemacht. Ich denke, ich bitte Sie zu meinem Theaternachmittag am nächsten Donnerstag. Ich nehme doch an, Sie kommen gerne?«

Eine Frage war das eigentlich nicht, und sie gab ihm auch gar nicht genug Zeit, es zu einer werden zu lassen.

»Es könnte Ihnen nützlich sein, aber ich kann nichts versprechen. Das Repertory Theater ist dieses Jahr überfüllt, aber das wissen Sie ja leider selbst.« Ihr Lächeln war reizend.

In Campion, dem geduldigsten aller Männer, wuchs ein uncharakteristisches Bedürfnis, sich zu behaupten, aber er blieb vorsichtig.

»Ich glaube, hier in der Nähe ist auch ein kleines Theater?« fragte er schüchtern.

»Ganz genau. Das Thespis. Eine hart arbeitende, kleine Truppe. Ein paar von ihnen sind ganz talentiert. Ich sehe mir jedes Stück an, abgesehen von den belanglosen Machwerken, die sie auf den Spielplan setzen müssen, um mehr Zuschauer anzuziehen. Einmal im Monat kommen sie alle zu mir, und wir unterhalten uns immer sehr nett.« Sie schwieg, und ein Schatten glitt über ihr feingezeichnetes Gesicht. »Ich habe schon überlegt, ob ich es nächste Woche vielleicht besser ausfallen lassen soll. Es gab hier ein paar Unannehmlichkeiten im Haus. Sie haben wohl schon davon gehört. Aber eigentlich bin ich der Meinung, ich sollte so weitermachen wie immer. Das einzige Problem sind diese elenden Journalisten, die allerdings meinen armen Bruder weitaus mehr belästigen als mich.«

Campion fiel auf, daß sie sehr geräuschvoll und arrogant an ihrem gräßlichen Gebräu nippte, als habe sie allein das Privileg, ihre Umgebung zu beleidigen. Dennoch fand er sie bemerkenswert attraktiv und eindrucksvoll.

»Ich glaube, Ihren Bruder habe ich gesehen, als ich hereinkam«, begann er, brach aber mitten im Satz ab, weil sie ihn vollkommen entgeistert ansah. Sie fing sich aber sofort wieder und lächelte ihn an.

»Nein, das war nicht Lawrence. Lawrence ist – nun, er ist ganz anders. Nein, eine der Annehmlichkeiten dieses Hauses besteht darin, daß man niemals auf die Straße gehen muß. Die Straße kommt zu uns hinein. Wir wohnen eben schon so lange hier.«

»Das habe ich schon gehört«, murmelte er. »Alle Händler kommen persönlich, hat man mir gesagt.«

»Die Händler sprechen unten vor«, verbesserte sie ihn

lächelnd. »Nur die Geschäftsleute kommen herauf. Das ist ganz interessant, nicht wahr? Ich habe die sozialen Schichten schon immer für ein sehr interessantes Thema gehalten, habe nur leider keine Zeit, mich intensiver damit zu befassen. Das war der kleine Mr. James, unser Bankdirektor. Ich bitte ihn immer, vorbeizukommen, wenn ich irgend etwas mit ihm besprechen muß. Es macht ihm nicht viel aus, er wohnt ja gleich gegenüber über der Bank.«

Freundlich sah sie ihn mit ihren intelligenten Augen an. Seine Achtung vor ihr stieg, denn wenn Charlie Luke recht hatte und sie beinahe mittellos war, verfügte sie über beachtliche Fähigkeiten, andere für sich arbeiten zu lassen.

»Als Sie hereinkamen«, bemerkte sie, »habe ich erst gedacht, Sie seien einer von diesen lästigen Reportern, aber als Sie mein Peele-Zitat fortführten, wußte ich, daß ich unrecht hatte.«

Campion bezweifelte, daß das stimmte, sagte aber nichts.

»Diese unangenehme Situation, in der wir jetzt stecken«, begann sie erhaben, »hat mich veranlaßt, über die außergewöhnlich große Neugier des gewöhnlichen Volkes nachzudenken. Ich verwende dieses Wort natürlich im ursprünglichen lateinischen Sinn. Ich habe mit dem Gedanken gespielt, eine Monographie darüber zu schreiben. Interessant daran erscheint mir vor allem, daß jemand um so weniger Neugier zeigt, je gebildeter oder kultivierter er ist. Eigentlich ein Widerspruch, nicht? Nun stellt sich die Frage, ob es sich da um die Zwänge paralleler Tabus oder um ein Problem an sich handelt. Was meinen Sie?«

Von allen Aspekten des Palinode-Falles war dies derjenige, der Mr. Campions Aufmerksamkeit am vollständigsten entgangen war, aber er wurde einer Antwort enthoben, da plötzlich die Tür aufging. Sie schlug gegen die Wand, und eine große, gebeugte Gestalt mit starken Brillengläsern erschien auf der Schwelle. Das war offensichtlich der Bruder. Er war grobknochig wie seine Schwester, und er besaß auch ihren großen Kopf, aber er wirkte weitaus nervöser, und sein Kinn war schmaler und fliehender. Sein Haar und seine Kleider waren dunkel und ungepflegt, und sein dünner roter Hals ragte nach vorne. Vor sich trug er, als wolle er sich damit seinen Weg bahnen, in beiden Händen ein dickes Buch voller Lesezeichen. Er starrte Campion an, als sei er ein Fremder auf der Straße, den er wiederzuerkennen glaubte, aber als er entdeckte, daß dies nicht der Fall war, ging er an ihm vorbei zu Miss Evadne. Dabei sagte er mit einer quakenden Stimme, die seltsam unsicher klang, als ob er sie selten gebrauchte: »Das Heliotropium ist immer noch draußen. Wußtest du das?« Er war völlig außer sich darüber, und Campion hätte bestimmt ganz falsche Schlüsse daraus gezogen, wenn ihm nicht eingefallen wäre, daß ja Clytie fast im Meer zur Welt gekommen war. Die Nymphe Clytia war eine Tochter des Meeresgottes Ozeanus gewesen und wegen ihrer Liebe zu Apoll in eine Sonnenblume verwandelt worden. Es war also durchaus möglich, daß Heliotropium der Spitzname Clytie Whites war. Das war zwar alles ein bißchen literarisch, aber nicht unmöglich.

Miss Evadne erwiderte gleichmütig: »Nein, das wußte ich nicht. Macht das was?«

»Natürlich«, reagierte Lawrence gereizt. »Hast du die Gänseblümchen vergessen, die niemals blühen?«

Campion war in gehobener Stimmung. Wieder einmal erkannte er den Bezug.

Auf diesem Hügel wächst kein Grün.
Sie liegt so tief, so tief darin.
Ich streute Gänseblümchen hin,
doch niemals werden sie erblühn.
Du darfst nicht fort, mußt heimwärts ziehn.

Goblin Market. Christina Rossetti. Die kluge Schwester warnt die törichte davor, zu lange in fragwürdiger Gesellschaft auszubleiben.

Lawrence Palinode wirkte eigentlich ganz vernünftig, auch wenn er sich ein wenig umständlich ausdrückte. Obwohl er tiefes Mitleid mit dem armen Charlie Luke empfand, der mit dem Dialekt dieses besonderen Landes nicht zurechtkam, war Campion erleichtert. Wenn die »Geheimsprache« der Palinodes lediglich aus klassischen Zitaten bestand, kam man mit einem guten Gedächtnis und einem vernünftigen Zitatenlexikon schon ganz schön weit.

Miss Evadne raubte ihm seine Illusionen.

»Das ist ja alles gut und schön«, sagte sie zu ihrem Bruder. »Hast du einen Vetter Cawnthrope gemacht?«

Mr. Campions Herz sank. Das war der einzige unauflösbare Code, den die Menschheit kannte, die familiären Anspielungen.

Die Wirkung ihrer Worte auf Lawrence war überraschend. Er sah ganz bestürzt aus.

»Nein, hab ich nicht, aber ich mache es noch«, sagte er und ging aus dem Zimmer. Die Tür ließ er offenstehen.

Miss Evadne gab Campion ihre leere Tasse, wahrscheinlich, damit sie sich nicht selbst die Mühe machen mußte, sich vorzubeugen, um sie abzustellen. Sie hatte ihre Position nicht verändert, seit er das Zimmer betreten hatte, und es fuhr ihm durch den Kopf, daß sie vielleicht hinter ihrem Rücken etwas verbarg. Es fiel ihr nicht ein, ihm zu danken oder ihn zu bitten, Platz zu nehmen.

»Mein Bruder ist sehr klug«, bemerkte sie. »Auf seine Art ist er sogar ein Genie. In seiner Freizeit erfindet er alle Kreuzworträtsel für *Literary Weekly*, obwohl seine eigentliche Arbeit, die in ein oder zwei Jahren beendet sein wird, über die Ursprünge König Artus' handelt.«

Mr. Campions Augenbrauen schossen nach oben. So war das also. Ja, sicher, der Mann hatte Begriffe aus Kreuzworträtseln gemeint, und nur zufällig hatte ein unlösbarer Familienbezug daringesteckt. Er fragte sich, ob sie das wohl alle so machten.

»Lawrence hat so viele Interessen«, fuhr Miss Palinode fort, »er war von uns allen immer der Vielseitigste.«

»Unter anderem interessiert er sich wohl auch für Gärtnerei«, bemerkte Mr. Campion anzüglich.

»Gärtnerei? Ach ja, natürlich.« Sie lachte freundlich, als sie die Anspielung auf die Gänseblümchen und das Heliotrop begriff. »Einschließlich Gärtnerei, allerdings nur auf dem Papier.«

Mr. Campion wußte jetzt Bescheid. Sie hatten absichtlich so geheimnisvoll geredet. Anscheinend taten die Palinodes wenig, was nicht absichtlich war. Auf einmal hörten sie einen Wortwechsel aus dem Flur, der nicht gerade freundschaftlich klang. Eine Tür fiel hart ins Schloß, und dann erschien Lawrence wieder. Er sah ganz niedergeschlagen aus.

»Du hattest recht«, sagte er. »Ich hätte das *cawnthropen* müssen. Übrigens, das hier ist für dich, ich habe es jetzt fertig. Ich habe ja schon immer gesagt, der fremde Weizen war völlig witzlos.«

Er legte ihr ein Buch auf den Schoß, mied aber ihre Augen. Verärgert schloß sie ihre großen, weichen Hände darum.

»Spielt das jetzt noch eine Rolle?« warf sie ihm vor, und leise lächelnd, als mache sie einen bitteren kleinen Witz, fügte sie hinzu: »Schließlich ist das Kind jetzt in den Brunnen gefallen.«

»Fremder Weizen – eine fremde Getreideart – Ruth?« überlegte Mr. Campion. Nun, Miss Ruth Palinode, oder zumindest ein Teil von ihr, lag in diesem Augenblick in Sir Dobermans Labor. Er war gerade an diesem Punkt seiner Überlegungen angelangt, als Lawrence nach Luft schnappte.

»Gerade deshalb mußte ich es doch überprüfen. Du hast doch wohl nichts dagegen?« sagte er wütend zu seiner Schwester.

Seine Augen hinter den dicken Brillengläsern blitzten Campion an, und plötzlich, als wolle er sich dafür entschuldigen, daß er ihn so lange übersehen habe, lächelte er bezaubernd. Dann ging er ohne ein weiteres Wort hinaus und schloß leise die Tür hinter sich.

Campion beugte sich nieder, um das Tablett hochzuheben. Dabei fiel sein Blick auf das Buch auf Miss Palinodes Schoß. Es war mit Lesezeichen gespickt.

Und es war Ruffs Turf-Führer.

6

Gutenachtgeschichte

Campion fuhr aus dem Schlaf hoch, stützte sich auf seinen Ellbogen und wartete.

»Neben Ihnen ist ein Lichtschalter, Liebchen«, sagte Miss Ropers Stimme leise. »Machen Sie das Licht an. Ich habe einen Brief für Sie.«

Er fand den Schalter und stellte dabei fest, daß die Uhr auf seinem Nachttisch Viertel vor drei zeigte. Sie kam quer durch das Zimmer in einem farbenfrohen Morgenmantel über einem Pyjama aus rosa Wolle auf ihn zu. Auf dem Kopf trug sie eine mit Spitzen und Bändern verzierte Nachthaube. Unter dem Arm hielt sie eine halbvolle Flasche Scotch, einen Siphon und zwei große Becher. Den blauen Umschlag hatte sie mit den Fingerspitzen gepackt. Es war zwar ein offizieller Briefbogen, aber jemand hatte in großen Buchstaben wie ein eiliger Schuljunge darauf geschrieben.

Sehr geehrter Sir, in Sachen der verstorbenen Ruth Palinode. Bekam Sir Dobermans Bericht heute früh 0.30 Uhr. Die inneren Organe enthalten zwei Drittel Gran Skopolamin in verfügbarer Menge, was auf eine größere Dosis schließen läßt. Wahrscheinlich verabreicht als Skopolamin-Hydrobromid, ob subkutan oder oral, war nicht festzustellen. Die normale medizinische Dosis beträgt ein Hundertstel auf ein Fünfzigstel Gran.

In Sachen des verstorbenen Edward Bon Chretin Palinode. Habe rasche Exhumierung angeordnet. Belvedere Friedhof, Wilswhich. Ungefähr vier Uhr früh. Sie sind herzlich eingeladen, bin aber auch nicht böse, wenn Sie die Einladung ablehnen. C. Luke, Chefinspektor

Campion las das Dokument zweimal durch und faltete es zusammen. Wieder einmal dachte er, daß er Charlie Luke mochte. Er hatte angeordnet, Edward solle rasch ausgegraben werden? Was für ein netter Kerl er doch war! Na, er sollte seine Exhumierung haben, er wünschte ihnen viel Glück beim Graben.

Miss Roper reichte ihm ein Glas, das halb mit einer schillernden gelben Flüssigkeit gefüllt war.

»Wozu soll das gut sein? Um meine Nerven zu beruhigen?«

Zu seiner Bestürzung zitterte ihre Hand. »Ach, mein Lieber«, sagte sie, »es sind doch keine schlechten Nachrichten, oder? Ein Polizist hat den Brief gebracht, und ich dachte, es sei vielleicht Ihre Lizenz, und Sie lägen jetzt hier und machten sich Gedanken deswegen.«

»Meine was?«

Ihre lieben, dummen Augen zwinkerten verschämt.

»Na ja, ich weiß nicht«, sagte sie entschuldigend, »ich dachte, Sie müßten irgendein Ausweispapier oder so was haben, um sich schützen zu können, falls Sie...«

»Falls ich vergiftet würde?« fragte er lächelnd.

Sie verstand ihn prompt falsch. »Oh, der Whisky ist in Ordnung«, sagte sie. »Bei meiner Seele, das kann ich beschwören. Ich hatte ihn unter Verschluß. Das muß man heutzutage schließlich. Aber trinken Sie nur, ich genehmige mir auch einen.«

Sie setzte sich geziert auf die äußerste Kante seines Bettendes und nahm einen beachtlichen Schluck. Campion nippte auch an seinem Glas, allerdings mit weniger Begeisterung. Er war kein Whisky-Trinker, und überhaupt war er es gar nicht gewöhnt, nachts im Bett irgend etwas zu trinken.

»Hat der Polizist Sie aufgeweckt?« fragte er. »Das tut mir leid. So eilig war es nun auch wieder nicht.«

»Nein, ich war sowieso auf. Ich muß mit Ihnen reden, Mr. Campion. Sind Sie sicher, daß der Brief keine schlechten Nachrichten enthält?«

»Nichts, womit ich nicht gerechnet hätte«, sagte er aufrichtig. »Miss Ruth ist leider vergiftet worden, das ist alles.«

»Na ja, natürlich wurde sie vergiftet. Deswegen hätte uns niemand aufwecken müssen. Das war das einzige, was wir mit Bestimmtheit wußten, abgesehen davon, daß wir alle Riesendummköpfe sind. Genau das wollte ich Ihnen sagen, Mr. Campion. Ich bin vollkommen einer Meinung mit Ihnen. Ich bin Ihnen unheimlich dankbar, und Sie können wirklich auf mich zählen. Ich werde mit nichts hinter dem Berg halten. Und ich meine, was ich sage.«

Bei jedem anderen hätten diese Worte verdächtig gewirkt, aber bei ihr waren sie aufrichtig und eindrucksvoll. Ihr kleines rotes Vogelgesicht unter der Nachthaube war ernst.

»Ich habe auch nichts anderes angenommen«, versicherte er ihr.

»Ach, ich weiß nicht. Jetzt, wo Sie hier sind, werde ich Ihnen alles sagen.«

Er lächelte sie liebevoll an. »Was haben Sie auf dem Gewissen, Tantchen? Ihre junge Frau, die über die Dächer klettert?«

»Übers Dach? So hat sie es also gemacht! Kleiner Affe!« Sie war überrascht, aber auch erleichtert. »Es war mir klar, daß sie sich irgendwo umzieht, weil Clarrie sie letzte Woche ganz aufgedonnert in der Bayswater Road gesehen hat, und dann ist sie in derselben Nacht mit ihren alten Klamotten nach Hause gekommen. Ich habe nur gehofft, daß sie es nicht – na ja, vor irgendwem täte. Sie ist überhaupt nicht der Typ Mädchen für so etwas, das arme Kind.«

Es wurde nicht ganz deutlich, ob ihr Mitleid einem besonderen Mangel Miss Whites oder einer eher allgemeineren Schwäche galt. »Sie haben sie gern, nicht?« fragte er.

»Sie ist ein Schatz.« Das Lächeln der alten Frau war ebenso amüsiert wie liebevoll. »Sie hatte so eine schlimme Kindheit. Die alten Leute hier haben keine Ahnung von Kindern. Wie sollten sie auch? Jetzt hat sie sich bis über beide Ohren verliebt, und sie ist aufgeblüht wie eine Rosenknospe. Das hab ich mal irgendwo gelesen. Ich meine, so was sag ich normalerweise nicht. Aber bei ihr paßt es. Stachelig, wissen Sie, aber ein kleines bißchen rosa ist schon zu sehen. Clarrie sagt, der Junge ist sehr lieb zu ihr. Hat zuviel Angst, sie anzufassen, wenn Sie mich fragen.«

»Ist er auch noch so jung?«

»Ich würde sagen, alt genug. Neunzehn. Ein großer kräftiger Bursche in einem Island-Pullover. Ich glaube, er hat ihre neuen Sachen ausgesucht. Bezahlt hat sie sie natürlich selbst, aber früher wollte sie sich noch nicht mal einen Badeanzug kaufen. Wie Clarrie mir ihr Aussehen beschrieben hat, klang mir das ganz nach den Vorstellungen so eines Jungen.«

Sie nahm noch einen Schluck und kicherte.

»Er meinte, sie hätte ausgesehen wie eine Kreuzung zwischen Musical und Waschtag. Lauter Rüschen und alles ein bißchen zu eng wahrscheinlich. So stellen sich die Jungens das vor. Auch hinten auf dem Moped. Ganz schön gefährlich!«

»Wo hat sie ihn kennengelernt?«

»Weiß der Himmel. Sie redet nie darüber. Wird rot, wenn sie irgendwo ein Moped hört und denkt, keiner merkt es.« Sie schwieg. »Ich war früher auch mal so«, sagte sie mit reizender Wehmut. »Und Sie? Ach, Sie sind ja noch nicht alt genug. Ich frag Sie später noch mal.«

Mr. Campion saß mit seinem Whiskyglas in seinem Bett, lauschte auf das Ticken des Weckers und hoffte inständig, daß sie das nicht tun würde. Aber sie war mit ihren Gedanken schon wieder woanders. Ernst beugte sie sich zu ihm.

»Na ja, mein Lieber, wie schon gesagt, das ist nur eine kleine Sache, die schon lange geht, und ich dachte, ich sollte es vielleicht erwähnen, damit Sie es nicht selbst herausfinden und dann überrascht sind... Hallo?«

Beim letzten Wort hatte sie sich zur Tür gedreht, die leise geöffnet worden war. Eine schlanke, soldatische Gestalt in einem korrekten blauen Morgenmantel stand auf der

Schwelle. Es war Captain Alastair Seton. Anscheinend war ihm alles sehr peinlich, und er floß über vor Entschuldigungen.

»Ich muß Sie um Verzeihung bitten«, sagte er. Sein Akzent war genauso, wie Campion vermutet hatte, nur seine Stimme war etwas tiefer. »Ich ging an der Tür vorbei und dachte, in diesem Zimmer wohne niemand. Meine – hm – Aufmerksamkeit wurde durch den Lichtstrahl geweckt.«

»Keine Ausreden, Sie haben es gerochen«, sagte Renee lachend. »Kommen Sie. Da drüben steht ein Zahnputzbecher. Bringen Sie ihn her.«

Der Neuankömmling lächelte entwaffnend.

Irgendwie mütterlich, dachte Mr. Campion und sah Miss Roper scharf an. Sie goß gerade den Whisky ein, gut zwei Finger hoch, anscheinend die übliche Menge.

»Da«, sagte sie. »Na, es ist gut, daß Sie hereingekommen sind, dann können Sie Mr. Campion gleich erzählen, wie es war, als Miss Ruth krank geworden ist. Sie waren schließlich der einzige, der sie außer dem Arzt gesehen hat. Reden Sie leise. Das ist eine Geheimsitzung, und außerdem würde der Whisky nicht reichen, wenn noch einer hereinkäme.«

Indem sie tat, als sei das Ganze eine Party, enthüllte und verschleierte sie zugleich. So machte sie das also. Wirklich beachtlich.

Der Captain ließ sich in einem eichenen Lehnstuhl, der wie ein nordischer Thron geschnitzt war, bequem nieder.

»Ich hab die alte Dame nicht umgebracht«, sagte er und lächelte Campion schüchtern an.

»Sie haben sie nicht gekannt, Albert«, sagte Renee rasch, als wolle sie auf keinen Fall zulassen, daß ihr das Gespräch entglitt. »Sie war eine große schwere Frau, dicker als die anderen, und sie war auch nicht so klug. Ich weiß, daß Clarrie anders darüber denkt, aber er hat unrecht.«

»So seltsam einem das auch vorkommen mag«, murmelte Captain Seton in sein Glas und verzog gehässig sein Gesicht.

Sie achtete nicht auf ihn. »Natürlich wurde sie nicht deswegen umgebracht«, fuhr sie fort. »Sie hatten alle keine Geduld mit ihr, aber nicht, weil sie weniger klug war. Sie war krank, die arme Frau. Der Arzt hat es mir schon zwei Monate, bevor sie starb, gesagt. ›Wenn sie sich nicht schont, kriegt sie einen Schlaganfall‹, hat er gesagt, ›und das bedeutet noch mehr Arbeit für Sie, Renee. Sie wird genauso sterben wie ihr Bruder.‹« Campion setzte sich auf. »Mr. Edward ist also an einem Schlaganfall gestorben?«

»Das hat der Arzt jedenfalls gesagt.« Miss Roper legte den Kopf schief wie ein Rotkehlchen. »Noch wissen wir es nicht genau, oder? An dem Tag, als sie starb, ging Miss Ruth morgens mit ihrer Einkaufstasche aus dem Haus. Am Abend vorher hat es wohl Ärger gegeben, denn ich habe gehört, wie sie in Mr. Lawrences Zimmer alle auf sie eingeschrien haben. Gegen halb eins kam sie dann zurück, aber es hat sie anscheinend keiner gesehen. Ich war in der Küche, die anderen waren nicht da, nur der Captain hier ist ihr in der Eingangshalle begegnet. Jetzt erzählen Sie weiter, mein Bester.«

Der Captain verdrehte die Augen bei dieser liebevollen Anrede, und sein schmaler Mund zuckte.

»Ich sah direkt, daß es ihr nicht gutging«, sagte er langsam. »Es war kaum zu übersehen. Sie schrie wegen irgendwas herum.«

»Sie schrie?«

»Sie redete sehr laut.« Er hob seine eigene angenehme Stimme bei diesen Worten. »Sie war puterrot im Gesicht, fuchtelte mit den Armen und torkelte. Da ich nun schon mal da war, tat ich natürlich, was ich konnte.« Er nippte nachdenklich an seinem Whisky. »Ich brachte sie zu dem Quacksalber nebenan. Wir gaben ein hübsches Paar ab, kann ich Ihnen sagen. Die ganze Nachbarschaft hing aus den Fenstern, wenigstens kam es mir so vor.« Er lachte über sich selbst, aber in seinen Augen stand immer noch ein wenig Ärger.

»Sehr peinlich, aber doch eine noble Tat«, sagte Campion.

»Das habe ich auch gesagt«, warf Renee lebhaft ein. »Es war doch nett von ihm, nicht wahr? Hat mich nicht gerufen oder sonst was. Hat nur eben ganz einfach das Richtige getan. Das sieht ihm ähnlich. Und wissen Sie was, der Doktor war zwar da, aber er hat ihm nicht geholfen!«

»Nein, nein, meine Liebe, so war es nicht.« Mit einem entschuldigenden Blick auf den Mann im Bett beeilte sich der Captain, diese Behauptung richtigzustellen. »Ich muß der Gerechtigkeit Genüge tun. Eigentlich lief das Ganze so ab: Als wir die Straße entlang getorkelt kamen, stand der Quacksalber gerade vor seiner Praxis. Bei ihm war so ein großer Bursche, der, um das Durcheinander noch komplett zu machen, völlig in Tränen aufgelöst war. Wie ich verstanden habe, waren sie gerade dabei, eiligst zu einer Geburt aufzubrechen«, er schwieg und fügte dann hinzu, »oder irgend so etwas Kompliziertem.«

Man merkte ihm an, daß ihm die Szene lebhaft vor Augen stand und er sie im nachhinein sogar mit einer gewissen Erheiterung sah.

»Da standen wir nun alle im Eingang«, sagte er. »Ich sah wohl nicht besonders eindrucksvoll aus mit meinem alten grünen Hut, und mein Gesicht hatte wahrscheinlich die gleiche Farbe. Der Doktor war müde und machte sich Gedanken wegen der intimen Symptome, die der Bursche ihm schilderte. Meine Freundin, die ihr Frühjahrskostüm trug – einen Zuckersack-Sari über einem Flanellunterrock, nicht wahr, Renee?«

»Es waren ganz eindeutig zwei richtige Kleidungsstücke, mein Lieber, kein Unterrock. Sie tragen alle komische Kleider. Sie stehen eben darüber.«

»Vor allem Miss Ruth«, sagte der Captain grimmig. »Immer mehr Sicherheitsnadeln kamen ihr abhanden, so daß bald alles alarmierend offenstand. Na ja, auf jeden Fall stand sie da und schrie die ganze Zeit Zahlen ...«

»Zahlen?« fragte Campion.

»Ja, Zahlen. Sie war die mathematisch Begabte in der Familie. Hat Renee Ihnen das nicht gesagt? Die Polizei fragt mich andauernd: ›Was hat sie gesagt?‹ und alles, was ich weiß, ist, daß es klang wie Zahlen. Sie konnte sie nicht deutlich aussprechen, verstehen Sie? Daran hab ich gemerkt, daß sie krank war und nicht nur völlig übergeschnappt.«

»Der Doktor hätte sie untersuchen sollen«, sagte Renee. »Wir wissen ja, daß er ein vielbeschäftigter Mann ist, aber . . .«

»Oh, ich verstehe seinen Standpunkt.« Captain Seton war hartnäckig um Gerechtigkeit bemüht. »Ich gebe zu, damals fand ich sein Verhalten auch nicht richtig, aber ich war selbst ganz außer mir. Nein, er hat sich eben gesagt, daß sie so nahe am Haus war, daß es egal war, und er dachte wohl, sie hätte einen Schlaganfall, wie er es vorausgesagt hatte. Er warf einen Blick auf sie und sagte zu mir: ›Oh, mein Lieber. Ja, ja, tatsächlich. Ja. Bringen Sie sie auf ihr Zimmer, und decken Sie sie gut zu. Ich komme vorbei, sobald ich kann.‹ Vor allem«, fügte er hinzu, wobei er Campion seltsam selbstironisch ansah, »stand damals dieser heulende Kerl dabei, der gut einen Kopf größer war als jeder von uns und wahrscheinlich auch dreißig Jahre jünger, und es war vollkommen klar, daß der Doktor mit ihm gehen mußte und nicht mit uns. Er verlangte das jedenfalls, soweit ich mich erinnere, mit beträchtlichem Nachdruck. Ich gab also nach und geleitete mein torkelndes Liebchen, das mittlerweile Schaum vor dem Mund hatte, durch die Menge, die sich angesammelt hatte, bis hinauf in ihr Zimmer. Ich setzte sie in einen Sessel, auf dem zufällig keine Bücher lagen, legte ein paar alte Kleider über sie und schlich mich in die Küche zu Renee.«

»Wo er in dem Topf rührte, den ich auf dem Herd stehen hatte, während ich zu ihr raufging«, sagte Miss Roper und lächelte ihm mit tiefer Zuneigung zu. »Er ist ein guter alter Kerl.«

»Was immer die anderen auch sagen mögen«, beendete der Captain den Satz an ihrer Stelle, und beide lachten.

»Trinken Sie lieber aus, anstatt hier nach Komplimenten zu fischen«, wies sie ihn zurecht. »Ich ging also hinauf zu ihr, Mr. Campion, und sie schien zu schlafen. Es beunruhigte mich zwar, wie sie atmete, aber ich wußte ja, daß der Doktor kommen würde, und ich hielt es für besser, sie schlafen zu lassen, deshalb legte ich noch eine Decke über sie und ging wieder runter.« Der Captain leerte seufzend sein Glas. »Und als wieder einer nach ihr sah, war sie tot«, sagte er. »Keiner hatte so besonders viel Ärger damit, außer mir natürlich.«

»So schlimm war es nun auch wieder nicht.« Die rosa Schleife auf Miss Ropers Haube wippte. »Ich fing Miss Evadne ab, als sie hereinkam, und wir gingen zusammen hinauf. Da war es schon fast zwei Uhr nachmittags, soweit ich mich erinnere. Miss Ruth schlief immer noch, aber sie gab schreckliche Geräusche von sich.«

»Konnte Miss Evadne ihr helfen?« fragte Campion.

Renee sah ihn an. »Nein«, sagte sie. »Jedenfalls nicht mehr, als man es von ihr erwarten konnte. Sie redete ihre Schwester an, aber als die arme Frau nicht aufwachte, sah sie sich im Zimmer um, nahm ein Buch aus einem der Regale, las ein bißchen darin und sagte dann zu mir, ich solle nach dem Arzt schicken, als ob ich nicht selbst schon daran gedacht hätte.«

»Wann kam er?«

»Da war es schon fast drei. Er mußte erst nach Hause, nachdem das Kind auf die Welt gekommen war. Er sagte, er habe sich noch waschen müssen, aber ich nehme an, er mußte seiner Frau erklären, warum er zu spät zum Mittagessen kam. Da war Miss Ruth schon tot.«

Eine Weile herrschte Schweigen, dann sagte der Captain: »Er stellte eine Thrombose fest. Schließlich hatte er nichts anderes erwartet. Niemand konnte ihm einen Vorwurf machen.«

»Und doch tat es einer.« Überrascht stellte Campion fest,

daß bei seiner Bemerkung beide sofort in die Defensive gingen.

»Die Leute reden nun mal«, sagte Renee, als habe er sie getadelt. »Das liegt in der Natur der Menschen. Bei jedem plötzlichen Tod gibt's Gerüchte. ›Bißchen schnell, was?‹ heißt es, und ›Waren Sie nicht auch überrascht? Sie müssen ja Nerven wie Drahtseile haben!‹ oder ›Wahrscheinlich ist es eine verdammte Erleichterung für Sie‹. Es macht mich ganz krank.« Ihr kleines Gesicht war ganz rot, und ihre alten Augen blickten ärgerlich.

Der Captain stand auf und stellte seinen Zahnputzbecher ab. Auch seine Wangen waren etwas gerötet.

»Ich hab auf jeden Fall die alte Schlampe nicht umgebracht«, sagte er mit mühsam verhehlter Gehässigkeit. »Ich hab mich mit ihr gestritten, das gebe ich zu, und ich finde bis heute, daß ich im Recht war, aber ein für allemal: Ich habe sie NICHT UMGEBRACHT!«

»Scht!« Renee beschwichtigte die Soldatenstimme mit der ihr eigenen Autorität. »Sie wecken noch das ganze Haus auf, mein Lieber! Wir wissen ja, daß Sie es nicht getan haben!«

Der Captain, hager und durchtrainiert in seinem edwardianischen Morgenmantel, verbeugte sich vor ihr und dann vor Campion, und selbst bei ihm wirkte diese Geste theatralisch.

»Gute Nacht«, sagte er steif. »Vielen Dank.«

»Da.« Die alte Frau wartete, bis er die Tür hinter sich geschlossen hatte, bevor sie weiterredete. »Der alte Dummkopf! Das mußte er wahrscheinlich mal loswerden. Zuerst ist er immer ganz zugeknöpft, aber schon ein einziger Whisky bringt ihn zum Reden.« Sie schwieg und sah ihren frisch adoptierten Neffen zweifelnd an. »Das war nur wegen des Zimmers«, sagte sie. »Alte Leute sind wie Kinder. Ich gab ihm ein schönes Zimmer, als er hierher kam, und Ruth wollte es immer haben. Sie behauptete, es sei ihr altes Kinderzimmer gewesen, und als sie merkte, daß ich meine Meinung nicht änderte, ist sie eben zu ihm gegangen. Damit hat alles angefangen. Wirklich. Ich lüge nicht. Es war zu läppisch, um es zu erwähnen.«

Sie sah so schuldbewußt aus, daß er sie anlächelte.

»Wie lange dauerte der Streit?«

»Alles in allem zu lange«, gab sie zu. »So lange wir hier waren. Er flammte auf, ließ nach, und fing wieder von vorne an. Sie wissen ja, wie so was ist. Es steckte eigentlich nichts dahinter, und obwohl er schreckliche Dinge über sie sagte, war er der erste, der Gott weiß was für sie tat, als er sah, daß sie krank war. Er ist eben so. Ein lieber alter Kerl. Ich würde alles für ihn tun.«

»Da bin ich sicher«, stimmte er ihr zu. »Ist das übrigens das gräßliche Geheimnis, das Sie mir enthüllen wollten?«

»Was? Ich und der Captain?« Sie warf den Kopf zurück und lachte aus vollem Herzen. »Mein Lieber«, sagte sie heiter, »wir haben fast dreißig Jahre lang im selben Haus zusammengelebt. Sie wollen keinen Kriminalbeamten, der hier einen Mordfall aufdeckt! Sie wollen eine Zeitmaschine! Nein, ich wollte Ihnen von der Sargkammer erzählen.«

Der schläfrige Campion war mit einem Schlag hellwach.

»Wie bitte?« sagte er.

»Natürlich müssen es nicht unbedingt Särge sein.« Miss Roper schüttete einen weiteren Schluck Whisky in ihr Glas und fuhr unbekümmert fort: »Irgend etwas in der Richtung.«

»Leichen?« schlug er vor.

»O nein, Liebchen.« Ihr Tonfall war tadelnd, aber nach ihrem Lachanfall wirkte sie gut zehn Jahre jünger. »Es kann auch Holz sein oder vielleicht diese ekelhaften kleinen Gestelle, die sie benutzen. Ich hab nie reingesehen. Hatte nie Gelegenheit dazu. Sie kommen immer nur nachts, wissen Sie.«

Campion riß sich zusammen. »Ich nehme an, Sie sagen mir noch, wovon Sie reden.«

»Ich versuche es jedenfalls.« Sie klang kläglich. »Ich hab einen meiner Kellerräume – die kleinen im Hof, die eigentlich nicht zum Haus gehören – dem alten Bowels, dem Leichenbestatter, überlassen. Er bat mich darum als besondere Gunst, und ich konnte es ihm nicht gut abschlagen, schließlich darf man es sich mit solchen Leuten nicht verderben, oder?«

»Falls Sie irgendwann mal schnell eingesargt werden wollen? Na, Sie müssen es ja wissen. Machen Sie sich nichts draus, reden Sie weiter. Wann war das?«

»Ach, vor Jahren schon. Zumindest vor Monaten. Er ist sehr ruhig. Macht nie Ärger. Aber ich dachte mir, wenn Sie den Raum vielleicht verschlossen finden und ihn öffnen, denken Sie womöglich noch, die Sachen darin, was immer es auch sein mag, gehörten mir. Ich dachte, es könnte vielleicht komisch aussehen.« Sie war völlig ernst, und ihre grauen runden Augen sahen ihn ruhig an. »Ich dachte, Sie hören ihn und seinen Sohn vielleicht nachts da unten«, sagte sie.

»Ist er hier?«

»Wenn er's noch nicht ist, muß er jeden Augenblick kommen. Er tauchte hier auf, als Sie bei Miss Evadne waren, um Bescheid zu sagen, ich solle keinen Schreck kriegen, wenn ich zwischen drei und vier Uhr heute nacht Geräusche höre. Er ist ein sehr bedächtiger Mann. Ein bißchen altmodisch.«

Mr. Campion hörte gar nicht mehr zu. Charlie Luke hatte zwar geschrieben, daß Edward Palinodes Leiche um vier Uhr früh exhumiert werden sollte, aber das war doch auf dem Wiltshire-Friedhof. Er überlegte gerade, ob er schon ganz wach war, als ihm die Erklärung endlich einfiel.

»Natürlich, sie haben ihn nicht begraben«, sagte er triumphierend.

»Nicht Mr. Edward, den haben Bowels und Sohn nicht begraben, nein.« Sie sah ihn besorgt an. »Das war vielleicht eine Aufregung! Mr. Edward hatte es so in seinem Testament bestimmt, der gedankenlose alte Mann! Hat sich überhaupt nicht überlegt, wie sehr er die Gefühle anderer Menschen verletzte. Das tun die Toten nie. Aber da stand es, schwarz auf weiß: ›Da ich schreckliche Nächte in einem verabscheuungswürdigen Bunker verbracht und dem bedrohlichen Grollen der Geschosse und dem Donner der feindlichen Attacken gelauscht habe, während Bowels mich beobachtet und im Geiste schon für eine seiner unsoliden Leichenschachteln ausgemessen hat, erkläre ich hiermit, daß ich, sollte ich vor ihm sterben, nicht von ihm oder sonst einem Mitglied seiner unbedeutenden Firma unter die Erde gebracht werden möchte.‹«

Mit einer weitausholenden Handbewegung beendete sie ihre nicht untalentierte Nachahmung.

»Ich hab's zusammengefaßt«, sagte sie. »Es klang so verzwickt.«

Ihr Publikum war hingerissen.

»Ein Mann mit Charakter«, bemerkte er.

»Ein pompöser alter Idiot!« sagte sie nachdrücklich. »Er steckte voller toller Ideen und hatte keine Manieren, noch nicht einmal im Grab. Er hat das ganze Geld der Familie verschleudert, weil er so klug war. Na ja, jetzt wissen Sie's, mein Lieber. Wenn Sie irgendwelche dumpfen Geräusche hören, ist's nur der Leichenbestatter.«

»Die letzte Versicherung«, sagte Campion, schwang sich aus dem Bett und schlüpfte in seinen Morgenmantel.

»Sehen wir es uns mal an?«

Sie reagierte so befriedigt darauf, daß er das Gefühl hatte, sie hätte von Anfang an nichts anderes beabsichtigt.

»Ich mochte ihm nie nachspionieren«, vertraute sie ihm an, »weil ich keine Entschuldigung dafür gehabt hätte, und von meinem Zimmer aus kann man nichts sehen. Vor drei oder vier Monaten war er das letzte Mal hier.«

Im Flur blieb Campion stehen.

»Was ist mit Corkerdale?« fragte er.

»Um den brauchen wir uns nicht zu kümmern. Er schläft in der Küche.«

»Was?«

»Nun, Albert«, sie gebrauchte versuchsweise, wie ihm schien, seinen Vornamen, »seien Sie nicht unvernünftig, und bringen Sie den armen Mann nicht in Schwierigkeiten. Es war meine Idee. Ich wollte nicht, daß er Bowels begegnet. ›Alle sind jetzt drinnen‹, hab ich gesagt, ›und Ihre Aufgabe ist es, das Haus zu bewachen. Kommen Sie, und setzen Sie sich in einen gemütlichen Stuhl an den Herd.‹ Natürlich kam er. Ich hab doch nichts falsch gemacht, oder?«

»Nur einen braven Mann demoralisiert.« Mr. Campion klang erheitert. »Kommen Sie. Wollen Sir mir den Weg zeigen?«

Leise schlichen sie den breiten Flur entlang und die Treppe hinunter durch das Haus, das nur verhältnismäßig ruhig war. Die Palinodes schliefen, wie sie lebten, mit einer feinen Mißachtung der übrigen Gemeinschaft. Ein donnerndes Schnarchen aus einem der Zimmer erinnerte Campion daran, daß Bruder Lawrences gänseähnliche Stimme wahrscheinlich mit den Drüsen zusammenhing.

Im Erdgeschoß blieb Miss Roper stehen. Der Mann hinter ihr ebenfalls, aber kein Geräusch hatte seine Aufmerksamkeit erregt, sondern ein Geruch. Er kroch aus dem Keller hoch, eine dünne Spirale eines ekelerregenden Affronts. Er schnupperte und unterdrückte ein Husten.

»Du lieber Himmel, was ist denn das?«

»Oh, das ist schon in Ordnung. Das ist nichts. Da kocht nur was.« Sie wirkte ganz ungezwungen. »Können Sie sie hören?«

Da war ein Geräusch, jetzt hörte er es auch, sehr weit weg und gedämpft, ein schabender, kratzender Laut wie bei der Holzbearbeitung.

Obwohl der Geruch von unten in nichts an ein Leichenschauhaus erinnerte, war die Wirkung in Verbindung mit dem Geräusch unheimlich. Sie stieß ihn an, damit er weiterging.

»Hier entlang«, flüsterte sie. »Wir gehen in den Salon. Da ist ein Fenster genau über der Kellertür. Bleiben Sie dicht hinter mir.«

Die Tür zum Salon öffnete sich geräuschlos, und sie traten in einen großen, dämmerigen Raum, der von dem matten Licht einer einzelnen, weit entfernten Straßenlaterne an der Ecke der Apron Street nur ganz schwach erleuchtet wurde.

Das Erkerfenster, das fast eine ganze Wand einnahm, wurde am oberen Ende von einer Jalousie verdeckt. Das Geräusch war jetzt viel näher, und als sie warteten, erschien unten am mittleren Flügel ein flackerndes Licht.

Campion bahnte sich vorsichtig einen Weg durch ein Sammelsurium von Möbeln und starrte über das letzte Hindernis, ein Gestell mit einem Satz leerer verstaubter Blumentöpfe.

Plötzlich tauchte der Sarg auf. Er ragte vertikal draußen vor dem Fenster auf, als wuchte ihn jemand von unten hoch, um ihn aus der Kellertür zu bekommen. Renee erstickte einen leisen Schrei in einem scharfen Atemzug, als sie ihn sah, und im gleichen Moment schaltete Campion die Taschenlampe ein, die er bis jetzt klugerweise nicht benutzt hatte.

Der breite helle Lichtstrahl fiel wie ein Scheinwerfer auf den Sarg. Die unheimliche Form wirkte noch unendlich viel abstoßender durch die Glattheit und Schwärze des Holzes. Er glänzte wie ein Klavier, seidenglatt lackiert. Das Staubtuch, das über ihm gelegen hatte, war zurückgeglitten und hatte die große Namensplatte aus Messing enthüllt. Die Buchstaben waren so deutlich lesbar, daß man sie genausogut durch ein Megaphon hätte schreien können:

Edward Bon Chretin Palinode
Geb. am 4. September 1883
Gest. am 2. März 1946

Sie standen in dem stillen, stickigen Raum und starrten darauf, bis der Sarg vorsichtig nach vorne geschoben wurde und die Platte aus ihrem Blickfeld verschwand. Von unten aus dem engen Schacht drang das Geräusch vorsichtiger Schritte an ihr Ohr.

7
Der praktische Leichenbestatter

Mr. Campion sah in ein Gesicht, so rund und so rosa wie eine Schinkenscheibe. Im Licht der Taschenlampe wirkte der Mann untersetzt und kräftig, mit breiten Schultern und dem Brustkorb eines Ochsen. Unter seinem steifen schwarzen Hut kräuselte sich weißes Haar, und sein Doppelkinn ruhte auf einem glänzenden, gestärkten Kragen. Der allgemeine Eindruck war so imposant wie ein blankpolierter, neuer Marmorgrabstein.

»Guten Abend, Sir.« Sein Ton war frisch, aber doch ehrerbietig, und ein wenig zurückhaltend. »Ich hoffe, wir haben Sie nicht gestört?«

»Machen Sie sich deswegen keine Gedanken«, murmelte der Besitzer der Taschenlampe großmütig. »Was machen Sie da? Inventur?«

Der runde Mund verzog sich zu einem freundlichen Lächeln. »Nicht ganz, Sir, nicht ganz, obwohl man es so nennen könnte. Alles in bester Ordnung. Alles unter...«

»Der Erde?« schlug der dünne Mann hilfsbereit vor.

»Nein, Sir, Kontrolle, wollte ich sagen. Sie sind Mr. Campion, nicht wahr? Ich bin Jas Bowels, und das ist mein Sohn, Rowley Boy.«

»Hier, Dad.« Ein weiteres Gesicht tauchte im Lichtstrahl auf. Mr. Bowels Juniors Haar war schwarz, und sein Gesichtsausdruck war etwas wachsamer als der seines Vaters, aber ansonsten war er einer der legitimsten Söhne, den Mr. Campion je gesehen hatte. Zwei oder drei Stöße mit der Luftpumpe würden, das wußte er jetzt schon, die beiden im Lauf der Jahre völlig identisch werden lassen.

Es entstand eine kurze, unbefriedigende Pause, in der sie

nur dastanden und sich ansahen. Zum ersten Mal wußte Campion nicht so recht weiter.

»Ich bring sie nur rüber«, sagte Mr. Bowels senior auf einmal. »Wir haben den Keller gemietet, wissen Sie, und ich hab sie schon seit einem Monat oder so darin liegen gehabt, weil drüben alles voll war. Und jetzt hab ich mir gedacht, bei dem ganzen Ärger – mit der Polizei und so – wäre es vielleicht besser, ich hol sie rüber. Sieht besser aus, Sie verstehen. Sie sind schließlich ein Gentleman und kennen sich mit so was aus.«

Es ging Mr. Campion gerade noch rechtzeitig auf, daß das ›sie‹ eine Koseform war, wie bei einem Schiff.

»Sie sieht sehr gut aus«, sagte er vorsichtig.

»Oh, das ist sie auch.« Jas war voller Stolz. »Eine ganz besonders gute Arbeit. Eins von unseren De-Luxe-Modellen. Wenn der Junge und ich untereinander von ihr reden, nennen wir sie die Queen Mary. Es ist nicht zuviel gesagt, daß jeder Gentleman, der einer *ist,* stolz sein könnte, darin begraben zu sein. Das ist so, wie wenn man in seinem eigenen Wagen in die Grube fährt. Wie ich immer sage, wenn man mich nach meiner Meinung fragt, es ist das letzte, was man tut, deshalb sollte man das wenigstens ordentlich machen.«

Seine blauen Augen strahlten unschuldig, während er sprach. »Es ist eine Schande, daß die Leute so ignorant sind. Man sollte meinen, sie mögen es, wenn so ein Kunstwerk wie dieses hier die Straße überquert, egal zu welcher Tageszeit, aber nein, sie mögen es nicht. Es beunruhigt sie, deshalb muß ich sie rübertragen, wenn keiner da ist.«

Mr. Campion fröstelte.

»Der Mann, dessen Name auf dem Schild steht, hatte da aber andere Ansichten«, meinte er.

Die kleinen blauen Augen zuckten nicht, aber das rosa Gesicht verfärbte sich, und ein bitteres, unendlich sprechendes Lächeln spielte um den häßlichen kleinen Mund.

»Ach, Sie haben es gesehen«, sagte er. »Jetzt haben Sie mich erwischt, und ich kann es genausogut gleich zugeben. Jetzt haben Sie mich wirklich erwischt. Er hat dein Namensschild gesehen, Rowley Boy. Er ist ganz schön gerissen, unser Mr. Campion. Ich hätte das wissen sollen, nach allem, was ich von deinem Onkel Magers gehört habe.«

Die Vorstellung, daß Mr. Lugg der Onkel von irgend jemandem war, war schon unangenehm, aber das zweifelhafte Kompliment und das schmeichelhafte Zwinkern, von dem es begleitet wurde, waren entschieden nervtötend. Campion wartete.

Der Leichenbestatter schwieg einen Moment zu lange. Dann seufzte er.

»Eitelkeit«, sagte er großartig, »Eitelkeit. Sie wären überrascht, wie oft ich das in der Kirche höre, und doch hat's mich in der Nacht damals anscheinend gepackt. Eitelkeit, Mr. C., das zeigt Ihnen dieses Namensschild. Die Eitelkeit von Jas Bowels.«

Mr. Campion war erheitert, aber er ließ sich nicht ins Bockshorn jagen. Er sagte nichts und bedeutete auch Miss Roper, die zum Sprechen ansetzen wollte, den Mund zu halten.

Schließlich fuhr Jas düster fort: »Ich muß es gestehen, in diesem Haus wohnte einst ein Gentleman, der mir und dem Jungen wirklich einen Streich gespielt hat. Stimmt's, Rowley?«

»Das stimmt, Dad.« Der jüngere Mr. Bowels sprach voller Emphase, aber in seinen Augen lag die blanke Neugier.

»Mr. Edward Palinode.« Jas artikulierte den Namen mit aufrichtiger Wonne. »Ein wunderschöner Name für einen Grabstein. Er war auch ein Prachtkerl von einem Mann, so ähnlich wie ich. Groß, wissen Sie, mit breiten Schultern. Das gibt immer einen prächtigen Sarg.«

Die aufrichtigen Augen sahen Campion eher nachdenklich als abschätzend an.

»Ich liebte diesen Mann, in beruflicher Hinsicht. Ich weiß nicht, ob Sie das verstehen, Sir?«

»So in etwa«, murmelte Campion und hätte sich selbst verfluchen können. Er hatte sich von dem Ton einwickeln lassen, und der Leichenbestatter wurde ein bißchen mutiger.

»Es ist nicht leicht für einen Mann, den beruflichen Stolz eines anderen zu ertragen. Den echten Stolz eines Künstlers«, fuhr er würdevoll fort. »Ich saß für gewöhnlich in der Küche der Dame hier und hörte, wie die Bomben fielen, und um mich abzulenken, dachte ich an meine Arbeit. Ich sah Mr. Edward Palinode an, und ich dachte, ›wenn Sie vor mir sterben, Mr. Palinode‹, dachte ich, ›will ich Ihnen eine Sonderbehandlung zukommen lassen‹, und ich meinte das auch so.«

»Dad meinte das auch so«, warf Rowley plötzlich ein, als ob ihm Campions Schweigen auf die Nerven ginge. »Dad ist durch und durch Handwerker, wirklich.«

»Schon gut, Junge.« Jas nahm das Lob gelassen entgegen. »Manche Leute verstehen so was und andere nicht. Was ich sagen will, Mr. C., ist etwas, was Sie verstehen *werden*. Ich habe Unrecht getan, und auf gewisse Weise habe ich mich zum Narren gemacht. Reine Eitelkeit, das war es.«

»Ich will Ihnen glauben«, gestand Campion ein. Ihn schauderte. »Sie wollen sagen, Sie haben den Sarg auf reine Spekulation hin gemacht, habe ich das richtig verstanden?«

Ein glückliches Lächeln erhellte Mr. Bowels Gesicht, und zum ersten Mal blickten seine Augen pfiffig und lebendig.

»Ich sehe, wir verstehen uns«, sagte er und ließ die Schauspieldarbietung fallen wie einen Mantel. »Ich war den ganzen Abend mit dem alten Magers zusammen, und ich hab mir gedacht, ›na, jemand, der dich einstellt, muß Bescheid wissen‹, hab ich mir gedacht, aber ich war mir nicht sicher, verstehen Sie? Ja, natürlich, ich hab ihn auf bloße Vermutung hin gemacht. Als Mr. Palinode starb, hab ich's für ausgemacht gehalten, daß wir den Auftrag bekommen. Ich hab sogar mit meinem Meisterstück schon angefangen, als er gerade erst krank geworden war. ›Die Zeit ist gekommen‹, hab ich mir gesagt. ›Ich fang schon mal damit an, und wenn du doch noch nicht stirbst, warte ich eben.‹ Daß es so lange dauert, hab ich nicht gedacht.«

Er lachte, sichtlich erheitert. »Eitelkeit, Eitelkeit. Ich machte ihn auf Verdacht, und als der alte Kerl gestorben war, wollte er ihn nicht haben. Es ist wirklich zum Lachen. Er hat gesehen, wie ich ihn beobachtet habe, verstehen Sie?«

Es war eine glaubwürdige Vorstellung, und Mr. Campion bedauerte, sie unterbrechen zu müssen.

»Ich denke, man muß die Dinger ausmessen?« fragte er.

Jas reagierte sofort. »Natürlich Sir, das muß man«, stimmte er herzlich zu. »Aber wir sind vom Fach, wir können die Maße mit minimalen Abweichungen abschätzen. Eigentlich hab ich ihn nach meinen Maßen gemacht. ›Du bist nicht größer als ich‹, sagte ich mir, wenn ich an ihn dachte. ›Wenn doch, müßte ich mich schon sehr irren, und dann wirst du eben ein bißchen schrumpfen müssen.‹ Es ist wirklich ein hervorragendes Stück Arbeit. Solide Eiche, lackiertes Ebenholz. Wenn Sie morgen früh in den Laden kommen, zeig ich sie Ihnen mal bei Licht.«

»Ich werde sie mir jetzt ansehen.«

»Nein, Sir.« Die Ablehnung war freundlich, aber bestimmt. »Das Lampenlicht würde ihr nicht gerecht werden, auch nicht, wenn man näher rangeht. Tut mir leid, Sir, aber ich könnte es nicht zulassen, und wenn Sie der König von England wären. Ich kann Sie auch nicht ins Haus bringen, weil sonst vielleicht ein paar von den alten Leutchen runterkämen, und das wäre ja wohl das letzte. Nein. Entschuldigen Sie uns für heute nacht, bis morgen habe ich sie aufpoliert. Und Sie werden nicht nur sagen: ›Sie ehrt Sie, Mr. Bowels‹, Sie werden auch sagen, und es wird mich nicht überraschen, wenn Sie das hinzufügen: ›Stellen Sie sie auf die Seite, Bowels. Sie ist genau das richtige für mich, wenn meine Stunde gekommen ist‹, werden Sie sagen, ›und wenn nicht für mich, dann für einen Freund‹.«

Er lächelte, und seine Augen blickten heiter, aber unter der steifen Krempe des schwarzen Hutes erschienen kleine Schweißperlen.

Campion beobachtete es voller Interesse.

»Es macht mir nichts aus, schnell mal herunterzukommen«, sagte er. »Glauben Sie mir, manche Dinge sind um diese nächtliche Stunde viel einfacher.«

»Wir wollen Sie nicht über Gebühr beanspruchen, Sir.« Jas hatte es eilig. »Nimm sie, Boy, wir müssen sie über die Straße schaffen, solange es noch dunkel ist. Sir, wenn Sie uns entschuldigen wollen.«

Er benahm sich bewundernswert. Keine Panik, keine unangebrachte Hast. Nur der Schweiß verriet ihn.

»Ist Lugg bei Ihnen?«

»Er ist im Bett, Sir.« Die blauen Augen sahen ihn kindlich an. »Wir saßen da und haben uns unterhalten und was getrunken und über seine selige Schwester, meine gute Frau, geredet, Sir, und der gute alte Magers hat zuviel getrunken. Wir haben ihn ins Bett gebracht und schlafen lassen.«

Da er wußte, daß Mr. Lugg so beachtliche Mengen an Alkohol vertrug wie sein emotionales Vermögen begrenzt war, war Mr. Campion überrascht. Er verbarg dies jedoch und machte einen letzten Versuch.

»Ich habe einen Mann hier im Haus«, begann er. »Er sollte eigentlich Dienst tun. Lassen Sie mich ihm wenigstens sagen, er solle mit Hand anlegen.«

Der Leichenbestatter wurde unsicher. Er zögerte.

»Nein, Sir«, sagte er schließlich. »Das ist nett von Ihnen. Bestimmt ist das nett. Aber der Junge und ich, Sir, wir sind daran gewöhnt. Wenn sie nicht leer wäre, ja, dann wäre es etwas anderes. Aber so müssen wir ja nur das reine Holzgewicht tragen. Gute Nacht, Sir. Es war uns eine Ehre, Sie kennengelernt zu haben. Ich hoffe, wir sehen Sie morgen früh. Entschuldigen Sie, daß ich so vertraulich tue, aber so, wie Sie da in Ihrem dünnen Morgenmantel am offenen

Fenster stehen, Sir. Wir werden uns wiedersehen, wenn Sie mich nicht sehen wollen, wenn ich mich klar ausdrücke. Gute Nacht, Sir.« Leise verschwand er in der Dunkelheit.

»Er ist ein braver Mann«, flüsterte Miss Roper, als sie hinter den zwei Gestalten, die langsam die Stufen im Hof hochstiegen, das Fenster schloß. »Er ist sehr angesehen in der Straße, aber ich werde nie so ganz schlau aus ihm.«

»Ach«, murmelte Mr. Campion abwesend. »Ich frage mich, was er wohl in der ›Queen Mary‹ hat?«

»Aber Albert, das war bloß ein Sarg. Da war keine Leiche drin.«

»Nicht? Vielleicht nur eine kleine, fremde Leiche«, sagte Mr. Campion frohgemut. »Und nun, Tantchen, da wir anscheinend jede anfängliche Scheu überwunden haben und offen miteinander reden können, kann der Gestank aus Ihrer Küche nicht länger ignoriert werden. Kommen Sie, meine Liebe, sagen Sie mir, was kocht da?«

»Lassen Sie das!« Es war typisch für Renee, daß sie auf das Kosewort sofort reagierte. »Das ist nur die alte Miss Jessica. Es macht ihr Spaß und tut keinem weh. Aber sie darf es nicht tagsüber machen, weil sie mir da im Weg rumsteht, und es stinkt wirklich erbärmlich. Heute nacht ist es allerdings schlimmer als sonst.«

Campion sah sie verständnisvoll an. Soweit er sich erinnerte, trug Miss Jessica einen Papphut und hatte im Park gesessen, und als er sich die weiteren Details ihrer Gewohnheiten, die Yeo ihm mitgeteilt hatte, ins Gedächtnis rief, mochte er kaum an die Möglichkeiten denken, die ihm dabei in den Sinn kamen. »Sie haben eine ganz schöne Menagerie hier, was?« sagte er. »Was tut sie da unten?«

»Sie braut irgendwas zusammen«, sagte Miss Roper gleichgültig. »So was ähnliches wie Medizin. Sie ernährt sich davon.«

»Eh?«

»Stellen Sie sich nicht so dumm an, mein Lieber. Sie

machen mich ganz nervös. Wir hatten heute nacht schon genug Aufregung. Dieser Name auf dem Sarg hat mir richtig einen Stich gegeben, bis Mr. Bowels es erklärt hat. Mr. Edward hätte ihn wahrscheinlich besser nicht enttäuscht. Er bekam auch keinen besonders guten Sarg, aber ich hab nichts dazu gesagt. Damit kränkt man die Leute nicht, wenn das Kind schon in den Brunnen gefallen ist und die Rechnung kommt.«

»Um auf Miss Jessica zurückzukommen«, sagte Campion leise, »soll das heißen, sie brennt Schnaps?«

»Nein, das nicht, nicht in meinem Haus.« Sie bebte vor Entrüstung. »Das ist ungesetzlich. Ich habe vielleicht einen Mörder in meinem Haus gehabt, aber das bedeutet nicht, daß ich jetzt generell Gesetzesbrecher hier beherberge.« Ihre Piepsstimme zitterte vor Zorn. »Das arme alte Mädchen ist ein bißchen verrückt, das ist alles. Sie glaubt an ›Neues Essen‹, und deshalb lasse ich sie in Ruhe. Ich lasse sie für sich kochen, obwohl es mich aufregt, wenn sie Gras essen will und ihre Rationen den Leuten überläßt, die sie vor ein paar Jahren umbringen wollten. ›Sie können tun und lassen, was Sie wollen‹, sage ich zu ihr, ›aber wenn Sie die Hungrigen speisen wollen, dann ist da unten ihr eigener Bruder, bei dem man jede Rippe sieht. Geben Sie es ihm, und sparen Sie sich das Porto.‹ Sie sagt, ich sei ›zur Engstirnigkeit verdammt‹.«

»Wo ist sie? Kann ich sie sehen?«

»Mein Lieber, Sie können tun und lassen, was Sie wollen. Das hab ich Ihnen schon mal gesagt. Sie ist zur Zeit böse auf mich, weil sie mich für einen Philister hält, was ich auch bin, deshalb komme ich besser nicht mit Ihnen. Sie ist ganz harmlos und auf gewisse Weise die Klügste von den dreien. Zumindest kann sie sich um sich selbst kümmern. Gehen Sie nur hinunter. Sie können sie gar nicht verfehlen, gehen Sie nur immer der Nase nach.«

Er grinste und gab ihr seine Taschenlampe.

»In Ordnung. Gehen Sie, und halten Sie Ihren Schönheitsschlaf.«

Sie zog ihre Spitzenhaube zurecht.

»Ich hab ihn nötig, was? Oh, Sie lachen ja. Sie sind ein ungezogener Junge. Ich überlasse Ihnen das Feld, Liebchen, mit Verrückten und allem. Ich hab sie alle so satt. Bis morgen früh. Benehmen Sie sich, dann bringe ich Ihnen eine Tasse Tee ans Bett.«

Sie trottete davon, ein Überbleibsel aus einer freundlicheren Welt, und ließ ihn in dem vollgestellten Zimmer allein. Seine Nase führte ihn zur Kellertreppe, und da verschlug es ihm beinahe den Atem. Anscheinend verwendete Miss Jessica Gerbsäure, die Luft war jedenfalls zum Schneiden. Schweigend stieg er hinunter in die dumpfe Dunkelheit. Die Treppe endete an einer Ansammlung von Türen, von denen eine angelehnt war. Sie führte, wie er sich erinnerte, in die Hauptküche, in der er und Clarrie Grace am Abend gesessen und sich unterhalten hatten. Nun war sie dunkel, nur ein regelmäßiges Schnarchen aus dem Armlehnstuhl am Ofen kündete davon, daß Wachtmeister Corkerdale sich wohl weder um die Erfüllung seiner Pflicht noch um einen möglichen Erstickungstod kümmerte.

Die Luft war zum Schneiden, und der aufdringliche Geruch war ebenso befremdlich wie unangenehm. Wie ein unheilbringender, gräßlicher Hauch aus der ›Drachenhöhle‹.

Ein Geräusch hinter der Tür zu seiner Rechten nahm ihm die Entscheidung ab, wohin er sich wenden sollte. Er drückte sie vorsichtig auf. Der Raum war unerwartet groß, eine dieser riesigen Küchen, für die vergangene Generationen kräftiger Esser Verwendung gehabt hatten. Sie hatte einen Steinfußboden und war weiß gekalkt, aber ohne Einrichtung, abgesehen von einem rohen Holztisch, der an die Wand gerückt war. Darauf standen ein Gaskocher, zwei Ölkocher und eine verblüffende Ansammlung von Konservendosen, von denen die meisten als Kochutensilien in Gebrauch zu sein schienen.

Davor stand Miss Jessica Palinode in einer Metzgerschürze. Ohne sich umzudrehen, und noch bevor er überhaupt gemerkt hatte, daß sie ihn gehört hatte, sagte sie: »Kommen Sie herein und machen Sie bitte die Tür zu. Stören Sie mich jetzt nicht. Es dauert nicht lange.«

Sie hatte eine klare, gebildete Stimme, schärfer als die ihrer älteren Schwester, und aufs neue war er fasziniert von der natürlichen Autorität dieser Familie. Er stellte auch fest, daß er unwillkürlich wieder diese halbkindliche Hab-acht-Stellung einnahm, wie an dem Tag, als er sie durch sein Fernglas beobachtet hatte. Sie war eine richtige Hexe, wenn es so etwas gab.

Ohne den Papphut hing ihr verfilztes Haar frei und sogar recht reizvoll herunter. Er wartete schweigend, und sie rührte weiter das Gebräu in der Konservendose um. Mit einiger Erleichterung stellte er fest, daß sie nicht allwissend war, sondern ihn mit Corkerdale verwechselt hatte.

»Nun, ich weiß sehr wohl, daß Sie eigentlich im Garten auf Wache stehen sollten«, bemerkte sie. »Miss Roper hatte Mitleid mit Ihnen und hat Sie in die Küche gelassen. Ich werde Sie nicht verraten, und Sie werden auch nichts über mich erzählen. Ich tue nichts Schlimmes, und deshalb ist weder Ihre unsterbliche Seele noch Ihre Hoffnung auf Beförderung, die Sie wahrscheinlich hegen, in Gefahr. Haben Sie mich verstanden?«

»Nicht ganz«, antwortete Campion.

Sie drehte sich sofort um, sah ihn mit der durchdringenden Intelligenz, die ihm schon vorher an ihr aufgefallen war, an, und wandte sich wieder ihrer Dose zu.

»Wer sind Sie?«

»Ich wohne hier. Ich roch etwas und kam herunter.«

»Ich nehme an, niemand hat Sie vorgewarnt? Die Ineffizienz in diesem Haus ist außergewöhnlich groß. Na ja, macht nichts. Es tut mir leid, daß ich Sie belästigt habe. Jetzt, wo Sie wissen, woher der Geruch kommt, können sie wieder ins Bett gehen.«

»Ich glaube, ich bin gar nicht müde«, sagte Campion aufrichtig. »Kann ich Ihnen helfen?«

Sie bedachte sein Angebot ernsthaft. »Nein, ich glaube nicht. Die grobe Arbeit ist schon getan. Ich mache das immer zuerst, dann brauche ich mir nur einmal die Hände zu waschen. Sie können nachher saubermachen, wenn Sie wollen.«

Er beschloß, einfach nur abzuwarten.

Schließlich nahm sie den Topf von der Platte und drehte das Gas herunter.

»Es ist nicht besonders schwierig, und zur Erholung finde ich es ganz nett«, sagte sie. »Die Leute plagen sich immer so ab mit ihrem Essen. Entweder das, oder sie machen ein richtiges Ritual daraus, etwas Heiliges, dem alles andere weichen muß. Das ist einfach lächerlich. Ich koche zur Entspannung, und das bekommt mir ausgezeichnet.«

»Das sehe ich«, sagte er. »Sie sehen ausgesprochen wohl aus, das läßt auf richtige Ernährung schließen.«

Sie sah ihn wieder an und lächelte. Es war das gleiche unbeschreiblich süße und entwaffnende Lächeln, das ihr Bruder ihm geschenkt hatte. Anmutig und intelligent. Er fühlte, daß er, ziemlich unverdient, einen Freund gewonnen hatte. »Das stimmt«, sagte sie. »Ich würde Sie bitten, Platz zu nehmen, wenn es irgendeine Sitzgelegenheit gäbe. Aber wir leben in spartanischen Zeiten. Wollen Sie sich den Eimer da herüberziehen?«

Es wäre ungezogen gewesen, ein solches Angebot abzulehnen, obwohl der messerscharfe Rand in Verbindung mit seinem dünnen Morgenmantel eine neue Foltermethode darstellte. Als er sich gesetzt hatte, lächelte sie ihn wieder an.

»Möchten Sie eine Tasse Nesseltee?« fragte sie. »Ich kann Ihnen rasch eine machen. Er schmeckt genauso gut wie Yerba Mate und ist sehr bekömmlich.«

»Danke.« Campion blickte zuversichtlicher drein, als er sich fühlte. »Aber ich verstehe nicht ganz. Was tun Sie da?«

»Ich koche.« Ihr Lachen klang wie das eines jungen Mädchens. »Es mag Ihnen sonderbar vorkommen, daß ich das in meinem eigenen Haus mitten in der Nacht tun muß, aber es gibt eine ausgezeichnete Erklärung dafür. Haben Sie schon einmal von einem Mann namens Herbert Boon gehört?«

»Nein.«

»Na, sehen Sie. Kaum einer kennt ihn. Ich würde ihn auch nicht kennen, aber ich habe zufällig dieses Buch in einem Bücherschrank gefunden. Ich las es, und es hat mein Leben verändert. Ist das nicht bemerkenswert?«

Da sie eine Antwort zu erwarten schien, gab er ein zustimmendes Grunzen von sich.

Ihre Augen, die von einer eigentümlichen Farbe waren, einem Braun-grün mit einer scharf gezeichneten Linie um die Iris, musterten ihn aufgeregt.

»Ich finde es faszinierend«, sagte sie. »Wissen Sie, der Titel dieses Buches ist so billig und so roh, daß man es auf den ersten Blick gar nicht beachtet. Es heißt ›Wie man mit wenig Geld leben kann‹. Es ist 1917 geschrieben. Seitdem sind natürlich die Lebenshaltungskosten gestiegen. Aber es klingt doch immer noch verführerisch, oder?«

»Fast unglaublich.«

»Ich weiß. Und doch, das ist das Erfreuliche daran, klingt es nur absurd, weil es irdisch ist.«

»Was?«

»Nun, materiell und allgemein. Nehmen Sie Titel wie ›Immer fröhlich‹, ›Kreative Entwicklung‹ oder ›Die Zivilisation und ihre Mängel‹, wenn man sie wörtlich nimmt, klingen sie alle genauso absurd. Ich wollte damals unbedingt erfahren, wie man mit einer sehr kleinen Summe auskommen kann. Es ist ja schön und gut, intellektuell zu sein und das auch zu pflegen, aber zunächst einmal muß man doch sehen, daß man die Maschine auch am Laufen halten kann.«

Mr. Campion rückte unbehaglich auf seinem Eimer hin

und her. Er kam sich, intellektuell gesprochen, so vor, als unterhalte er sich mit jemandem am anderen Ende eines Tunnels und stünde Rücken an Rücken mit ihm. Andererseits war es natürlich auch möglich, daß er sich auf einmal in ›Alice im Wunderland‹ verwandelt hatte.

»Alles, was Sie sagen, ist unbestreitbar richtig«, sagte er vorsichtig. »Haben Sie es geschafft?«

»Nicht ganz. Boon lebte in einem mehr ländlichen Gebiet. Er hatte natürlich auch einen anderen Geschmack, irgendwie war er mehr Ästhet, was ich nicht bin. Ich bin da leider ganz die Tochter meiner Mutter.«

Campion erinnerte sich noch an die gefeierte Mrs. Theophila Palinode, eine Dichterin aus den sechziger Jahren. Jetzt sah er die Ähnlichkeit. Dieses dunkle, lebhafte Gesicht mit dem Streben nach dem süß Unpraktischen hatte ihm einst vom Frontispiz eines kleinen roten Büchleins auf dem Sekretär seiner Großmutter entgegengelächelt. Miss Jessica sah genauso aus wie sie, nur die Ringellöckchen fehlten. Ihre klare, kräftige Stimme unterbrach seine Gedanken.

»Ich habe es jedenfalls beinahe geschafft«, sagte sie. »Ich werde Ihnen das Buch leihen. Es gibt Antworten auf so viele Probleme der Menschheit.«

»Das könnte unter Umständen so sein«, sagte er aufrichtig. »Was ist darin, wenn ich fragen darf?«

»In dem Topf hier? Was da so riecht, steht da drüben; das ist eine Salbe für das Knie des Lebensmittelhändlers. Aber das hier ist Fleischbrühe aus Schafskiefer. Nicht der ganze Kopf, das ist zu teuer. Boon schreibt ›zwei Unterkiefer für einen Viertelpenny‹, aber er hat schließlich auf dem Land und in einer ganz anderen Zeit gelebt. Die modernen Metzger sind nicht allzu hilfsbereit.«

Er saß da und starrte sie in fassungslosem Entsetzen an. »Sagen Sie«, fragte er dann, »haben Sie das nötig?«

Langsam verhärtete sich ihr Gesichtsausdruck, und er merkte, daß er sie enttäuscht hatte.

»Meinen Sie, ob ich so arm bin, daß ich das mögen muß, oder wollen Sie nur wissen, ob ich verrückt bin?«

Die exakte Diagnose seines Gemütszustandes war verblüffend. Ihre Klugheit war ebenso zum Fürchten, wie sie ihn anzog. Anscheinend war reine Höflichkeit hier angebrachter als Aufrichtigkeit.

»Es tut mir leid«, sagte er demütig. »Ich verstehe überhaupt nichts mehr. Sie müssen mir einmal das Buch zeigen.«

»Das werde ich schon noch. Aber Sie müssen begreifen, daß seine Intention, seine wahre Intention, wie bei allen wichtigen und informativen Büchern, auf ein emotionales Wollen abzielt. Ich meine, wenn sie nicht unbedingt eine bestimmte Art von Liebe verstehen wollen, werden Sie aus Platos ›Gastmahl‹ nicht das Beste herausholen. Und wenn Sie nicht wirklich billiger leben wollen, als Sie es je zu hoffen gewagt haben, holen Sie auch aus Herbert Boon nicht das Wesentliche heraus. Er wird sie abstoßen und langweilen. Verstehen Sie mich?«

»Vielleicht«, sagte er ernst.

Sein Blick wanderte über das trübsinnige Arrangement auf dem Tisch und wieder zurück zu ihrem klugen, stolzen Gesicht. Sie war schätzungsweise zehn oder fünfzehn Jahre jünger als ihre Geschwister.

»Sind die Blechdosen auch Boons Idee?« fragte er.

»Ja. Ich bin selbst überhaupt nicht praktisch veranlagt. Ich mache nur, was der Autor sagt. Vielleicht gelingt mir deshalb alles so gut, jedenfalls mehr odér weniger.«

»Wahrscheinlich.« Er machte so einen verwirrten Eindruck, daß sie ihn vergnügt anlachte, und ein paar weitere Jahre fielen von ihr ab.

»Ich habe weniger Geld als die anderen, nicht weil ich die Jüngste bin, sondern weil ich es meinem Bruder Edward anvertraut hatte, der den größten Teil meines Erbes angelegt hat.« Ihr Ton wurde viktorianisch steif. »Er war ein Mann mit Ideen, und auf seine Art war er mehr wie meine Mutter und ich, und nicht so wie Lawrence und Evadne, aber er war nicht besonders praktisch veranlagt. Er verlor all unser Geld. Armer Mann, es tut mir sehr leid für ihn. Ich will Ihnen nicht sagen, wie hoch mein derzeitiges Einkommen genau ist, aber ich kann es in Schilling zählen und nicht in Pfund. Dank der Gnade Gottes und Herbert Boons Scharfsinn bin ich jedoch keineswegs eine arme Frau. Ich verwende meine Intelligenz dazu, um auf meine Art zu leben. Sie mag Ihnen vielleicht seltsam vorkommen, aber es ist eben meine Art, und ich tue niemandem weh damit. Halten Sie mich jetzt für verrückt?«

Die Frage schoß förmlich auf ihn zu und nagelte ihn fest. Sie wartete auf eine Antwort.

Campion selbst war auch nicht ganz ohne Charme. Er lächelte entwaffnend.

»Nein«, sagte er. »Sie sind eine Rationalistin. Obwohl ich das nicht vermutet hätte. Das ist der Tee, ja? Woher bekommen Sie die Brennesseln?«

»Aus dem Hyde Park. Es gibt viel Unkraut – ich meine, Wildkräuter – da, wenn man danach sucht. Am Anfang hab ich ein paar Fehler gemacht. Man muß genau sein mit Pflanzen, wissen Sie, und ich war ein paarmal ganz schön krank, aber diese Probleme habe ich jetzt wohl gemeistert.«

Der Mann auf dem umgestülpten Eimer sah zweifelnd auf das graue Gebräu, das in dem kleinen Blechnapf, den sie ihm hinhielt, vor sich hin dampfte.

»Oh, es ist schon in Ordnung«, sagte sie. »Ich trinke das den ganzen Sommer über. Probieren Sie es, und wenn Sie es nicht mögen, habe ich auch Verständnis dafür. Aber Sie müssen das Buch lesen. Es würde mich freuen, wenn ich jemanden bekehren könnte.«

Er tat sein Bestes. Es schmeckte wie Galle.

»Lawrence mag es auch nicht«, bekannte sie lachend, »aber er trinkt es. Und er trinkt auch meinen Schafgarbentee. Er ist sehr interessiert, aber er ist konventioneller als ich. Er glaubt nicht wirklich, daß ich kein Geld brauche, obwohl ich nicht weiß, was er tun würde, wenn ich welches bräuchte, denn er hat auch nichts.«

»Sie kriegen doch jeden Tag Sixpence«, murmelte Campion. Die Worte entschlüpften ihm fast gegen seinen Willen, als ob sie ihn verhext hätte. Erstaunt schloß er aus ihrem triumphierenden Gesichtsausdruck, daß das auch so war.

»Ich habe gemacht, daß Sie das sagen«, sagte sie. »Ich weiß, wer Sie sind. Ich habe Sie heute da unter dem Baum gesehen. Sie sind Kriminalbeamter. Deshalb rede ich auch so offen mit Ihnen. Ich mag Sie. Sie sind intelligent. Ist es nicht interessant, wie man Leute zum Sprechen bringen kann? Wie funktioniert das wohl, was meinen Sie?«

»Diktatorische Telepathie vielleicht.« Campion war ausreichend erschüttert, um einen weiteren Schluck Tee zu trinken. »Veranlassen Sie die dicke Frau, Ihnen Sixpence zu geben?« fragte er.

»Nein, aber ich lehne sie nie ab. Sie hat so viel Freude daran. Außerdem kann ich das Geld gut brauchen. Das ist doch auch rational, oder?«

»Äußerst. Um auf die magischen Kräfte zurückzukommen, können Sie auch sehen, was hinter Ihrem Rücken vor sich geht?«

Er glaubte, sie genarrt zu haben, aber nach kurzem Nachdenken folgte sie seinem Gedankengang.

»Sie meinen Clytie und ihren jungen Mann, der so nach Benzin riecht«, verkündete sie. »Nun, ich weiß, daß sie heute da waren. Ich hörte sie flüstern. Aber ich habe mich nicht umgeschaut. Sie haben beide die Arbeit geschwänzt oder vorgegeben, auf irgendeinem Botengang zu sein.« Sie warf ihm einen verschmitzten Blick zu. »Ich sollte ihnen mein Buch leihen. Aber Boon schreibt nichts darüber, wie man Säuglinge ernährt. Das könnte ein Problem darstellen.«

»Sie sind eine seltsame Frau«, sagte Mr. Campion. »Was tun Sie? Angeben?«

»Vielleicht«, sagte sie. »Daran habe ich noch nicht gedacht, aber es ist schon möglich. Andererseits habe ich Mitleid mit Clytie. Ich war selbst mal verliebt, allerdings nur einmal. Es war aus gutem Grund platonisch, aber es war, wenn Sie verstehen, was ich meine, kein *Gastmahl.* Eigentlich noch nicht einmal ein Picknick. Ich wurde zu meinen kleinen intellektuellen Vorstößen ermutigt, und dann mußte ich feststellen, daß der angenehme, intelligente Mann sie dazu benutzt hat, seine Frau zu quälen, die er physisch wohl offensichtlich geliebt haben muß, sonst würde er sie kaum belästigt haben. Da ich rational bin, aber nicht selbstmörderisch großmütig, zog ich mich zurück. Dennoch bin ich Frau genug, um Clytie zu mögen. Kann Ihnen all das helfen, herauszufinden, wer meine Schwester Ruth vergiftet hat, was meinen Sie?«

Einen Moment lang sah er nicht auf, sondern saß da und starrte zu Boden.

»Nun«, sagte sie, »ja?«

Er hob seinen Kopf und sah ihr ins Gesicht, das so voller vergeudeter Schönheit und Klugheit war.

»Das müssen Sie wissen«, sagte er langsam.

»Aber ich weiß es nicht.« Sie war offensichtlich selbst überrascht von ihrem Geständnis. »Ich weiß es nicht. Meine magischen Kräfte sind nicht so bemerkenswert. Jeder, der allein lebt wie ich, wird übersensibel gegenüber dem Verhalten der Leute, denen er begegnet. Ich versichere Ihnen jedoch, ich habe keine Ahnung, wer Ruth vergiftet hat. Genausogut kann ich zugeben, daß ich dem Täter nicht gerade undankbar bin. Das werden Sie so oder so herausfinden, da kann ich es Ihnen ebensogut gleich sagen.«

»Sie war sehr anstrengend, nicht wahr?« sagte er.

»Es ging. Ich habe sie kaum gesehen. Wir hatten nur wenig gemeinsam. Sie war mehr wie der Bruder meines Vaters. Er war ein genialer Mathematiker und wurde ein wenig verrückt, glaube ich.«

»Und Sie sind froh, daß sie tot ist?« Er war absichtlich so

brutal, weil sie ihn ärgerte. Sie war so nett, und jetzt kam so etwas Entsetzliches und undefinierbar Falsches.

»Ich hatte Grund, Angst vor ihr zu haben«, sagte sie. »Wissen Sie, die Palinodes sind in der gleichen Lage wie eine Mannschaft auf einem kleinen Rettungsboot. Wenn eines der Besatzungsmitglieder seine ganze Ration Wasser austrinkt – im übrigen war sie keine Alkoholikerin –, müssen die anderen entweder zugucken, wie es vor Durst stirbt, oder sie müssen mit ihm teilen, und wir haben nicht viel zu teilen, auch nicht mit Hilfe von Herbert Boon.«

»Ist das alles, was Sie mir zu sagen haben?«

»Ja. Den Rest können Sie selbst herausfinden. Es ist nicht sehr interessant.«

Der dünne Mann im Morgenmantel stand auf und stellte seinen Blechnapf ab. Er überragte sie. Sie war sehr klein, und ihre Lumpen hingen um sie wie verwelkte Blütenblätter. Sein empfindsames Gesicht war nachdenklich, die Frage in seinem Kopf schien ihm wichtiger als jeder Mordfall.

»Warum?« brach es unvermittelt aus ihm hervor. »Warum?«

Sie verstand ihn sofort. Ein Hauch von Farbe überzog ihr graues Gesicht.

»Ich habe keine Begabungen«, sagte sie freundlich. »Ich bin zu nichts zu gebrauchen, wie man so schön sagt. Ich kann nichts mit den Händen machen, nichts schreiben, noch nicht einmal reden.«

Als er sie anblinzelte und versuchte, das Ausmaß dessen, was sie gesagt hatte, zu erfassen, fuhr sie gelassen fort: »Die Gedichte meiner Mutter waren ausgesprochen schlecht. Ich habe ein gutes Maß an Intelligenz von meinem Vater geerbt, und ich bin in der Lage, das zu beurteilen. Einen Vers hat sie allerdings geschrieben, der mir immer etwas gesagt hat, obwohl viele Leute ihn wahrscheinlich unsinnig finden würden. Er lautet:

Aus Schilfrohr zimm're ich mir ein eigen Dach:
Verwoben Flechtwerk – zwischen Stengeln saust der Wind,
neugierig fingernd, und sein dünner Atem singt.
Ich hör es nicht, muß schaffen, Tag und Nacht.«

Eine halbe Stunde später kehrte er in sein Zimmer zurück und kletterte zitternd ins Bett. Das Buch, das Miss Jessica ihm geliehen hatte, lag auf seinem Nachttisch. Es war schlecht gedruckt und voller Eselsohren, mit einem grob gesetzten Titel und endlos langen, völlig überholten Anmerkungen. Er hatte es aufs Geratewohl aufgeschlagen, und die Passagen, die er gelesen hatte, gingen ihm noch im Kopf herum, als er die Augen schloß.

Dickmilch (der Bodensatz saurer Milch, den unwissende Hausfrauen oft in Flasche oder Kanne zurücklassen). Man kann sie durch Hinzufügen von gehackter Salbei, Schnittlauch oder, was besonders bekömmlich ist, von Wasserkresse schmackhafter machen. Ich bin kein kräftiger Esser, und ich habe tagelang von diesem Mahl mit einer Scheibe Brot gelebt, wobei ich jeden Tag die Mahlzeit durch Hinzufügen eines anderen Gewürzkrautes verändert habe.

Energie. Spare Energie. Sogenannte Wissenschaftler wollen uns weismachen, sie sei nur Wärme. Verwende nie mehr davon, als jeweils benötigt. Ich schätze, daß eine Stunde Schlaf gleichbedeutend ist mit einem Handelspfund schweren Essens. Sei demütig. Nimm, was du bekommst, auch wenn die Gabe verächtlich angeboten wird. Der Gebende wird in seiner eigenen Seele belohnt, sei er nun tugendhaft oder prahlerisch. Sei ruhig. Sorge und Selbstmitleid verbrauchen genauso viel Energie wie angestrengtes Denken. So wirst du frei sein und keine Last für deine Verwandten oder die Gesellschaft. Auch dein Verstand wird Betrachtungen zugänglicher sein und mehr Freude an den Schönheiten der Natur und den Errungenschaften der

Menschheit haben, beides kostenlose Luxusartikel, deren sich die Intelligenz freigiebig bedienen darf.

Knochen. Das große und nahrhafte Schienbein eines Ochsen kann für einen Penny erworben werden. Auf dem Weg vom Metzger nach Hause kann ein kluger Mann Löwenzahnblätter, und wenn er Glück hat, auch Knoblauch im Gras pflücken...

Mr. Campion zog sich die Decke über den Kopf. »Ach du lieber Himmel«, sagte er.

8
Beziehungen

Ein Geräuch weckte ihn. Er fuhr hoch und stellte fest, daß jemand seine Tür geöffnet hatte und jetzt, mit der Hand auf der Klinke, nach draußen in den Flur redete. Es war Charlie Luke.

»... Sie verschwenden Ihre Zeit auf dem Dach«, sagte er mit bissiger Freundlichkeit. »Sie werden sich noch mal den Hals brechen. Es geht mich ja nichts an, und wenn ich Ihnen respektlos erscheine, entschuldigen Sie bitte, aber – machen Sie so was nicht. Ich meine es nur gut mit Ihnen.«

Der Ton und nicht zuletzt die Worte setzten Mr. Campion sofort ins Bild. Er lauschte auf die Antwort, aber sie kam so leise, daß er sie nicht verstehen konnte.

»Tut mir leid.« Der Chefinspektor klang etwas unbehaglich.

»Nein, ich werd's niemandem sagen, natürlich nicht. Für was halten Sie mich? Für den Lautsprecher auf dem Bahnsteig? Oh, ich bitte um Verzeihung, Miss White, ich habe gar nicht gemerkt, daß ich geschrien habe.«

Draußen hörte man eine heftige Bewegung, und die Tür ging etwas weiter auf, wurde aber wieder zugezogen, als er seinen letzten Schuß auf sie abfeuerte.

»Ich sage nur, halten Sie sich da raus!«

Schließlich kam er herein. Er sah eher besorgt als niedergeschlagen aus.

»Die kleine Närrin«, sagte er. »Na ja, Sie kann jedenfalls nicht behaupten, ich hätte Sie nicht gewarnt. Morgen, Sir. Renee gab mir das hier, als ich sagte, ich ginge hinauf.« Er stellte ein Tablett mit zwei Tassen Tee auf den Frisiertisch. »Richtig heimelig für einen Mord, was?« sagte er und blickte sich im Zimmer um. »Wo ich heute nacht war, gab's keinen Tee. ›Man sollte doch meinen, daß in diesem Haufen Urnen doch welcher sein müßte‹, hab ich zum Super gesagt, aber er hat nicht darauf reagiert. Na, wir haben den alten Burschen ausgegraben und in Sir Dobermans Einmachgläser getan.«

Er brachte Mr. Campion seinen Morgentee und machte es sich in dem thronähnlichen Sessel bequem.

»Offiziell berate ich mich mit Renees Anwaltsneffen«, sagte er. »Ich glaube nicht, daß Sie mit dieser Geschichte noch lange durchkommen, aber ich denke, wir sollten so lange daran festhalten, wie es geht.«

Er füllte den großen Sessel aus, als sei er für ihn gemacht. Seine Muskeln sahen aus wie Steine unter seinem Mantel, und seine diamantenen Augen waren so hell, als habe er die ganze Nacht durchgeschlafen und nicht auf einem Friedhof verbracht. »Miss Jessica hat mich schon erkannt«, bemerkte Mr. Campion. »Sie hat uns alle im Park gesehen.«

»Ja?« Luke war nicht überrascht. »Na, sie sind nicht blöd, keiner von ihnen. Ich hab Ihnen das ja schon mal gesagt. Ich hab mich halt zu Anfang geirrt. Aber sie sind nicht blöd, nicht?«

Der dünne Mann im Bett schüttelte nachdenklich den Kopf.

»Nein.«

Luke nahm einen Schluck Tee.

»Renee hat irgendwas Verrücktes über Pa Bowels letzte Nacht erzählt«, begann er. »Irgend so eine Geschichte, daß er für Edward einen Sarg auf Verdacht gemacht habe. ›Das ist eine Wahnsinnsgeschichte‹, hab ich gesagt.«

Campion nickte. »Ja. Die Sache stinkt. Ich verstehe allerdings die Zusammenhänge nicht ganz. Sie? Lugg ist übrigens drüben. Das wäre ein Job für ihn. Vielleicht ethisch nicht sehr hochstehend, aber sie sind alte Feinde. Was mag er schmuggeln? Tabak? Oder vielleicht Pelze?«

Das Gesicht des Chefinspektors wurde dunkel vor Ärger.

»Der alte Mistkerl!« sagte er. »Ich hasse solche Überraschungen in meinem Bezirk. Das muß nicht sein. Schmuggel in Särgen, das ist wohl verdammt noch mal der älteste Trick auf der Welt! Und ich falle auf Bowels rein! Ich hab immer gedacht, ich kenne diese Straße wie meine Westentasche!«

»Vielleicht habe ich ja auch unrecht.« Campion bemühte sich, nicht allzu beschwichtigend zu wirken. »Vielleicht ist Leichenbestatten wirklich seine ganze Leidenschaft. Seine Geschichte könnte ja auch wahr sein. Überraschen würde es mich nicht.«

Luke warf ihm einen zustimmenden Blick zu. »Das ist das Problem mit den Leuten hier in der Gegend. Die blödeste, gottverdammte Geschichte kann auch wahr sein. Ich will nicht behaupten, daß Jas kein guter Geschäftsmann ist, aber ich verstehe nicht, wie ich auf diesen Künstlerblödsinn reinfallen konnte.«

»Was wollen Sie tun? Mit dem Staubkamm drübergehen?«

»Natürlich, jetzt, wo wir wissen, daß wir ihm was anhängen können. Es sei denn, Sie möchten ihn lieber in Ruhe lassen, bis die andere Sache vorbei ist, Sir. So was braucht natürlich seine Zeit. Wir können ihn aber auch auf frischer Tat ertappen und in die Ferien schicken.«

Mr. Campion dachte über Mr. Bowels nach. »Er wird Sie schon erwarten«, sagte er. »Mein persönlicher Assistent wird mir nie vergeben, wenn ich nicht wenigstens durchschnittliche Intelligenz zeige.«

»Lugg? Ich hab schon von ihm gehört, bin ihm aber noch nie begegnet. Hab gehört, er hat gesessen?«

»Ach, das war, als er noch rank und schlank war. Er hat irgend so einen laienhaften Einbruch begangen. Nein, ich denke schon, daß Sie die Akte Bowels mal überprüfen müssen. Wahrscheinlich ist er nur ein kleiner Gauner.«

»Und wenn nicht, wird er sich ruhig verhalten, bis er sich in Sicherheit wiegt, und dann können wir ihn schnappen.«

Der Chefinspektor nahm ein paar zerknitterte Notizblätter aus einer Innentasche und ging sie sorgfältig durch. Wieder einmal war Campion beeindruckt von der graphischen Qualität seiner Bewegungen. Die Notizen wurden beinahe zu Lautsprecherdurchsagen, während er sie durchsah; dies war bedauerlich, das war unwichtig, jenes konnte warten und so weiter, und die ganze Zeit über wechselten Licht und Schatten über das eindrucksvolle Gesicht.

»Skopolamin Hydrobromid«, verkündete er plötzlich. »Nun, Sir, wie stehen die Chancen, daß Pa Wilde ein Töpfchen davon in seinem Arzneischrank hat?«

»Schlecht.« Campion sagte das so nachdrücklich, wie es anscheinend von ihm erwartet wurde. »Soweit ich weiß, wird es in der Medizin nur selten verwendet. Vor vierzig Jahren war es so eine Art Modemedizin als Beruhigungsmittel bei manischen Anfällen. Es ist so was ähnliches wie Atropin, nur stärker. Als Gift wurde es erst bekannt, als Crippen es bei Belle Elmore verwendete.«

Charlie Luke war nicht zufrieden. Er kniff die Augen zusammen. »Sie müssen sich den Laden ansehen«, sagte er.

»Das werde ich auch. Aber wir sollten ihn nicht unnötig aufscheuchen. Versuchen wir es zuerst beim Doktor.«

»Okay, gern.« Er machte sich auf seinen Papierfetzen eine Notiz mit einem winzig kleinen Stift. »Skopolamin Hydrobromid. Was ist das eigentlich? Wissen Sie das zufällig?«

»Soweit ich weiß, Bilsenkraut.«

»Tatsächlich? Das Unkraut?«

»Ich glaube schon. Es ist sehr verbreitet.«

»Das stimmt, wenn es das Zeug ist, das ich meine. Ich war verknallt in meine Biologielehrerin, als ich noch in der Schule war, und mein Naturkundebuch sah dementsprechend aus, mit lieblichen Zeichnungen. ›Ja, Miss, ich habe alles gelernt... danke Miss, Sie sollten nicht so eine durchsichtige Bluse anziehen, Miss...‹. Bilsenkraut, so eine kleine gelbe Blume. Stinkt entsetzlich.«

»Genau.« Campion hatte das Gefühl, einen Dynamo zu Besuch zu haben.

»Wächst praktisch überall.« Der Chefinspektor war ganz in Gedanken versunken. »Verdammt, man kann es sogar im Park finden.«

Mr. Campion schwieg einen Moment.

»Ja«, sagte er schließlich, »das könnte man wohl.«

»Aber dann muß man das Zeug zubereiten.« Der Chefinspektor schüttelte seinen Kopf mit den dichten, dunklen Locken. »Ich werde also zuerst zum Doktor gehen, aber Sie müssen sich Pa Wilde einmal ansehen, und wenn es nur ist, um Ihren Horizont zu erweitern. Und dann muß ich zum Bankdirektor. Hab ich ihn schon erwähnt?«

»O ja. Ein ordentlicher kleiner Kerl. Ich bin ihm kurz begegnet, als er aus Miss Evadnes Zimmer kam. Sie hat mich ihm allerdings nicht vorgestellt.«

»Wenn sie es getan hätte, hätte sie ihm irgendeinen komischen Namen gegeben, und Sie wären deswegen doch nicht schlauer gewesen. Er ist fällig für einen Besuch. ›Die Bank darf nur unter Strafandrohung Informationen geben.‹ Das hat er wörtlich zu mir gesagt!«

»Hat er es böse gemeint?«

»Nein. Er hat natürlich recht, und in der Theorie bin ich auch ganz seiner Meinung. Ich finde schon, daß mein bißchen Geld auf der Post ein absolutes Geheimnis zwischen mir und dem Mädchen am Schalter ist. Aber ich sehe nicht ein, warum er nicht als Privatmann ein bißchen aus dem Nähkästchen plaudern kann.«

»Als Freund der Familie? Ja, wir werden ihn auf jeden Fall verhören. Miss Ruth hat viel zu viel Geld ausgegeben, bevor sie umgebracht wurde, soviel habe ich schon erfahren. Das könnte möglicherweise ein Motiv sein, muß aber nicht. Yeo behauptet immer, Geld sei das einzig wirkliche Motiv für einen Mord.« Charlie Luke gab keinen Kommentar dazu ab. Er war zu seinen Papierfetzen zurückgekehrt.

»Hier ist es«, sagte er schließlich. »Ich hab das mit viel Überredungskunst aus Renee herausgekriegt. Mr. Edward hat ihr drei Pfund in der Woche gezahlt, dafür hat sie ihm auch die Wäsche gemacht. Miss Evadne zahlt jetzt das gleiche. Vollpension, so nennt man das. Mr. Lawrence zahlt zwei Pfund für Halbpension, was allerdings keinen Unterschied macht, denn sie kann keinen hungern sehen. Miss Clytie bezahlt zwanzig Schilling, weil das alles ist, was sie hat, das arme Kind. Sie bekommt kein Mittagessen. Miss Jessica bezahlt fünf Schilling.«

»Wie bitte?«

»Fünf Schilling. Tatsache. Ich sagte zu Renee ›Seien Sie doch nicht dumm, Herzchen, wie machen Sie das?‹ und sie sagte ›Was kann ich schon verlangen? Die Frau ißt nichts außer dem gekochten Hundefutter, das sie sich auch noch selbst zubereitet, und ihr Zimmer ist direkt unter dem Dach‹, und so weiter und so weiter. ›Sie sind blöd‹, sagte ich, ›für fünf Schilling können Sie heutzutage nicht mal einen Hund halten‹, und sie sagte, Miss Jessica sei kein Hund, sie sei eine Katze. ›Sie machen sich selbst was vor‹, sagte ich, ›Sie halten sich wohl für die heilige Maria‹. Und dann kam die Wahrheit ans Licht. ›Sehen Sie mal, Charlie‹, sagte sie, ›nehmen wir mal an, ich würde mehr verlangen, was dann? Dann muß es ihr ja doch der Rest der Familie geben. Dann müssen alle sparen‹, sagte sie, ›und wer ist der Gelackmeierte? Ich, oder?‹ Sie hat ja recht. Sie könnte sie natürlich alle rausschmeißen, aber ich glaube, sie hat sie gern. Spürt, daß sie Klasse haben und bemerkenswert sind – so, als ob man sich Känguruhs hält.«

»Känguruhs?«

»Na ja, Gürteltiere eben. Interessant und ungewöhnlich. Etwas, worüber die Nachbarn reden können. Heutzutage hat man ja sonst nicht viel Unterhaltung. Man muß sie sich schon selber machen.«

Wie gewöhnlich redete er mit den Händen, dem Gesicht und dem ganzen Körper, und zeichnete Renee nach mit einer seltsam treffenden Geste mit Daumen und Zeigefinger. Warum gerade das die spitze kleine Nase der alten Dame und ihr ratterndes Mundwerk so genau beschreiben sollte, wußte Campion auch nicht, aber er sah sie lebhaft vor sich. Er fühlte sich gestärkt, als ob ein Teil seines Gehirns, der lange brachgelegen hatte, wieder zu neuem Leben erweckt worden wäre.

»Und Miss Ruth?« fragte er lachend. »Sie hat wahrscheinlich einen Schilling und Ninepence bezahlt, und es dabei belassen, was?«

»Nein.« Das Beste hatte sich der Chefinspektor bis zuletzt aufgehoben. »Nein. Im letzten Jahr, bevor sie starb, hat Miss Ruth unregelmäßig bezahlt. Manchmal waren es sieben Pfund, und manchmal kam sie buchstäblich mit Pfennigen an. Renee mußte streng Buch führen. Sie sagt, durchschnittlich seien es immer so um die fünf Pfund gewesen.«

»Das ist interessant. Wie hoch war Ruths offizieller Beitrag?«

»Drei Pfund, wie bei den anderen. Ich sag Ihnen was, Renee ist reich!«

»Das sieht ganz so aus. Anscheinend eine Art Lord Shaftesbury der Gegenwart.«

»Sie hat Geld, viel Geld.« Charlie Luke klang traurig. »Ich hoffe, sie steckt nicht bei Jas Bowels mit drin. Das würde meinen Glauben an die Menschheit erschüttern.«

»Das glaube ich nicht. Würde sie mich mitten in der Nacht herunterschleppen, um ihn mir zu zeigen, wenn es so wäre?«

»Das stimmt.« Sein Gesicht erhellte sich. »Na, ich werd jetzt mal abziehen und ein bißchen Hausaufgaben machen. Sollen wir uns den Burschen von der Bank mal ansehen? Sein Name ist Henry James. Ich weiß gar nicht, warum mir der Name so bekannt vorkommt. Ich würde gern so gegen zehn dahin gehen.«

»Wie spät ist es denn?« Campion stellte ganz schuldbewußt fest, daß er noch im Bett lag. Anscheinend war seine Uhr auf Viertel vor sechs stehengeblieben.

Luke zog eine silberne Taschenuhr aus seiner Manteltasche. Nachdrücklich klopfte er darauf.

»Sie geht beinahe genau. Ungefähr zehn vor sechs. Ich bin schon kurz nach fünf gekommen, aber ich wollte Sie nicht früher wecken, für den Fall, daß Sie eine harte Nacht hatten.«

»Wir alten Leute brauchen unseren Schlaf«, sagte Campion grinsend. »Vermutlich haben Sie jetzt ein paar Stunden Routinearbeit vor sich?«

»Lieber Himmel, ja. Sie warten schon auf mich. Wir sind auch knapp an Leuten. Übrigens, der hier ist gekommen.« Er studierte einen Zettel, der sauberer war als die anderen. »Nur zur Gedächtnisstütze. Der Direktor vom staatlichen Gefängnis in Charlsfield schreibt, daß auf ihrer Krankenstation ein gewisser Looky Jeffreys liegt, der zwei Jahre für Einbruch bekommen hat. Er stirbt, glauben sie. Hat sich irgendwas an den Innereien zugezogen.« Er schwieg. »Armer Kerl«, sagte er dann ernst. »Jedenfalls redet er im Delirium, und die ganze Zeit flüstert er vor sich hin ›Apron Street, schickt mich bloß nicht in die Apron Street‹. Anscheinend sagt er es immer wieder. Wenn er bei Bewußtsein ist, fragen sie ihn danach, aber dann kann oder will er natürlich nichts sagen. Behauptet, er kennt keine Straße, die so heißt. Es gibt drei Apron Streets in London, deshalb haben sie es der Polizei in den entsprechenden Bezirken mitgeteilt. Wahrscheinlich hat's gar nichts zu tun mit unserer Apron Street. Aber es macht einen schon nachdenklich.«

Mr. Campion setzte sich auf. Ein vertrauter Schauer lief ihm den Rücken hinunter.

»Sehe ich das richtig, daß er Angst hat?« fragte er.

»Scheint so. Da ist noch eine Notiz am Ende: Laut medizinischem Bericht ist er heftig erregt und schwitzt.

Obwohl er die anderen Wörter, allesamt schmutzige Ausdrücke, in normaler Lautstärke stammelt, flüstert er nur noch, sobald er die Straße erwähnt.«

Campion warf die Bettdecke zurück.

»Ich stehe auf«, sagte er.

9
Geldgespräche

Für das Büro eines Bankdirektors wirkte es recht kitschig. Es war klein, ausstaffiert mit einer überladenen chinaroten und goldenen Tapete, einem türkischen Teppich, einem Kamin und einem Eckschrank, der wahrscheinlich Sherry und Zigarren enthielt. Weiter standen darin ein prunkvoller Mahagoni-Schreibtisch und ein grüner Ledersessel für den Kunden, mit hohem Rückenteil und Ohrenschützern, die mit Messingnägeln beschlagen waren.

Über dem Kamin hing das viktorianische Ölgemälde eines Gentleman in einer phantasievollen Weste und einem Kragen, dessen mächtige Spitzen den ganzen unteren Teil seines Gesichtes verdeckten.

Während Campion sich umsah, kam ihm plötzlich in den Sinn, daß das Wort ›Bankrott‹ früher einmal nur ›B-tt‹ geschrieben wurde, als sei es unrein.

In dieser Umgebung wirkte Mr. Henry James äußerst modern und ein wenig fehl am Platz. Er stand hinter seinem Schreibtisch und betrachtete seine Besucher zweifelnd. Er gab sich ordentlich, ja beinahe schon pedantisch, und sein braunes Haar war so streng zurückgekämmt, daß es wie gelackt aussah. Sein Leinenhemd war so weiß wie frisch gefallener Schnee, und der kleine Binder um seinen Hals hatte ein so diskretes Muster, daß er beinahe unsichtbar war.

»Das ist natürlich alles sehr mißlich. Ich habe schon viel erlebt, aber ich glaube, so etwas ist mir noch nie untergekommen.« Die Stimme war ebenso gepflegt wie der ganze Mann, die Vokale rein, die Konsonanten klar betont. »Ich sagte Ihnen bereits, Inspektor, die BANK – er sagte dies in Großbuchstaben, als rede er von Gott – kann keine Auskunft geben, es sei denn vor Gericht, und ich hoffe bei Gott, daß es soweit nicht kommt.«

In dieser Umgebung wirkte Charlie Luke noch mehr als sonst wie ein Gangster. Sein Grinsen war im wahrsten Sinne des Wortes breit, und er sah seinen Begleiter an wie ein höflicher Hund, der seinem Gast den ersten Biß gewährt.

Der dünne Mann mit der Hornbrille betrachtete interessiert ihr gemeinsames Opfer.

»Heute sind wir privat da«, sagte er, »zumindest beinahe.«

»Ich verstehe nicht recht.«

»Das tut mir leid. Ich meine, könnten Sie erwägen, die Bank für einen Augenblick zu vergessen?«

Ein schwaches Lächeln breitete sich auf dem runden Gesicht seines Gegenübers aus.

»Das wird wohl kaum möglich sein.«

Wahrscheinlich war es Zufall, daß beide Männer sich umwandten und das Porträt über dem Kamin betrachteten.

»Der Gründer?« fragte Campion.

»Der Enkel des Gründers, Mr. Jefferson Clough, im Alter von siebenunddreißig Jahren.«

»Ist er schon tot?«

»Natürlich. Das Gemälde stammt aus dem Jahre 1863.«

»Bekannter Maler?«

»Wohl kaum.« Der Ton war leicht tadelnd. »Die besten Banken erkennt man an einem Mangel solcher Qualitäten.«

Campions Lächeln war entwaffnend.

»Sie verkehren auch privat mit den Palinodes, nicht wahr?«

Der andere Mann legte eine Hand über die Stirn.

»O zum Teufel«, sagte er unverhofft. »Ja, das tue ich. Ich kenne sie seit meiner Kindheit. Aber sie sind auch alte Kunden der Bank.«

»Dann werden wir nicht über's Geld reden. Einverstanden?«

Henry James' Gesicht war halb schuldbewußt, halb erheitert.

»Wir werden es wohl müssen. Was möchten Sie wissen?«

Der Chefinspektor seufzte und zog sich einen Stuhl heran. »Nur Routinefragen«, sagte er. »Miss Ruth Palinode wurde ermordet...«

»Ist das offiziell?«

»Ja, sicher, aber sagen Sie es bitte nicht weiter, bevor die Untersuchungen abgeschlossen sind.«

Die besorgten runden Augen zwinkerten verständnisvoll.

»Sie möchten gern wissen, wie gut ich sie kannte, und wann ich sie zuletzt gesehen habe, richtig? Nun, gekannt habe ich sie schon als Junge, und zuletzt gesehen habe ich sie an irgendeinem Tag in der Woche, in der sie gestorben ist. Ich habe versucht, mich zu erinnern, an welchem Tag das war, und ich glaube, es war der Morgen vor dem Tag, an dem sie krank wurde. Sie kam hierher.«

»Geschäftlich?«

»Ja.«

»Hatte sie ein Konto hier?«

»Zu dieser Zeit nicht.«

»Dann war ihr Konto gerade aufgelöst worden?«

»Was soll ich Ihnen darauf antworten?« Er errötete vor Ärger. »Ich habe Ihnen doch schon gesagt, daß ich mit Ihnen unmöglich über die finanziellen Angelegenheiten meiner Kunden sprechen kann.«

»Ende der ersten Runde«, warf Campion aus seinem Ledersessel ein. »Kommen wir auf Ihre Kindheit zurück. Wo wohnten Sie damals?«

»Hier.«

»In diesem Haus?«

»Ja. Vielleicht sollte ich das erklären. Über diesen Räumen sind Mietwohnungen. Mein Vater war damals Bankdirektor. Zur gegebenen Zeit ging ich in unsere Hauptfiliale in der Innenstadt, und als mein Vater schließlich starb, kam ich als Direktor hierher. Wir sind keine große Firma wie die anderen Banken, und unsere Spezialität ist der individuelle Dienst am

Kunden. Die meisten unserer Kunden sind schon seit Generationen bei uns.«

»Gibt es viele andere Filialen?«

»Nur fünf. Die Hauptgeschäftsstelle ist in Buttermarket.«

»Sie erinnern sich wahrscheinlich noch gut an die Palinodes in ihrer großen Zeit?«

»Aber ja, natürlich.« Es überraschte sie, wieviel Wärme in diesem Ausruf lag. »Die Ställe hier hinten waren voller wunderschöner Pferde. Diener rannten hin und her. Die Geschäftsleute hatten alle Hände voll zu tun. Es gab Empfänge, Dinnerparties – Silber, wissen Sie, und Kristallgläser und...« Er wedelte mit den Armen, da ihm die Worte fehlten.

»Kronleuchter?« schlug Luke hilfsbereit vor.

»Genau«. Dankbar nahm er den Faden wieder auf. »Mein Vater und Professor Palinode waren befreundet. Ich kann mich noch gut an den alten Herrn erinnern. Er hatte einen Bart, wissen Sie, und so einen großen Hut, und Augenbrauen, – ja, buschige Augenbrauen. Für gewöhnlich saß er in diesem grünen Sessel und stahl meinem Vater die Zeit, aber das war ganz egal. Das ganze Viertel drehte sich nur um die Palinodes. Ich kann das nicht so beschreiben, mir fehlen die richtigen Worte, aber es war eine großartige Zeit, und sie waren großartige Leute. Die Diamanten, die Mrs. Palinode trug, wenn sie ins Theater gingen! Die Weihnachtsfeste für die von uns, die das Glück hatten, dazu eingeladen zu werden! Als ich zurückkam und sie so vorfand, wie sie jetzt sind, das war ein Schock, ein richtiger Schock!«

»Es sind immer noch bezaubernde Leute«, warf Campion ein.

»Ja, natürlich, und man fühlt sich Ihnen ja auch verpflichtet, aber, Sir, so wie es aussieht...«

»Vielleicht war Edward Palinode nicht so geschäftstüchtig wie sein Vater?«

»Nein«, sagte Mr. James kurz, »nein!«

Ein unproduktives Schweigen entstand.

»Miss Jessica hat mir gesagt, sie könne ihr wöchentliches Einkommen in Schillingen zählen«, begann Campion.

»Miss Jessica!« Mr. James warf die Arme hoch, aber gleich darauf wurde sein Gesicht wieder verschlossen. »Ich kann nicht darüber reden«, sagte er.

»Natürlich nicht. Also, Sie haben Miss Ruth zuletzt einen Tag, bevor sie starb, gesehen. Stimmt das?«

»Wissen Sie, ich bin mir gar nicht so sicher. Sie war nur einen Augenblick hier. Ich werde versuchen, das für Sie festzustellen. Warten Sie.«

Er eilte aus dem Zimmer und kam kurz darauf mit einem Angestellten wieder, der durchaus früher einmal die rechte Hand von Jefferson Clough gewesen sein konnte. Er war groß und dünn und so alt, daß seine Kopfhaut sich wie Pergament über seinen kahlen Schädel spannte. Spärliche weiße Haare sprossen an unerwarteten Stellen aus seinem faltigen Gesicht. Auffallend an ihm war eine unangenehm wackelnde Unterlippe, die wie ein Tropfen aus seinem Kiefer hervorhing. Seine tränenden Augen waren jedoch scharf, und er bekundete kein Erstaunen bei ihrem Anblick. »Es war entweder der Nachmittag des Tages, bevor sie starb, oder der Nachmittag des gleichen Tages.« Seine Stimme war heiser und scharf akzentuiert. »Der Nachmittag.«

»Wissen Sie, das glaube ich eigentlich nicht, Mr. Congreve.«

Der Direktor hob seine Stimme, als er mit ihm sprach. »Ich habe eher das Gefühl, daß es der Morgen des Tages davor war.«

»Nein.« Er redete mit dem Nachdruck des halsstarrigen, alten Mannes. »Der Nachmittag.«

»Die Verstorbene wurde vor dem Mittagessen krank und starb um zwei Uhr nachmittags«, sagte Charlie Luke sanft.

Der alte Mann starrte ihn verständnislos an, und Mr. Henry James wiederholte den Satz mit lauterer Stimme.

»Blödsinn«, sagte Mr. Congreve überzeugt. »Ich weiß genau, daß es der Nachmittag war, weil ich die Lady angesehen und mir dabei gedacht habe, wie sich die Mode doch ändert. Es war der Nachmittag des Tages, an dem sie starb. Es ging ihr noch ausgezeichnet.«

Mr. James sah Campion entschuldigend an.

»Es war an einem Morgen in dieser Woche, das weiß ich bestimmt«, sagte er. »Wirklich.«

Ein überlegenes, nachsichtiges Lächeln schürzte die wakkelnde Lippe noch mehr.

»Sie wollen unbedingt Ihren Willen durchsetzen, Mr. James«, kicherte er. »Na, Sie sollen recht haben. Arme Lady, sie ist jetzt so oder so tot. Es war der Nachmittag. Nun, meine Herren, wenn ich Ihnen weiter nicht dienlich sein kann, wünsche ich einen guten Tag.«

Der Chefinspektor sah ihn an und sog nachdenklich an seiner Lippe. »Na ja«, sagte er, »wir werden ihn nicht in den Zeugenstand rufen. Sonst noch jemand im Büro draußen, der uns weiterhelfen könnte, Mr. James?«

Der ordentliche kleine Mann sah so unbehaglich aus, daß sie leicht falsche Schlüsse daraus hätten ziehen können.

»Leider nicht«, sagte er schließlich. »Ich habe natürlich über die Sache ein wenig nachgedacht, aber unsere Miss Webb lag mit Grippe zu Bett, so daß Congreve und ich alleine zurechtkommen mußten.« Er errötete leicht. »Sie denken jetzt vielleicht, daß wir wenig Personal haben. Das stimmt leider auch. Heutzutage ist es fast unmöglich, vernünftige Leute zu bekommen. Früher hat das anders ausgesehen. Ich habe noch vierzehn Lehrlinge am Schalter des Kontors gesehen. Damals war dies ein größeres Geschäft.«

Campion hatte das unangenehme Gefühl, Cloughs Bank schrumpfe vor seinen Augen.

«Ich denke, wir sollten uns auf den Morgen des Tages, bevor sie starb einigen, ja?« schlug er vor. »Da ging es ihr also noch gut?«

»Im Gegenteil.« James war peinlich berührt. »Ich hatte den Eindruck, sie müsse sehr krank sein. Sie war erregbar, wissen Sie, sehr aufbrausend und extravagant in ihren Forderungen. Eigentlich war ich, als ich am nächsten Tag – ja, ich bin sicher, es war der nächste Tag – hörte, daß sie gestorben sei, überhaupt nicht überrascht.«

»Sie akzeptierten die Diagnose ohne weiteres?«

»Das tat ich leider. Doktor Smith ist ein sehr gewissenhafter Mann, ich habe eine hohe Meinung von ihm. Als ich es erfuhr, sagte ich ›Nun, das wundert mich nicht. Eine Last weniger auf den Schultern der armen Leute‹.« Als diese Worte von seinen Lippen gekommen waren, erstarrte er, und sein Gesicht wurde völlig ausdruckslos. »Ich hätte Sie nie empfangen dürfen. Ich wußte es vom ersten Augenblick an.«

»Na ja«, murmelte Campion. »Es war allgemein bekannt, daß Miss Ruth anstrengend war. Verwandte gehen einander oft auf die Nerven. Und doch greift eine Familie selten zu so drastischen Mitteln, um es einmal so auszudrücken.«

Der kleine Direktor sah ihn dankbar an.

»Ja«, sagte er heuchlerisch. »Genau so habe ich es natürlich gemeint. Ich fürchtete einen Augenblick lang, Sie könnten mich mißverstehen.«

Charlie Luke machte Anstalten aufzustehen, aber in diesem Augenblick öffnete sich die Tür, und Mr. Congreve kam wieder herein. »Draußen ist jemand, der zum Inspektor will«, nuschelte er heiser. »Wir wollen nicht, daß er bei uns im Büro steht, Mr. James. Er sollte wohl besser hereinkommen.« Er nickte Luke zu. »Ich habe ihn nicht weggeschickt«, sagte er.

Es war die großartige Darbietung einer Mischung aus Beleidigung und Allmacht. Er wartete die Antwort erst gar nicht ab und winkte jemandem hinter ihm.

Ein Kriminalbeamter in Zivil mit einem finsteren, zerfurchten Gesicht kam rasch herein. Anscheinend sah er keinen anderen als Luke.

»Können Sie mit mir kommen, Sir?«

Der Chefinspektor nickte, und sie gingen wortlos zusammen hinaus. Mr. Congreve schloß die Tür und schlurfte zum Fenster, das auf die Straße ging.

Er zog den Vorhang ein wenig zur Seite und sah durch den Spalt. Plötzlich begann er zu lachen, das gespenstische, hohe Kichern sehr alter Leute.

»Es ist unser Nachbar zur Rechten, Mr. Bowels«, sagte er. »Na, was mag wohl mit ihm sein, was?«

»Vielleicht ist er in die Apron Street gegangen«, bemerkte Campion dümmlich. Seine hellen Augen beobachteten träge den alten Mann, aber Mr. Congreve stand ganz ruhig da und starrte auf die Straße. Nach einer Weile straffte er seinen Rücken.

»Das geht schlecht, Sir, weil dies die Apron Street *ist*«, sagte er streng. »Sie sind wohl fremd hier, daß Sie das nicht wissen.«

»Leider ist Mr. Congreves Taubheitsgrad unterschiedlich«, bemerkte Mr. James entschuldigend, als er seinen Besucher zur Tür begleitete. »Er ist schon viele Jahre bei uns und hat leider gewisse Privilegien, oder zumindest glaubt er das.« Er schwieg, dann seufzte er. »Wissen Sie was«, fügte er mit plötzlicher Wut hinzu, »Geld ist auch nicht mehr das, was es mal war. Das ist pure Häresie, aber manchmal denke ich das. Guten Morgen.«

10
Der Junge mit dem Moped

»Das hat alles seine Ordnung«, sagte Jas Bowels behaglich. »Mehr kann ich dazu nicht sagen, es hat alles seine Ordnung. Ich habe den Gentleman hineingelegt und zugeschraubt, das ist eine Tatsache.«

Er stand auf dem Pflaster der Mews, eine auffallende Gestalt in seinem vornehmen schwarzen Anzug. Sein Jackett war so lang, daß niemand sonst es hätte tragen können, ohne lächerlich zu wirken, aber bei ihm, mit seinem lockigen weißen Haar, das ihm Würde verlieh, sah es großartig aus. Er schlug leicht auf seinen Zylinder, der weder zu glänzend noch zu aufdringlich neu war, sondern einfach nur solide und traurig aussah.

»Sie brauchen mich gar nicht so anzusehen, Mr. Luke«, sagte er und lächelte Charlie väterlich wohlwollend an. »Ich nenne ihn meinen Trauerrand. Ist sozusagen eine Art Wortspiel. Es tröstet die Hinterbliebenen, wissen Sie; nicht das Wortspiel, das Kleidungsstück.«

Der Polizist in Zivil, der kummervoller dreinblickte als die stummen Helfer, die um den soliden, pferdebespannten Leichenwagen herum beschäftigt waren, den sie gerade aus der Remise gezogen hatten, lachte bitter auf.

»Sie trösten mich nicht«, bemerkte er überflüssigerweise. »Los, erzählen Sie noch mal, wo der Inspektor jetzt hier ist. Wo ist der Sarg, den sie heute nacht aus dem Keller von Portminster Lodge herausgeholt haben?«

»In Lansbury Terrace Nummer 59. Wir wollten gerade dorthin fahren.« Er konnte den Triumph in seiner Stimme kaum unterdrücken. Er kroch unter dem dick aufgetragenen Mitleid hervor wie ätherisches Öl. »Wenn ich gewußt hätte, daß Sie ihn sich ansehen wollen, Mr. Luke, hätte ich mir eher die rechte Hand abgehackt, als ihn zu verwenden. Wirklich!«

Charlie Luke gestattete sich den Anflug eines Lächelns.

»Sie sind herzerfrischend, Bowels«, sagte er. »Die Leiche liegt natürlich in dem Sarg, nicht wahr? Ich nehme an, genau in diesem Augenblick stehen alle Verwandten darum herum?«

»Sie knien.« In den unschuldigen Augen war nicht die leiseste Andeutung eines Lächelns. »Sie sind sehr fromm. Der Sohn ist Anwalt«, fügte er nach kurzem Nachdenken hinzu.

Der Polizist in Zivil hob seine Augen und begegnete dem Blick seines Vorgesetzten. Es stand keine Frage darin. Für dieses Mal hatte Jas gewonnen.

»Er brauchte ihn zufällig heute morgen. Zufällig paßte er auch gerade. Zufällig ist der, den er für den Kunden gemacht hatte, kaputtgegangen. Zufällig wußte er nicht, daß wir Interesse daran hatten«, sagte er düster.

»Sie haben mir die Worte aus dem Mund genommen, Mr. Dice«, sagte Jas angenehm überrascht. »Das ist schon komisch, und ich wollte es eigentlich gar nicht erwähnen, weil es nicht schön ist, daß das passiert ist, aber der Sarg, den ich für den Herrn gemacht hatte, hat sich verzogen. Der Rüster war noch zu frisch. Entsetzliches Zeug kriegen wir heutzutage geliefert, da tropft manchmal noch das Wasser runter. ›Junge‹, sagte ich zu Rowley, ›Junge, das darf doch nicht wahr sein. Da ist ein Riß drin, bevor wir ihn dahin geschafft haben.‹ ›Noch schlimmer wäre es, Vater‹, sagte der Junge, ›wenn das in der Kirche passieren würde.‹ Na, das wollten wir natürlich nicht riskieren, denn das kann einen Knall geben wie ein Pistolenschuß. Das wäre eine strafbare Handlung und kein Herstellungsfehler. ›Du lieber Himmel, Rowley‹, sagte ich, ›das kann ich nicht riskieren.‹ ›Und da hast du auch recht‹, sagte er. ›Was soll ich also deiner

Meinung nach machen?‹ erwiderte ich. ›Da ist doch noch dein Meisterstück, Vater‹, sagte er, ›das wir gerade über die Straße geholt haben.‹ ›Na gut‹, sagte ich ...«

»Vergessen Sie es«, sagte Charlie Luke gleichmütig. »Legen Sie es zu Ihren Erinnerungen. Wir sehen uns hier nur noch ein bißchen um, wenn es Ihnen nichts ausmacht.«

Mr. Bowels zog eine schöne, wenn auch etwas zu große, goldene Uhr aus seiner Westentasche.

»Na, das tut mir aber leid«, verkündete er. »Ich kann jetzt leider nicht mehr bleiben, Mr. Luke, sonst müssen wir im Galopp zur Lansbury Terrace fahren, und das könnte böses Blut geben. Aber wie das Glück so spielt, mein Schwager ist in der Küche. Er sitzt da am Ofen und hat einen dicken Kopf. Er wird erfreut sein, Sie herumzuführen und Ihnen alles zu zeigen.«

Er schwieg, ein vielsagendes Zucken umspielte seinen kleinen Mund. »Nicht, daß Sie und ich kein Vertrauen zueinander haben, aber ich weiß ja, daß ihr Polizisten gerne vom Hausherrn herumgeführt werdet, wegen der Aussagen später. Gehen Sie nur hinein und sagen Sie ›Mr. Lugg, Mr. Bowels schickt uns‹, und er wird Ihnen alles zeigen, sozusagen von der Krypta bis zum Belfried. Er wird sich sehr freuen«, fügte er boshaft hinzu.

»Schön, das werden wir tun.« Luke verhehlte seine Befriedigung nicht. »Dann bis nach der Party, Bowels.«

Der seidige weiße Kopf senkte sich betrübt. »Sie sollten keine Witze über dieses Thema machen, Mr. Luke«, sagte er mit offensichtlicher Aufrichtigkeit. »Das ist eben mein Beruf, und ich mache ihn gern, aber was besagten Herrn angeht, so ist es ihm sehr ernst. Er lacht bestimmt nicht darüber.«

»Nicht?« sagte Charlie Luke und straffte seine Gesichtszüge, daß seine Wangenknochen hervorstanden wie bei einem Totenkopf. Jas erschrak und wurde ganz blaß.

»Ich finde das nicht sehr nett von Ihnen«, sagte er steif und drehte sich um.

Sie fanden Mr. Lugg in der Küche, aber er war nicht allein. Mr. Campion saß ihm gegenüber in einem hochlehnigen Armsessel. Er erhob sich, als sie eintraten, und entschuldigte sich.

»Ich sah, wie Sie da draußen bei den Krähen standen, und deshalb bin ich hinten herum durch den Laden gegangen«, erklärte er. »Lugg sagt, sie haben ihn letzte Nacht außer Gefecht gesetzt.«

Ein blasses, trübäugiges Häufchen Elend starrte den Neuankömmlingen aus einem Korbstuhl entgegen. Mr. Lugg trug zwar seinen besten Anzug und Gamaschen, aber ohne Kragen und mit offenem Hemd. Er war sehr ärgerlich.

»Ein Guinness und zwei kleine Schnäpse, wirklich! Und das mir!« sagte er zornig. »Ich bin umgefallen wie 'n Kunde von meinem Schwager, un ich fühl mich noch so. Das is typisch Jas, absolut typisch. Quatscht von meiner toten Schwester, bis ich bald heule, und dann verpaßt er mir so Knockout-Tropfen. Un das in seinem eigenen Haus, hat man Töne! In seinem eigenen Haus! Eine Frau, eine sogenannte hilflose Frau hätte so was nich getan!«

Überraschenderweise war es Sergeant Dice, der auf diesen Ausbruch am verständnisvollsten reagierte.

»Lassen Sie es gut sein«, sagte er. »Das ist Schicksal.«

Luke freute sich, trotz seines Ärgers.

»Freut mich, Sie kennenzulernen«, sagte er und reichte seinem neuen Helden seine Wurstfinger. Mr. Campion, der Charlie Luke verständnisinnig zublinzelte, sah, daß dieser das Schauspiel fasziniert verfolgte. Er beeilte sich, ihn vorzustellen, und Lugg entspannte sich. »Hier is nichts«, sagte er zu Dice. »Hab den ganzen Plunder auf den Kopf gestellt, und da steht nich eine Wachsblume am falschen Platz. Keine Ahnung, wo der alte Heuchler hin is, so wahr ich hier sitze, aber was auch immer es is, es is irgendwas außer.«

»Außergewöhnliches?« sprang Campion ihm bei.

Lugg warf ihm einen vorwurfsvollen Blick zu.

»Nein«, sagte er. »Ich rede doch wohl nich Kisuaheli. Außer, das heißt was anderes. Hat nichts mit dem normalen Kram hier zu tun. Setzen Sie sich endlich still hin, wenn Sie Christenmenschen sind. Ich kann heute früh 'ne Fliege rumtrampeln hören.«

Als sich alle gesetzt hatten, erklärte er umständlich: »Jas is weg zu irgendwas außer der Reihe, hat nichts mit der Würmerausgraberei zu tun und auch nichts mit den Palinodes. Ich will doch meinen, daß wir das schon gewußt haben, als wir den Brief gekriegt haben. Jas will den Ärger in dem großen Haus so schnell wie möglich aufgeklärt haben, damit die Bullen – Tschuldigung, Mr. Dice, un Sie auch, Mr. Luke, das war Umgangssprache – damit die Polizei nach Hause gehen un Glückwunschtelegramme lesen kann, un er kann weiter seinen dunklen Geschäften nachgehen. Und deshalb hat er überhaupt geschrieben, der arme alte Trottel.« Vor lauter Nachdruck hätte er beinahe die Tischplatte durchgeschlagen, besann sich aber im letzten Moment eines Besseren. »Hat bloß nich bedacht, daß mein Arbeitgeber hier sich so drum kümmern würde, un er hat sicher auch nich gedacht, daß ich auf 'nen brüderlichen Plausch vorbeikomme. Noch als ich in der Tür stand, un er so auf mich un meine kleine Tasche guckte, hab ich zu ihm gesagt: ›Du solltest lieber den Mund zumachen, Kamerad, wenn du schon nich erfreuter gucken kannst.‹ Natürlich hat er sich gleich am Riemen gerissen. Er hält mich für den reichen Onkel vom kleinen Rowley. Der Harris Tweed hier, den ich anhab, der riecht nach 'nem teuren Stöffchen.«

Er hatte sich rasch erholt. Die kleinen schwarzen Augen funkelten, und Mr. Campion war richtig erleichtert.

»Hat uns hierhin gelockt«, fuhr Lugg fort, der richtig in Fahrt kam, »hat uns hierhin gelockt un so getan, als hätte er uns was zu sagen. Viel war's aber nich. Hab's aus ihm rausgekriegt, noch bevor ich im Wohnzimmer war und die Photos vom Grabstein von meiner armen Beatt gesehen hab.«

»Geht's um Pferdewetten?« Campion stellte die Frage in scharfem Ton, und alle drei wandten den Kopf zu ihm.

»Da hat's der junge Herr Klugscheißer also rausgekriegt.« Mr. Lugg war gereizt genug, um zu vergessen, daß sie nicht alleine waren. Akrobatisch versuchte er es zu vertuschen. »War nicht an Sie gerichtet, Sir«, sagte er und schlug heuchlerisch seine blutunterlaufenen Augen nieder, »hab mich selbst gemeint. Jedenfalls war das alles, was Jas uns anbieten konnte, nachdem er mit seinen Andeutungen falsche Hoffnungen geweckt hatte. Miss Ruth Palinode hat ab un zu 'nen Schilling auf 'n Pferd gesetzt, wie's viele tun. Jas hielt's für interessant, weil's 'n Geheimnis war. Dumme Leute vertun sich da oft.«

Luke sah Campion mit der Anerkennung des Kenners an. »Wie sind Sie darauf gekommen, Mr. Campion?«

Die blassen Augen hinter der Hornbrille blickten entschuldigend.

»Reine Vermutung«, sagte er bescheiden. »Alle haben mir dauernd erzählt, sie habe ein Laster, sei keine Alkoholikerin und mathematisch so begabt gewesen, daß der Gedanke an irgendein System einfach nahelag, das ist alles. Rowley nahm vermutlich für sie die Gewinne entgegen.«

»Sie hat immer nur ein oder zwei Schilling am Tag gesetzt, so daß Rowley sich weiter nichts dabei gedacht hat, bis sie dann vor einem Monat gestorben ist. Darin is er wie seine Mutter; langsam. Er hat's auch aus purer Gefälligkeit getan. Das is auch wieder ganz Beatt. Aber ich nehme an, er konnte die arme alte Schachtel um den Finger wickeln, darin kommt er ganz auf Jas.«

»Faszinierend. Hat sie immer gewonnen?«

»Ab un zu. Auf lange Sicht verloren, wie das bei Frauen meistens so ist.«

»Das ist eine Tatsache«, sagte Sergeant Dice nachdrücklich.

»Gut, das erklärt einiges.« Charlie Lukes diamantene Augen blitzten. »Das Geld ist knapp. Wenn ein Mitglied der

Familie pleite ist, müssen die anderen die Last tragen. Alles wird vertuscht. Keiner erfährt was. Die dumme alte Frau bringt das ganze Geld unter die Leute. Ärger. Verzweiflung. Jemand unternimmt was, um sie aufzuhalten ...« Mitten im Satz brach er nachdenklich ab. »Wie ist das als Motiv?« fragte er Campion. »Könnte doch sein. Nein? Nicht einleuchtend genug.«

»Kein Motiv für einen Mord ist völlig erstklassig«, sagte Campion schüchtern. »Ein paar der genialsten Verbrecher haben ihre beste Arbeit für ein paar schäbige Münzen geleistet. Wohin ist Jas, Lugg? Weißt du das?«

»Noch nich, Meister. Geben Sie mir noch 'ne Stunde.« Lugg war ungehalten. »Ich bin erst seit 'ner halben Stunde wieder ich selbst. Ich kann mich nich dreiteilen. Ich muß meinen Verstand brauchen. Letzte Nacht, als ich hier war, kam jemand, un Jas hat mit ihm oder ihr allein an der Haustür geredet. Ich konnte nichts sehen. Er kam grinsend zurück, wobei diese zwei Grabsteine aus seinem ekelhaften Mund rausstanden, un sagte, 's wär' was Geschäftliches, also wieder mal 'n Toter, verstehen Sie. Aber er war ganz durcheinander. Grinste un schwitzte. Da is irgendwas im Busch, vielleicht schmuggelt er Schnaps oder so was.«

»Wie sind Sie darauf gekommen?« Charlie Luke schnappte nach dem Einfall wie ein Terrier.

Lugg gab sich rätselhaft. »Kam mir so in den Sinn, mehr nich«, sagte er. »Es ist irgendwas Schweres, das vorsichtig transportiert werden muß. Außerdem hat er mir eine von seinen tollen Geschichten erzählt. Er hat 'ne Menge Freude an seinem Job, das erzählt er immer. Es geht um's Hotel Balsamic. Die wollen da nichts Unangenehmes, da ist alles Friede, Freude, Eierkuchen. Un wenn 'n Gast ins Gras beißt, darf kein so 'n Empfindsamer vom Anblick eines Sarges, der die Treppe runtergetragen wird, schockiert werden, un dann schicken sie nach Jas und Sohn, un die packen die Leiche in ein großes Klavier un tragen das runter.«

»Davon hab ich schon gehört«, sagte Campion. »Was hat das mit Schnaps zu tun?«

»Hotelgeschäft«, sagte Lugg gereizt. »Ich erzähl Ihnen keinen Tatbestand. Alles, was ich weiß, is, daß Jas privat unterwegs is, un daß die Leichen von gegenüber damit nichts zu tun haben.«

Als das letzte Grollen seiner tiefen Stimme erstarb, ging die Tür auf, und ein kleines schmutziges Gesicht tauchte auf der Schwelle auf.

»Sie sind von der Polizei, oder?« Ein kleiner Junge stand da, höchstens neun Jahre alt, nur Haut und Knochen, mit dem Mund eines Engels und Schlitzaugen.

»Kommen Sie, dann sind Sie als erste da. Sie haben nach 'nem Polizisten geschickt, aber ich wußte, daß Sie hier sind. Kommen Sie. 'n toter Mann.«

Die Reaktion darauf erfolgte augenblicklich und äußerst zufriedenstellend. Alle schossen hoch, einschließlich Mr. Lugg, der zwar schwankte, sich aber wieder fing.

»Wo ist das, mein Junge?« Charlie Luke wirkte wie ein Riese, als er auf das Kind hinuntersah.

Der Junge packte ihn an der Jacke und zog. Er genoß die Situation und kam sich sehr wichtig vor.

»Da hinten, da hinten bei den Ställen. Kommen Sie, damit Sie der erste sind. Haben Sie Ihren Ausweis dabei?«

Das Kind rannte über das Pflaster und zog Charlie Luke mit sich. Eine Menschenmenge drängte sich um eine alte graue Tür, die ein wenig offen stand. Der Rest des kleinen Platzes war leer. Bowels und Sohn waren mitsamt ihren Krähen verschwunden.

Die Menge machte Platz für Luke, der seinen Führer entschlossen einer Frau in die Arme drückte. Als er und Campion in den schwach erleuchteten Schuppen traten, dachten sie zunächst, er sei leer, aber eine Leiter in der Ecke führte auf den Speicher, und durch die Luke drang Schluchzen.

Die Menschen hinter ihnen schwiegen, so fasziniert, wie Massen in kritischen Augenblicken immer sind. Campion erreichte die Leiter als erster. Er kletterte die staubigen Tritte hoch und sah sich einem unerwarteten Schauspiel gegenüber. Ein Streifen des regenverhangenen Londoner Morgenlichts fiel durch ein spinnwebverhangenes Fenster, das hoch in der weißgekalkten Wand eingelassen war. Auf einem Regenmantel neben der Leiche kniete eine schäbige Gestalt mit blauschwarzem Haar. Miss White weinte sich die Augen aus dem Kopf.

11

Die Zeit dafür

Der schwarze Streifen getrockneten Blutes sah in dem hellen Licht unheimlich aus, und das pathetisch junge, wenn auch jetzt etwas mitgenommene Gesicht darunter hatte zwar eine bedenkliche Farbe, es war aber noch Leben darin.

Campion legte eine Hand auf Clyties zuckenden Rücken. »Er ist nicht tot«, sagte er beruhigend. »Wie haben Sie ihn denn gefunden?«

Von der anderen Seite des hingestreckten Körpers nickte Charlie Luke, der sich auf die Fersen gekauert hatte, ihr Mut zu.

»Der Doktor ist gleich hier. Das war ein Fachmann, der ihn so zugerichtet hat, aber er ist jung und kräftig. Jetzt kommen Sie schon, Miss.«

Sie hob nicht ihren Kopf. Ihr seidiges schwarzes Haar hing wie ein Vorhang über ihr Gesicht.

»Keiner sollte es wissen.« Ihre Stimme war matt vor Kummer.

»Keiner sollte es wissen, aber ich dachte, er sei tot. Ich mußte einfach um Hilfe rufen. Ich dachte, er sei tot.«

Ihr Schluchzen war kindlich und hemmungslos. Alle Würde des jüngsten Familienmitgliedes der Palinodes war in Tränen aufgelöst. Ihre formlosen Arbeitskleider unterstrichen die Traurigkeit ihres zusammengekauerten Körpers.

»Oh, ich dachte, er sei tot.«

»Nun, er ist es nicht«, grollte Charlie Luke. »Wie haben Sie ihn gefunden? Wußten Sie, daß er hier war?«

»Nein.« Sie hob ihr Gesicht, das naß und verschmiert war wie das eines weinenden Kindes, und sah Campion an.

»Nein. Ich wußte, daß er die Erlaubnis hatte, sein Moped

hier unterzustellen. Das hat er gestern arrangiert. Gestern abend haben wir uns ziemlich spät voneinander verabschiedet, so nach zehn. Sie haben mich ja heimkommen gesehen. Und dann hab ich heute früh im Büro darauf gewartet, daß er mich anruft.« Sie kämpfte mit den Worten und gab auf. Wieder rollten ihr die Tränen über ihre Stupsnase. Campion zog ein Taschentuch hervor. »Hatten Sie Streit?« fragte er.

»O nein.« So eine entsetzliche Vorstellung war offensichtlich undenkbar. »Nein. Er ruft mich immer an. Es ist schon fast Gewohnheit. Er verkauft Photoapparate – das heißt, seine Firma. Er rief nicht an. Heute früh rief er nicht an. Miss Ferraby – sie sitzt mit mir unten im Büro – konnte jeden Augenblick kommen. Ich war als erste da und darum ... und darum ...«

»Und darum haben Sie ihn natürlich angerufen.« Campion sah sie mitfühlend durch seine Brillengläser an.

»Er war nicht da«, sagte sie. »Mr. Cooling, der neben ihm sitzt, sagte, er sei noch nicht da, und wenn er nicht krank sei, sähe es nicht gut für ihn aus.«

Statt eines Kommentars legte Charlie Luke seine Hand über die Augen. Mr. Campion sah sie weiter mitfühlend an.

»Und dann haben Sie bei ihm zu Hause angerufen?« fragte er.

»Nein, er hat kein Zuhause. Ich habe seine Vermieterin angerufen. Sie – sie – sie, oh, ich kann nicht!«

»Nein, Miss, ich will nicht, wer immer Sie auch sein mögen!« Charlie Luke brachte ein schrilles, beleidigendes Geräusch hervor, das wie eine Telefonstimme klang. »Nein. Und wo ich Sie schon mal am Hörer habe, kann ich Ihnen genausogut gleich sagen, daß Sie sich schämen sollten. Sich mitten in der Nacht draußen rumzutreiben ... gutes Geld vergeuden ... taugt alles nichts ... arme Frau ... muß selbst zusehen, wie ich klarkomme ... bin kein Wohlfahrtsinstitut, wenn das manche Leute auch denken ... Was hat die alte Panzerfalle gemacht? Ihn rausgeschmissen?«

Zum ersten Mal sah sie ihn direkt an, vor lauter Erstaunen vergaß sie die Tragödie, ihren Kummer, sogar ihre Liebe.

»Woher wissen Sie das?«

Der Chefinspektor war noch ein junger Mann, und auf seine besondere Art sogar recht attraktiv. In diesem Augenblick kamen beide Eigenschaften zur Geltung.

»Das hat's alles schon mal gegeben«, sagte er und fügte mit einer Freundlichkeit, die ganz ungewöhnlich bei ihm war, hinzu: »Kommen Sie, Kätzchen, machen Sie die Augen auf. Es mag ja eine schockierende Erfahrung sein, aber irgendwann müssen Sie sie ja schließlich mal aufmachen. Die alte Schachtel hat ihm aufgelauert und ihn mitsamt seinem Hemd zum Wechseln und dem Bild seiner Mutter vor die Tür gesetzt, war es nicht so?«

Miss White schluchzte auf.

»Und Sie haben sich gedacht, er müsse irgendwo in der Nähe seines Mopeds sein, nicht?«

»Ja, das war alles, was er außer mir hatte.«

Der Chefinspektor wich Campions Blick aus.

»Na ja, Sie sind ja noch nicht so alt«, murmelte Campion.

»Ach, aber meine Spürnase ist auch nicht mehr das, was sie mal war«, sagte Luke abwesend und beugte sich nieder, um einen weiteren Blick auf die Wunde in dem hellen Haar zu werfen. »Er hat sehr dicke Haare«, betonte er, »das hat ihn wahrscheinlich gerettet. Trotzdem ein fachmännischer Schlag. Ganz schön häßlich. Da hat jemand sein Handwerk verstanden.« Er wandte sich wieder an Clytie. »Und Sie sind aus dem Büro gegangen und hierhergekommen, um ihn oder Spuren von ihm zu finden? War die Tür offen?«

»Ja. Mr. Bowels wollte heute ein Schloß anbringen. Wir haben erst gestern gemietet.«

»Der Schuppen gehört Bowels?«

»Er gehört dem alten Mr. Bowels, aber wir haben ihn von dem jungen gemietet. Ich glaube, sein Vater wußte zunächst gar nichts davon.«

»Ich verstehe. Sie sind also sofort aus dem Büro hierhergekommen und haben im Schuppen nachgeguckt. Warum sind Sie hier hochgestiegen?«

Miss White überlegte. In ihrem Zögern lag nichts Unaufrichtiges. »Ich brauchte nirgendwo anders nachzusehen«, sagte sie schließlich. »Wenn er hier nicht gewesen wäre... dann, nun, dann wäre er fort gewesen. Vermutlich hatte ich Angst. Können Sie nicht verstehen, wie man sich fühlt, wenn jemand verschwunden ist?«

»Aber ja«, sagte Campion verständnisvoll. »Natürlich. Sie warfen einen Blick hier hinein, sahen eine Leiter und – hm – stiegen hinauf. Wie ich es rekonstruiere, ist es in Ordnung, Inspektor.«

»Rekonstruieren ist das richtige Wort«, grunzte Charlie Luke.

»Und was dann?«

Clyties Gesicht war sehr blaß und angespannt.

»Dann sah ich ihn«, sagte sie, »und ich dachte, er sei tot.«

Sie wandte den Kopf. Unten im Schuppen signalisierte das Geräusch von Schritten das Eintreffen von Verstärkung.

»Nur noch eins, Luke«, sagte Campion schüchtern. »Wer ist das überhaupt?«

»Howard Edgar Wyndham Dunning, so hieß er jedenfalls, als wir ihn das letzte Mal nach seinem Personalausweis gefragt haben.« Luke versuchte, seine Stimme unbeteiligt klingen zu lassen.

Miss White hatte das letzte Wort. »Ich nenne ihn Mike«, sagte sie.

Als erster tauchte Sergeant Dice auf der Leiter auf. Er drehte sich um, um dem Doktor zu helfen, der ihm das übelnahm. Daß dies Doktor Smith war, darüber gab es für Campion keinen Zweifel. Er stellte sogar überrascht fest, daß er ihn wirklich noch nie gesehen hatte, und daß er ihn nur erkannte, weil die Beschreibung des Chefinspektors so hervorragend gewesen war.

»Morgen, Luke. Was ist denn hier los? Noch mehr Ärger? Ja, ja. Ach du lieber Himmel.« Er hatte eine leise, ruhige Stimme und beugte sich mit einer Sicherheit über den Patienten, mit der ein Mann seine Erfahrung dokumentiert.

»Ihr Beamter konnte den Polizeiarzt nicht finden, deshalb hat er mich geholt«, fuhr er fort und kniete sich neben den Verletzten. »Gehen Sie mal aus dem Licht, junge Frau. Oh, Sie sind's Clytie. Was tun Sie denn hier? Gehen Sie mal ein Stück zurück. So.«

Dann herrschte längere Zeit Schweigen, und Campion, der neben Miss White stand, konnte fühlen, wie sie zitterte. Luke stand direkt hinter dem Doktor, die Hände in den Taschen vergraben und die mächtigen Schultern hochgezogen. Er sah beinahe selbst aus wie eine Keule.

»Ja, ja. Na, er ist nicht tot, und das ist ein kleines Wunder. Er muß einen Eisenschädel haben.« Die klaren Worte klangen kalt. »Das war ein teuflischer Schlag, Luke, ungewöhnlich brutal. Jemand wollte ihn umbringen. Er ist noch sehr jung. Rufen Sie St. Bedes an. Sagen Sie Ihnen, es sei dringend.«

Als Dice über die Leiter verschwand, packte Luke den Doktor an der Schulter.

»Womit ist der Schlag ausgeführt worden? Können Sie das sagen?«

»Nicht bevor Sie mir die Waffe zeigen. Ich bin kein Hellseher. Wahrscheinlich irgendwas, was für diesen Zweck geeignet ist.«

»Was? Soll das heißen, ein richtiger Totschläger, nicht vielleicht ein Wagenheber?«

»Unwahrscheinlich. Es sei denn, Sie könnten einen herbeizaubern, an dem Blut und Haare kleben. Der Angreifer muß übermenschliche Kräfte gehabt haben.«

»Und wenn nicht?«

»Dann hat er eben die entsprechende Waffe gehabt. Das ist im Moment alles, Luke. Ich muß ihn ins Bett schaffen, hier wird's zu kalt für ihn. Ist dieser schmierige Regenmantel alles, womit wir ihn zudecken können?«

Clytie zog ihren Pullover aus, der ihr zu lang und zu weit war, und gab ihn wortlos dem Doktor. Er streckte seine Hand aus, um ihn zu nehmen, zögerte, blickte sie an und verzichtete dann doch auf Widerspruch. Er fühlte noch einmal den Puls des Jungen und nickte unverbindlich, als er seine Uhr wieder einsteckte.

»Wann ist es passiert, Doc?«

»Hab ich gerade überlegt. Es ist sehr kalt. Ich glaube nicht, daß ich Ihnen eine definitive Antwort auf diese Frage geben kann. Spät in der letzten Nacht oder heute früh am Morgen. Na, wir wollen sehen, daß wir wegkommen.«

Campion nahm Miss White am Ellbogen.

»Er wird schon wieder in Ordnung kommen«, sagte er. »Wenn ich Sie wäre, würde ich nach Hause gehen und mir einen anderen Mantel holen.«

»Nein.« Sie war unnachgiebig wie ein Stein. »Nein, ich gehe mit ihm.« Sie war jetzt vollkommen ruhig, und ihre Haltung war ein wenig alarmierend. In ihrer ruhigen Hartnäckigkeit lag ein Anflug von Miss Evadnes Bestimmtheit.

Der Doktor sah Campion an. »Es ist sinnlos«, murmelte er. »Sie haben weniger Ärger, wenn Sie keinen Streit mit ihr anfangen. Sie kann im Krankenhaus warten. Er ist ziemlich krank.«

»Doktor Smith?« Clytie rang mühsam um Fassung.

»Ja?«

»Ich verlasse mich darauf, daß Sie das hier meinen Tanten gegenüber nicht erwähnen, auch nicht meinem Onkel Lawrence gegenüber.«

»Ich nehme doch an, das tun Sie schon selbst«, sagte er abwesend. »Nein, mein Liebes, ich pflege nicht in der Gegend herumzurennen und Geschichten zu erzählen. Wie lange geht das schon mit euch beiden?«

»Sieben Monate.«

Er erhob sich mühsam von den schmutzigen Dielen und klopfte den Staub aus seiner Hose.

»Nun, Sie sind achtzehneinhalb, oder?« sagte er. Seine bekümmerten Augen musterten ihr Gesicht. »Das ist eben die Zeit dafür. Ein Verbrecher wird auch erst verurteilt, wenn er älter ist. Es ist auch menschlich. In Ihrer Familie findet eben ein Wandel statt, wenn ich so sagen darf. Waren Sie bei ihm, als es passierte?«

»O nein. Ich habe ihn eben erst gefunden. Ich kann mir gar nicht vorstellen, was – wie – wer es getan hat. Ich dachte, er sei tot.«

Er sah sie prüfend an, wahrscheinlich, um festzustellen, ob sie log. Dann wandte er sich an Campion, der sich mit dem üblichen Erfolg unsichtbar machte.

»Schon wieder ein Geheimnis, was?«

»Scheint so.« Die ein wenig hohe Stimme klang irreführend naiv. »Es sei denn, es handelt sich um das gleiche.«

»Du lieber Himmel!« Seine Augen weiteten sich, und sein gekrümmter Rücken krümmte sich noch mehr. »Das ist ja schrecklich. Der Ärger! Die Möglichkeiten, die darin liegen... Die Zweifel, die jetzt ganz zwangsläufig in jedem aufsteigen...«

Clytie unterbrach ihn mit einem Protestschrei.

»Seien Sie doch still!« sagte sie mit brechender Stimme. »Geben Sie sich doch damit nicht ab! Halten Sie sich doch nicht bei so etwas Unwichtigem auf! Wird er wieder gesund?«

»Liebes Kind«, sagte er entschuldigend und freundlich zugleich, »es würde mich nicht überraschen. Es würde mich überhaupt nicht überraschen.«

Bei den letzten Worten hob er lauschend den Kopf, und sie hörten die Sirene des Krankenwagens, einen schrillen, markerschütternden Ton, der hoch über dem dumpfen Rauschen des Verkehrs lag.

Charlie Luke sah finster drein, seine Finger spielten mit den losen Münzen in seiner Tasche. »Ich möchte Sie sprechen, Doc«, sagte er. »Ich hab den gerichtsmedizinischen Befund hier.«

»Oh.« Der alte Mann fiel in sich zusammen, als habe man eine weitere Last auf seinen gebeugten Rücken gelegt.

Campion entschuldigte sich eilig. Rasch ging er die Apron Street hinauf, wo er im Gewimmel der kleinen Straßen im Norden verschwand.

Es dauerte einige Zeit, bis er Lansbury Terrace gefunden hatte. Sie stellte sich als breite Straße in der Nähe des Kanals heraus, wo die ursprünglichen Regency-Häuser kleineren, modernen Häusern mit nachgemachten Tudor-Fenstern und Giebeldächern gewichen waren.

Nummer 59 war genauso anonym wie die übrigen. Die schwere rote Tür war geschlossen, die Vorhänge sittsam zugezogen.

Campion eilte die breiten Steinstufen hinauf und drückte auf die Klingel. Zu seiner Erleichterung öffnete ihm eine Frau mittleren Alters. Er sah sie mit entwaffnendem Bedauern an.

»Es tut mir leid, daß ich zu spät komme«, sagte er.

»Das kann man wohl sagen, Sir. Sie sind vor über einer halben Stunde aufgebrochen.«

Unentschlossen stand er da, ein Bild offensichtlicher Unentschlossenheit, das unweigerlich bei jeder praktisch veranlagten Frau den Beschützerinstinkt wachruft.

»In welche Richtung? Da hinunter, nicht wahr?« Er wies unbestimmt hinter sich.

»Nun, Sir, es ist ganz schön weit. Sie nehmen sich besser ein Taxi.«

»Ja, das werde ich machen. Eigentlich müßte ich es wissen, nicht? Ich meine... diese großen Friedhöfe... zwei oder drei auf einmal... verwirrend. Es ist wirklich zu peinlich, wenn man falsch – hm – bei der falschen Beerdigung ankommt. Wie dumm von mir, meine Liebe. Ich bin schon viel zu spät. Sagen Sie mir, stehen Wagen da?«

Er spielte die Rolle des Fassungslosen ganz ausgezeichnet, und sie hatte auch prompt Mitleid mit ihm.

»Sie können sie gar nicht verfehlen«, sagte sie. »Es stehen Kutschen da. Sehr hübsch und altmodisch. Eine Menge Blumen und Leute. Mr. John ist auch da.«

»Ja, ja, natürlich.« Campion blickte zurück auf die Stufen. »Ich sehe, ich muß mich beeilen. Ich werde es schon finden. Eine Menge Blumen auf einem pechschwarzen Sarg.«

»O nein, Sir, ein Eichensarg. Ziemlich hell. Sie werden sie schon finden, Sir.«

Sie sah ihn ein wenig seltsam an, aber er hatte bereits nervös seinen Hut wieder aufgesetzt und eilte in die falsche Richtung davon.

»Ich nehme mir ein Taxi«, rief er über die Schulter. »Vielen Dank. Ich nehme ein Taxi.«

Sie ging zurück ins Haus, wobei sie dachte, er wisse wohl kaum, auf welche Beerdigung er ging.

Mr. Campion war bereits auf der Suche nach einer Telefonzelle. Sein Gang wurde beschwingter, sein Rücken straffte sich, und seine hellen Augen blickten befreiter bei jedem Schritt, den er machte.

An der Ecke der staubigen Straße fand er eine kleine rote Zelle und verbrachte einige Zeit damit, das Telefonbuch zu studieren.

Knapp, Thos, Verbindung ohne Amt.

Die Nummer war in Dulwich, und er wagte kaum zu hoffen, als er sie wählte.

»Hallo?« Die Stimme klang piepsig und mißtrauisch. Sein Herz hüpfte vor Freude.

»Thos?«

»Wer ist da?«

Mr. Campion grinste breit.

»Eine Stimme aus der Vergangenheit«, sagte er. »Mein Name ist Bertie, oder er war es zumindest, wie ich mich mit einigem Unbehagen erinnere.«

»Du lieber Gott!«

»Jetzt übertreibst du aber!«

»He«, die Stimme wurde lauter und bebte, »red noch ein bißchen weiter.«

»Du bist vorsichtig geworden auf deine alten Tage, Thos. Keine schlechte Idee natürlich, aber bei dir kommt's mir schon komisch vor. Laß mich mal überlegen, vor siebzehn Jahren – man könnte auch sagen, es war einmal – wohnte ein feiner, anständiger Kerl mit einem Dauerschnupfen zusammen mit seiner vornehmen Mutter am Pedigree Place. Er hatte ein reizendes Hobby, das buchstäblich was mit Telefonen zu tun hatte, und sein Name war Thos T. Knapp, wobei das ›T‹, soweit ich mich erinnere, für ›Tick‹ stand.«

»Jetzt erkenn ich dich«, sagte die Stimme am Telefon. »Von wo rufst du an? Aus der Hölle? Ich hab gedacht, du seist tot. Wie geht's dir?«

»Kann nicht klagen«, sagte Campion. »Und du, was machst du? Du bist unter die Geschäftsleute gegangen, hab ich gesehen.«

»Nun«, die Stimme klang leutselig, »einerseits ja, andererseits nein. Mutter ist tot, weißt du.«

»Nein, wußte ich nicht.« Campion drückte eiligst sein Beileid aus, da ihm die schlampig gekleidete Riesin lebhaft vor Augen stand.

»Gib dir keine Mühe.« Mr. Knapp hatte was gegen Gefühle. »Sie hatte schließlich 'ne Rente. Ging aus wie 'n Licht, als ihre Zeit gekommen war, mit der Flasche in der Hand. Kommst du auf 'nen Schluck vorbei?«

»Jetzt nicht. Aber vielen Dank, ich werde dran denken. Ich hab was zu tun, Thos. Hast du schon mal von der Apron Street gehört?«

Ein langes Schweigen trat ein, in dem er Zeit hatte, sich das kleine Frettchengesicht und die lange Hakennase vorzustellen. Der Gedanke, daß jetzt vielleicht ein Schnurrbart darunter war, erfüllte ihn mit Unbehagen.

»Na?« murmelte er.

»Nein.« Mr. Knapp klang nicht sehr überzeugend, was ihm anscheinend auch selbst auffiel, denn er fügte sofort hinzu: »Ich geb dir einen guten Rat, Bertie, von einem Kumpel zum anderen, laß die Finger davon, ja?«

»Warum?«

»Es bringt kein Glück.«

»Was? Die Straße?«

»Ich weiß nichts von der Straße, aber nach dem, was ich da so höre, willst du da nicht weggehn.«

Campion runzelte die Stirn.

»Ich tappe im dunkeln«, sagte er.

»Ich auch.« Der Ärger in der dünnen Stimme wirkte überzeugend. »Mir sagt heutzutage auch keiner mehr was. Das ist 'ne Tatsache. Ich hab da mal ein Mädchen gehabt. Aber ich hör gelegentlich ein paar Neuigkeiten, und das hab ich zuletzt gehört. Bleib weg von der Apron Street, das hat man mir gesagt.«

»Kannst du dich mal umhören?«

»Kann ich machen.« In seiner Zustimmung lag eine Spur des alten Enthusiasmus.

»Es ist mir fünf Blaue wert.«

»Ich mach's umsonst, wenn's mich nichts kostet«, sagte Mr. Knapp großzügig. »O.k. An die alte Adresse?«

12

Mohnblütentee

»Ich hab sie gesehen«, sagte Mr. Lugg mit Bestimmtheit, »ich hab sie mit meinen eigenen Augen gesehen, un sie kommt zu mir zurück.«

»Rührend«, sagte Mr. Campion heiter. Er hatte gerade Mrs. Chubbs Séparée über dem runden Schankraum des *Platelayers Arms* betreten und dort seinen alten Freund und Knappen vorgefunden, aber kein Zeichen vom Chefinspektor. Lugg ging es sichtlich besser. Er war auch nicht mehr ganz so ärgerlich. Er zitterte erregt mit seinen zahlreichen Kinns, und sein Gesichtsausdruck war eine einzige Frage.

»Sie werden zugeben, es war komisch«, sagte er. »Es ist auch ein Schnapsladen, und die halbe Leiche hinter dem Tresen sieht auch nich gerade normal aus.«

»Wovon redest du?« Campion setzte sich an den Tisch.

»So ist's richtig, führen Sie sich nur auf wie 'n Kriminaler. Nich zuhören un dumme Fragen stellen.« Lugg war voller Verachtung. »Sonst fehlt hier auf der Insel was. ›Freundlich dreimal aufschreiben und dann zerreißen‹ – so 'n richtiger Beamter. Ich hab Bella Musgrave gesehen, davon rede ich.«

»Bella Musgrave«, wiederholte Campion erstaunt. Als er sich erinnerte, weiteten sich seine Augen. »Aber ja«, sagte er, jetzt erinnere ich mich an sie. Nette kleine Frau mit einem Kindergesicht.«

»Jetzt sind's zwei Kinder«, sagte Lugg trocken. »Aber sie war's auf jeden Fall. Derselbe schwarze Schleier, dasselbe Getue darunter, dieselben netten Heuchleraugen. Erinnern Sie sich noch, was ihre Spezialität war?«

Campion starrte ihn einen Moment unverwandt an. »Soweit ich mich entsinne – Tod«, sagte er schließlich.

»Ganz richtig. Als Geschäft.« Luggs schwarze Augen glänzten vor Interesse. »Sie is immer mit den billigen Bibeln rumgelaufen. Sie hat in der Zeitung geguckt, wer gerade gestorben war, un hat dann die Häuser abgeklappert. ›Was? Doch nicht etwa tot?‹ Er gab eine ziemlich scheußliche Imitation des falschen Mitleids der Frau von sich. ›Das tut mir so schrecklich leid. Ist auch für mich ein solcher Verlust. Der Verstorbene hat das hier gekauft und schon eine kleine Anzahlung gemacht. Sind nur noch fünfzehn Schilling zu zahlen.‹ Die Hinterbliebenen haben dann natürlich das Geld rausgerückt, um sie loszuwerden, un haben eine Bibel genommen, die im Handel nur neun Pence wert gewesen wäre. Sie erinnern sich doch noch, Boss, oder?«

»Ja. Und da war doch noch was. War sie nicht die untröstliche Witwe bei dem Streatham-Versicherungsschwindel? Eine einzigartige Frau!«

»Das is sie wohl, un jetzt, wo Sie sie untergebracht haben, schenken Sie mir vielleicht mal 'n bißchen Aufmerksamkeit. Sie is wieder aufgetaucht, un zwar hier in der Apron Street. Ich hab sie eben gesehen. Sie hat mich mal komisch angeguckt, hat mich aber nich erkannt.«

»Wo war das?«

»Bei dem ollen Apotheker. Ich erzähl's Ihnen.« Er war ganz aufgeregt. »Ich bin hingegangen, um mir was zu besorgen nach meinem blöden Unfall letzte Nacht, un als ich mit dem alten Giftmischer redete, kam sie rein. Er sah sie an, un sie sah ihn an, un sie ging nach hinten.«

»Wirklich? Das ist äußerst ungewöhnlich!«

»Was meinen Sie, warum ich Ihnen das erzähle?« Der fette Mann rutschte verdrießlich auf seinem Stuhl hin und her. »Was is los mit Ihnen? Träumen Sie von 'ner weißen Weihnacht? Sorry, Boss, das war unter der Gürtellinie, aber komisch is es schon, was?«

»Außergewöhnlich. Ach übrigens, ich hab mit einem alten Freund von dir gesprochen. Erinnerst du dich an Thos?«

Das runde weiße Gesicht zerfloß in Erstaunen.

»Junge, das dreht die Uhr zurück«, sagte er schließlich. »Was macht der alte Hurensohn? Noch nich aufgehängt?«

»Im Gegenteil, er ist verheiratet und ein ehrbarer Mann. Er erledigt einen kleinen Auftrag für uns.«

»Ach, als Angestellter. Das is in Ordnung«, sagte er großartig. »Ganz hilfreich, der Bursche, wenn er richtig eingewiesen wird.«

Mr. Campion sah ihn strafend an. »Du bist ein gräßlicher Kerl, Lugg, wenn man es mal ganz leidenschaftslos betrachtet.«

Der fette Mann beschloß, beleidigt zu sein. »Ich bin zu alt für so was, un lassen Sie mal die Leidenschaft aus dem Spiel, das is ordinär. Was is mit dem Apotheker? Natürlich kann Bella auch seine Tante sein. Möglich is alles. Er is so 'n Typ, zu dem so 'ne Verwandtschaft paßt. Aber andererseits is es schon komisch. Ich meine, wo doch Tod ihr Geschäft is, da is sie hier ja wohl ganz richtig, oder?«

»Wo wir gerade über Verwandte reden, was ist mit Jas?« fragte Mr. Campion unerbittlich. »Ist Mr. Luke noch bei ihm?«

»Ich glaub schon. Er kam mir entgegen, als ich in den Laden kam. Nich so toll, 'n Sargladen, was? Er fragte mich sehr höflich, ob ich vielleicht hierhin gehen un Ihnen sagen könnte, daß er wahrscheinlich was später kommt. Er sah so aus, als sei er mitten bei der Arbeit.«

»Wie ging's deinem Schwager?«

Lugg schniefte. »Ich hab keine Klagen gehört«, sagte er. »Der Kerl, dieser Charlie Luke, mit dem is nicht gut Kirschen essen, was?«

»Wie kommst du darauf?«

»Na, der gibt doch keine Ruhe, oder?« Die schwarzen Augen blickten amüsiert. »Für den gibt's keine Fünftagewoche. Der kriegt 'nen Herzinfarkt, wenn er bis Montagmorgen warten muß. Hallo!«

Leichte Schritte eilten die hölzernen Stufen von der Straße her herauf. Die Tür wurde aufgestoßen, und der Chefinspektor erschien. Der Raum schrumpfte, als er ihn mit seiner Persönlichkeit ausfüllte.

»Entschuldigung, Sir, ich konnte das alte Ekel einfach nicht allein lassen«, sagte er grinsend zu Campion. »Er und sein Sohn wirken wie zwei Provinzkomiker. Wenn wir nicht so viel zu tun hätten, hätte ich sie mitgebracht und zu Ihrer Unterhaltung noch mal alles mit ihnen durchgekaut. Die können wir glatt zum nächsten Polizeifest engagieren. ›Dieser Schuppen ist ohne mein Wissen vermietet worden‹, sagt Jas. ›Boy!‹« Wie üblich verwandelte sich Charlie Luke selbst in das Objekt, das er am deutlichsten vor seinem inneren Auge sah, in diesem Fall in Mr. Bowels sorgfältig gekrausten Gehrock. Der faszinierte Campion konnte förmlich die seidigen Falten sehen. »›Ich hab's getan, Vater, und ich weiß, es war nicht recht. Verzeih mir bitte‹«, fuhr er fort und ließ den schlankeren Rowley vor ihren Augen lebendig werden. »›Ich hab's aus Mitleid getan, Vater, wie du's mich immer gelehrt hast. Der junge Bursche kam auf Händen und Knien angekrochen und bettelte ...‹ und so weiter und so weiter.«

Luke setzte sich an den Tisch und klingelte nach Mrs. Chubb. »Ich hätte ihnen stundenlang zuhören können«, sagte er versonnen. »Jas ist sehr ärgerlich auf Rowley und hat Angst vor irgendeinem anderen. Vielleicht vor dem jungen Dunning, obwohl ich mir das eigentlich nicht vorstellen kann.«

»Glauben Sie nicht, daß einem von beiden der Totschläger gehört?«

»Könnte sein.« Er runzelte die Stirn. »Ich möchte gerne wissen, was sie für ein Ding gedreht haben. Ich hab natürlich einen Mann darauf angesetzt. Ernsthafter Junge, gibt sich viel Mühe, ist aber geistig nicht so auf der Höhe. Aber er ist der Beste, den ich im Moment entbehren kann. Jedenfalls sind wir im Druck, und dann müssen wir uns auch noch um den

Schützen aus der Greek Street kümmern, und der macht auch nicht gerade wenig Arbeit.«

Mr. Lugg schielte auf seine Nase.

»'s wird viel zu viel eingebrochen, auf Bullen geschossen und blühende Leben ausgelöscht«, bemerkte er tiefsinnig. »Und damit kommen sie auch noch durch.«

»Wir haben nur nicht genug Leute, das ist alles. Und den alten Jas werden wir schon schnappen. Obwohl, als Giftmörder sehe ich ihn eigentlich nicht, Sie, Mr. Campion?«

Das Eintreffen der Wirtin, die ein Tablett voller Bier und belegter Brötchen brachte, unterdrückte jede Meinungsäußerung des dünnen Mannes. Träge stand er auf und ging zu dem kleinen Fenster über dem Schankraum. Er blieb ein paar Minuten lang dort stehen und betrachtete müßig das Kommen und Gehen der Leute. Aber plötzlich straffte er sich, sein Kopf schoß nach vorne, und seine Augen hinter den Brillengläsern traten beinahe aus den Höhlen.

»Sehen Sie sich das an«, sagte er zu Luke.

Zwei Männer hatten gerade den Schankraum betreten und bahnten sich einen Weg zur Theke. Sie gehörten offensichtlich zusammen und schienen sehr vertraut miteinander zu sein. Der eine war der unfehlbare Mr. Congreve aus der Bank, und der andere, eine stattliche, aber schäbig gekleidete Erscheinung in einem unmöglichen langen, blauen Mantel, war Clarrie Grace. Sie redeten miteinander mit dem Wohlbehagen und der Intimität alter Freunde.

»Die hab ich früher schon zusammen gesehen.« Charlie Luke wirkte nachdenklich. »Das geht jetzt schon ungefähr eine Woche so. Vielleicht ist es nur die übliche Kneipen-Bekanntschaft, aber jetzt sehe ich es sozusagen mit Ihren Augen.« Er machte sich mit seinen riesigen, ausdrucksvollen Händen eine imaginäre Hornbrille. »Ja, das ist ungewöhnlich. Ich hab eigentlich bis heute noch nie mit dem alten Kerl geredet. Ja, ich seh schon, sie sind dicke Freunde. Ich werd mir das mal genauer ansehen.«

»Interessante Nachbarschaft ham Sie hier«, warf Lugg mit seiner Besseren-Leute-Stimme ein. »Da is zum Beispiel das Tantchen vom Apotheker, was is eigentlich mit der?«

Luke reagierte sofort. Er drehte sich um, seine Augen wurden ganz scharf und aufgeregt.

»Pa Wilde hat eine neue Frau?«

»Ne Frau isses.« Mr. Lugg war anscheinend nicht darauf vorbereitet, weiterzugehen. »Hat er oft Damenbesuch?«

»Ab und zu.« Luke grinste. »Das ist ein stehender Witz hier. Manchmal, ganz selten, kommt eine Frau und bleibt über Nacht. Nie dieselbe und immer gräßlich respektabel, jedenfalls vom Aussehen. Haben Sie ihn übrigens schon gesehen, Mr. Campion?«

»Nein. Das Vergnügen steht mir noch bevor. Er ist vielleicht nicht gerade ein Frauentyp, oder?«

»Wer ist das schon?« Der Chefinspektor war weltmännisch und traurig zugleich. »Da gibt's keine Regeln. Er steht eben auf einen bestimmten damenhaften Beerdigungstyp, und das auch nur immer zehn Minuten lang. Das ist zwar seltsam, aber manche Leute sind eben seltsam. Um es auf einen Nenner zu bringen, er ist ein unentschlossener, seltsamer alter Mann.«

»Entschuldigen Sie«, Mr. Lugg war aufgestanden. Seine Aussprache war eine einzige Kraftanstrengung. »Sagten Sie ›Beerdigung‹?«

»Ja.« Der Chefinspektor wirkte verblüfft über die einzigartige Ausarbeitung der Vokale und Konsonanten. »Sie sind zumindest immer schwarz angezogen, und für gewöhnlich gucken sie so tränenreich, wenn Sie verstehen, was ich meine. Die neue habe ich aber noch nicht gesehen.«

»Aber ich. Es is Bella Musgrave.«

Charlie Luke zeigte sich nicht besonders beeindruckt, und über Luggs Mondgesicht breitete sich ein befriedigtes Lächeln aus. »Dazu sind Sie natürlich noch zu jung«, murmelte er blasiert. »Ich un mein Arbeitgeber hier ...«

»Der zwanzig Jahre jünger ist als du«, unterbrach ihn Mr. Campion brutal, »brennen darauf, Ihnen zu erzählen, daß sie eine kleine Gaunerin ist, die früher einmal, im Jahr der Weltausstellung oder so, achtzehn Monate gesessen hat. Wie hat der Doktor den gerichtsmedizinischen Befund aufgenommen?«

»Na ja, ziemlich resigniert«, sagte Luke voller Mitgefühl. »Ich hab ihm gesagt, daß es nicht sein Fehler war. Er hat mir noch was erzählt. Sie kennen doch die jüngere Miss Palinode, Miss Jessica, die Frau aus dem Park, oder? Er sagt, sie gibt dem alten Mann in der Molkerei Mohnblütentee. Er ist ein Patient des Doktors und hat ein Nebenhöhlenleiden. Der Doktor sagt, er fand ihn ganz betäubt vor, und er behauptete, er habe nur das Gebräu eingenommen, das ihm das alte Mädchen gegen seine Schmerzen gäbe, und das hätte auch gut geholfen. Der Doc sagt, wenn sie die richtigen Mohnblumen zur richtigen Jahreszeit nähme, hätte der alte Bursche ein ordentliches Quantum reines Opium geschluckt, das ihm das Lebenslicht hätte ausblasen können.«

Er zögerte, sein dunkles Gesicht bewölkte sich.

»Das sind genug Verdachtsmomente, um sie festzunehmen, aber das möchte ich nicht. Es klingt so blöd, nicht?«

»Ich habe schon über sie nachgedacht.« Mr. Campion klang, als lege er ein Geständnis ab. »Aber ich kann mir nicht vorstellen, daß sie aus dem Bilsenkraut im Park Skopolamin hätte machen können.«

»Nein«, sagte Luke. »Ich muß der Sache natürlich nachgehen, aber es klingt unwahrscheinlich, finde ich. Sie ist eine komische alte Frau. Wenn ich sie sehe, muß ich immer an Märchen denken, ich weiß nicht warum. Sie …«

Er brach ab und stand lauschend da, und sie folgten seinem Blick zur Tür. Sie öffnete sich langsam und vorsichtig, Zentimeter um Zentimeter.

Miss Jessica im Ausgehkostüm war unter allen Umständen ein ungewöhnlicher Anblick, aber daß sie gerade jetzt auftauchte, war äußerst verblüffend. Als sie Campion am Tisch erblickte, erschien ein scheues Lächeln auf ihrem kleinen, fleckigen Gesicht.

»Hier sind Sie also«, sagte sie. »Ich wollte mit Ihnen reden, bevor ich meinen Spaziergang mache. Wir haben noch Zeit, kommen Sie.«

Charlie Luke sah sie ungläubig an.

»Wie sind Sie hierher gekommen, Madam?«

»Oh, ich kann ganz gut beobachten, müssen Sie wissen«, sagte sie. »Sie waren nicht unten, und ich hatte das Gefühl, Sie müßten hier sein, also habe ich so lange gesucht, bis ich Sie gefunden hatte.«

Sie wandte sich wieder an Campion. »Sind Sie fertig?«

»Fix und fertig«, sagte er. »Wohin gehen wir?«

Er war so viel größer als sie, daß ihre schmächtige Wunderlichkeit noch stärker zum Ausdruck kam. Ihr Schleier war eine Spur sorgfältiger als sonst festgebunden und vorne festgesteckt, um die Pappe zu verbergen. Aber ihre zahlreichen Röcke hingen immer noch übereinander um ihre zerschlissenen Schuhe und ihre faltigen Strümpfe. Heute hatte sie eine Tasche dabei. Sie bestand aus einem Stück Gummihaut, von jemandem zusammengeheftet, der außer den Anfangsbuchstaben nichts vom Nähen verstand. Anscheinend enthielt sie Papiere und Küchenabfälle zu gleichen Anteilen, da beides aus jeder der zweifelhaften Nähte hervorquoll.

Bevor sie weiterredete, gab sie sie Campion. Es war eine reizende Geste, weiblich und vertrauensvoll.

»Zu unserem Anwalt selbstverständlich«, sagte sie. »Sie haben doch wohl nicht vergessen, daß Sie mir gesagt haben, wir sollten der Polizei helfen, und darin stimme ich mit Ihnen überein.«

Es fiel Campion wieder ein, daß er etwas dergleichen gesagt hatte, bevor er sie unten in der Küche verlassen hatte.

»Und weshalb haben Sie sich dazu entschlossen?« sagte er. »Sie werden mir eine große Hilfe sein.«

»Das wollte ich schon von Anfang an. Ich habe jetzt mit meinem Bruder und meiner Schwester gesprochen, und sie sind beide mit mir einer Meinung, daß die einzige Person, die Ihnen alle erforderlichen Informationen geben kann, Mr. Drudge, unser Anwalt, ist.«

Der ungewöhnliche Name war bis zu Luke gedrungen, stellte Mr. Campion fest, also war die Kanzlei ihm nicht unbekannt. Der Chefinspektor machte einen zugleich respektvollen und erleichterten Eindruck.

»Vertrauen, Madam, können wir brauchen«, sagte er. »Wir wollen gehen, ja? Oder sollen wir erst etwas zu Mittag essen?«

»Nein, danke, ich habe bereits gegessen. Ich möchte diesen Besuch unbedingt vor meinem Nachmittagsspaziergang machen – im Park, wissen Sie.«

Sie trat zurück und ließ ihn auf die Straße vorausgehen.

»Dieser unglückliche Junge«, sagte sie, als sie zusammen die Sackgasse zum Edwardes Place entlanggingen, angestaunt von den aufmerksameren Passanten. »Ich habe vom Schuster gehört, daß er einen Unfall gehabt hat. Mit seiner Maschine, nehme ich an? Sie sind gefährlich. Aber ich wollte trotzdem schon immer mal gerne eine ausprobieren.«

»Ein Moped?«

»Ja. Es sähe seltsam aus, aber das ist mir egal. Es gibt einen großen Unterschied zwischen Ignoranz und Indifferenz.«

Sie strich ihr oberstes Kleidungsstück glatt, einen dünnen Sommermantel, der längst aus der Mode war, und der ihr jetzt als Überzug diente, oder vielleicht auch als Staubschutz über den dicken, gestrickten Sachen.

»Ein großer Unterschied«, versicherte er ihr völlig aufrichtig. »Aber von einem Moped würde ich aus anderen als aus ästhetischen Gründen abraten.«

»Ja«, sagte Miss Jessica, wobei sie entgegen ihrem Verhalten in der Nacht zuvor eine ungewöhnliche Fügsamkeit an den Tag legte. »Ich weiß. Sie stinken.«

Es war die erste unlogische Äußerung, die er von ihr hörte, und er fand sie tröstlich.

»Wo ist die Kanzlei?« fragte er. »Sollen wir ein Taxi nehmen?«

»Aber nein, sie ist gleich hier um die Ecke in der Barrow Road. Mein Vater hielt viel davon, Leute aus dem Dorf zu beschäftigen. Sie sind vielleicht nicht die besten, pflegte er zu sagen, aber sie gehören einem alleine. Warum lächeln Sie?«

»Habe ich das? Ich habe gerade darüber nachgedacht, daß London ein bißchen zu groß dafür ist, um als Dorf bezeichnet zu werden.«

»Das finde ich nicht. London besteht aus vielen kleinen Dörfern. Wir Palinodes haben lediglich so eine Art Junkertum zu seiner lächerlichen Schlußfolgerung gebracht. Ich werde Ihnen alles verzeihen, solange Sie uns nur nicht öde finden.«

»Ich finde Sie angsteinflößend«, sagte er.

»Das ist sehr viel besser«, sagte die jüngste Miss Palinode.

13
Winkelzug

Der ältliche Büroangestellte, der sie empfing, beeilte sich, die widerwillige Ehrerbietung, mit der er Miss Palinode behandelte, mit der Bemerkung zu erklären, er erinnere sich noch gut an ihren Vater.

Als sie ihm durch einen weitläufigen Vorraum folgten, der nun nur noch ihn und zwei Mädchen beherbergte, bereitete sich Campion schon darauf vor, einem formellen Patriarchen gegenüberzutreten, der so voller Vorurteile steckte wie ein sehr alter Gärtner. Daher war Mr. Drudge, als sie ihm schließlich gegenüberstanden, eine Überraschung für ihn. Er sprang hinter einem Schreibtisch hoch, der zwar nicht gerade antik, aber doch zumindest eine Kuriosität war. Auf den ersten Blick schien es ungewöhnlich, daß er erst um die dreißig war. Sein Kamelhaarjackett war flott, und seine Wildlederschuhe waren von guter Qualität. Sein jugendliches Gesicht strahlte Apfelblütenfrische und Unschuld aus, Qualitäten, die durch einen ungeheuren Schnurrbart noch ins Absurde gesteigert wurden.

»Hallo, Miss Palinode. Nett, daß Sie mal hereinschauen. Ich nehme an, Sie haben ein paar Probleme zu Hause. Ich glaube nicht, daß ich Sie kenne, Sir«, fügte er hinzu.

Die herzliche Stimme klang fröhlich.

»Nichts zu tun hier«, sagte er. »Was kann ich für Sie tun?«

Miss Jessica stellte die Herren einander vor. Es verblüffte Campion, daß sie so genau wußte, wer er war und welche Rolle er in der Angelegenheit spielte. Die Genauigkeit und Präzision ihrer Informationen wirkte beinahe auswendig gelernt. Auch sie beobachtete ihn, und ein Kräuseln ihrer Lippen verriet, daß sie amüsiert war.

»Unser Mr. Drudge ist natürlich der Enkel des Mr. Drudge, der die Interessen meines Vaters vertrat«, fuhr sie gelassen fort. »Sein Vater starb bei Kriegsende, und Mr. Drudge hier erbte die Praxis. Es interessiert Sie vielleicht, daß er als Verteidiger bei Gericht auftreten darf und auch sonst alle notwendigen gesetzlichen Qualifikationen hat.«

»Jetzt hören Sie schon auf«, protestierte Mr. Drudge.

»Und daß sein Vorname Oliver ist«, fuhr Miss Jessica fort, als sei sie nie unterbrochen worden. »Oder«, fügte sie niederschmetternd hinzu, »Narr.«

Beide Männer sahen sie einigermaßen erstaunt an, und sie lächelte, wobei sie ihre kleinen Zähne zeigte.

»Ein Spitzname«, sagte sie. »Jetzt müssen Sie diese Briefe lesen, Mr. Drudge. Einer ist von Evadne und einer von Lawrence. Danach können Sie Mr. Campion alle Informationen geben, die er braucht.« Sie reichte ihm die Briefe. Beide waren auf dem kleinstmöglichen Fetzen Papier geschrieben, und Mr. Drudges große Finger hatten Schwierigkeiten, sie zu handhaben.

»Ich würde sagen, das ist eindeutig«, verkündete er schließlich und sah sie mit seinen großen, babyblauen Augen an. »Verzeihung, Sir, aber diese Briefe weisen mich an, Ihnen meine Seele zu erschließen. Ich wüßte allerdings auch nicht, was ich zu verbergen hätte.«

»Genau«, sagte Miss Jessica tief beleidigt. »Ich habe mit meinem Bruder und meiner Schwester gesprochen, und wir haben beschlossen, Mr. Campion vollstes Vertrauen zu schenken.«

»Ich weiß nicht, ob das weise oder mutig ist. Der arme Kerl hat schließlich seine eigenen Loyalitäten.« Er lächelte Campion entwaffnend an. »Jedenfalls gibt es nicht allzuviel zu enthüllen.«

»Nein, aber er kann ja schließlich alles erfahren, was gewesen ist.« Miss Jessica strich ihren Musselinrock glatt. »Sie sehen«, sagte sie zu Campion, »dumm sind wir nicht.

Wir sind egozentrisch und führen ein sehr zurückgezogenes Leben...«

»Genial, wenn Sie das schaffen«, bemerkte ihr Rechtsberater mit offensichtlichem Neid.

»Ganz richtig. Aber wie ich bereits sagte, wir sind nicht gänzlich unpraktisch. Da der Tod meiner Schwester die Aufmerksamkeit der Öffentlichkeit erregt hat, hielten wir es für das klügste, so zu tun, als sei nichts vorgefallen. Sie würden überrascht sein, wenn Sie wüßten, wieviel unnötigen Ärger man sich mit höflichem Desinteresse ersparen kann. Da wir jetzt jedoch sehen, daß der Fall ernster ist, als wir gedacht hatten, haben wir beschlossen, uns so gut wir können vor jedem Fehler zu schützen, den die Polizei machen könnte, und da ist es sicherlich das beste, ihr so viel wie möglich zu helfen, wie Mr. Campion es bereits dargelegt hat.«

Sie hielt ihre kleine Rede voller Würde, und Narr Drudge, der sie dabei überraschend nüchtern betrachtet hatte, seufzte erleichtert.

»Ich bin ganz Ihrer Meinung«, sagte er dann ernst. »Ich bin ganz Ihrer Meinung. Das beschleunigt die Dinge, nicht wahr, Sir?«

Mr. Campion setzte sich.

»Ich möchte nicht unbedingt in Dinge eindringen, die mir nicht wirklich weiterhelfen können«, begann er. Aber da unterbrach ihn Miss Palinode.

»Das werden Sie auch nicht. Aber Sie möchten doch gerne wissen, ob jemand aus finanziellen Motiven gehandelt hat, und Sie möchten doch sicher auch gerne wissen, ob es noch andere mögliche Motive gibt. Sie können sich das Testament meiner Schwester Ruth in Somerset House ansehen, aber dann wissen Sie immer noch nicht, wie hoch meine Einkünfte, die von Evadne oder Lawrence sind, nicht?«

»Bitte hören Sie auf«, warf Drudge ein. »Ich glaube nicht, daß Sie so weit gehen sollten.«

»Da bin ich anderer Meinung. Wenn wir der Polizei nicht die

richtigen Informationen in die Hand geben, stellt sie sich vielleicht etwas Falsches vor. Nun, ich denke, wir sollten mit Edward beginnen.«

»Edward war schon immer gern der erste«, stimmte Mr. Drudge zu und streichelte seinen Schnäuzer, als wolle er ihn beruhigen.

»Warten Sie einen Augenblick, ich hole die Akte.«

Er ging hinaus, und sie beugte sich vertraulich zu ihm.

»Ich glaube, er will sich mit seinem Partner beraten.«

»Ach, er hat einen Teilhaber?« Mr. Campion klang erleichtert.

»Ja, Mr. Wheeler. Unser Mr. Drudge hat bis jetzt leider nur ein paar Klienten, aber er ist hochintelligent. Stören Sie sich nicht an seiner Wortwahl, er redet eigentlich nicht anders als die anderen Anwälte auch.«

»Wahrscheinlich nicht«, sagte er lachend. »Sie haben eine Menge Spaß, was?«

»Ich versuche nur, rational zu sein. Nun zu Edward. Ich will es nicht zu sehr betonen, aber er war ein Spieler. Er hatte Weitblick und Freude am Risiko, aber kein Urteilsvermögen.«

»Eine unglückliche Kombination.«

»Ja, das stimmt wohl. Aber«, fügte sie mit einem unerwarteten Blitzen ihrer intelligenten Augen hinzu, »Sie können sich gar nicht vorstellen, wie aufregend das war. *Consolidated Resins*, zum Beispiel, eines Tages wurden wir dadurch steinreich. Lawrence machte sich schon daran, den Grundstein für eine Bibliothek zu legen. Und als wir uns am nächsten Tag daran gewöhnt hatten, hatten wir auf einmal keinen Penny mehr. Der alte Mr. Drudge hat sich immer schrecklich darüber aufgeregt. Ich bin noch nicht mal sicher, daß ihn nicht letztendlich die Aufregung umgebracht hat. Aber Edward war großartig. Er setzte all seine Hoffnungen auf *Dengies*, und außerdem gab es auch immer noch die *Filippino Fashions*.«

»Herrje«, sagte Mr. Campion ehrfürchtig. »Hat er auch *Bulimias* gehabt?«

»An den Namen kann ich mich erinnern«, gab sie zu. »Und irgendwas mit *Sports*. Und *Gold Gold Gold United* – das war auch so ein interessanter Name. Und dann gab's da noch die *Brownie Mine Company*. Was ist los mit Ihnen? Sie sehen so blaß aus.«

»Vorübergehender Schwächeanfall«, sagte Mr. Campion und riß sich zusammen. »Anscheinend hat Ihr Bruder da ein besonderes Talent gehabt. Ich nehme an, er ging nach Katalogen vor?«

»O nein. Er war äußerst gut informiert. Er arbeitete sehr hart. Er suchte sich eben nur immer die falschen Objekte aus. Evadne und Lawrence verloren das Vertrauen in ihn und nahmen sich jeder siebentausend Pfund. Ich hielt länger durch. Als Edward starb, hinterließ er fünfundsiebzig Pfund in Bargeld und hunderttausend Pfund in verschiedenen Aktien.«

»Nominalwert?«

»Ja.«

»Wo sind sie jetzt?«

»Er hat sie bei verschiedenen Leuten deponiert. Leider ist im Augenblick keine davon verkäuflich.«

Campion saß da und sah sie eine Weile an.

»Na, das war eine Eröffnung«, sagte er. »Hat er an diese Unternehmungen geglaubt? Hat er gehofft, sie brächten ihm Geld ein?«

»Ich weiß nicht«, sagte sie leise. »Ich habe mich immer gefragt, ob er wußte, daß sie wertlos waren, oder ob er sie als Geld sah. Er war es gewöhnt, reich zu sein, verstehen Sie? Es macht viel aus, wenn man an etwas gewöhnt ist. Ich muß leider sagen, daß er gerade rechtzeitig gestorben ist.« Einen Moment lang herrschte Schweigen, dann sagte sie plötzlich: »Für Uninformierte sieht Edwards Testament wahrscheinlich so aus, als sei er als reicher Mann gestorben. Alle unsere

Testamente lassen vermuten, daß wir Geld haben. Deshalb wollte ich, daß Sie herkommen und sich die Tatsachen ansehen.«

»Ich verstehe«, sagte er. »Sie hinterlassen allen kleine Legate von ein paar Tausend *Gold Gold Gold United*, um alte Freunde zufriedenzustellen, nicht wahr?«

»Wir wollen damit zeigen, daß wir uns um unsere Leute gekümmert hätten, wenn wir gekonnt hätten«, erwiderte sie steif.

»Du lieber Himmel! Gibt es irgendeine Hoffnung, daß all diese Aktien im Wert steigen?«

Miss Jessica sah ihn verletzt an. »Nicht alle Gesellschaften haben Bankrott angemeldet«, sagte sie. »Mr. Drudge überwacht sie für uns, aber er sagt, Edward war sehr gründlich. Das soll natürlich ein Witz sein.«

Campion hielt es für das Beste, keinen Kommentar dazu abzugeben. Mr. Edward Palinode war offenbar das genaue Gegenteil eines Finanzgenies gewesen.

Die Kanzleiuhr an der Wand schlug einmal für die halbe Stunde, und Miss Jessica erhob sich.

»Ich möchte meinen Spaziergang nicht versäumen«, sagte sie höflich. »Ich sitze immer kurz nach drei auf meiner Bank. Wenn es Ihnen nichts ausmacht, lasse ich Sie mit den ganzen Dokumenten allein.«

Er durchquerte den Raum, um die Tür für sie zu öffnen, und als er ihr ihre Tasche reichte, fiel ihm bei dem Büschel Blätter, das daraus hervorsproß, etwas ein.

»Bitte«, sagte er sanft, »bitte, kurieren Sie die Dorfbewohner nicht mehr. Keinen Mohnblütentee mehr.«

Sie wich seinem Blick aus, und die Hand, die die Tasche hielt, zitterte. »Ich habe mir das schon so oft vorgenommen«, sagte sie, »aber ich habe immer meine Regeln eingehalten. Ich probiere alles zuerst selbst.« Sie schaute hoch, ihre Augen sahen ihn ernst und flehend an. »Sie glauben doch nicht, daß ich ihn getötet habe, auch nicht irrtümlich, oder?«

»Nein«, sagte er heftig, »nein, das tue ich nicht.«

»Ich auch nicht«, sagte sie erleichtert.

Ein paar Augenblicke später kam Mr. Drudge mit einer Aktenmappe zurück. Er gab beim Atmen ständig ein leises, surrendes Geräusch von sich, eine Tatsache, die ihm anscheinend verborgen blieb.

»Da bin ich wieder«, sagte er. »Oh, sie ist schon gegangen. Keine schlechte Idee. Da können wir offener reden. Nun, ich habe mit dem alten Skip geplaudert, und er sagt ›Weiter so, das läuft verdammt gut, der erste Lichtstreif zeigt sich schon‹. Hier sind die wichtigsten Unterlagen. Miss Evadne und Lawrence haben beide 210 pro Jahr aus mündelsicheren Wertpapieren, zu 3 Prozent verzinst. Die arme kleine Jess hat 48 Schillinge, achtundvierzig, stellen Sie sich das mal vor, aus dem gleichen Kapital; wirklich nicht so besonders viel. Als Miss Ruth starb, betrug ihr bewegliches Vermögen 17 Schilling und Ninepence, eine Bibel und ein Granatcollier, das wir versetzt haben, um die Kosten für ihre Beerdigung bezahlen zu können. Kein Mensch hat sie also wegen ihres Geldes umgebracht. Das wollten Sie doch wissen, oder?«

»Nur zum Teil. Der Rest des Vermögens ist vollkommen wertlos, nicht wahr?«

»Was für den hohlen Zahn. Mein gutes altes Mädchen – Entschuldigung, ich hab das Gefühl, ich kenne Sie schon ewig – steckt tief im Dreck.«

Vor lauter Eifer begann Mr. Drudge leicht zu stottern.

»Glau-glauben sie nicht, daß wir daran nicht gedacht hätten. Li-lief alles drauf hinaus. So-sogar mir fiel das auf. Wir ha-haben die Aktien mit Adleraugen beobachtet. Es ist erstaunlich. De-der alte Junge hat nicht eine Wurst gekauft, die nicht zum Himmel gestunken hat. Kei-kein Wunder, daß das Herz von meinem alten Herrn versagt hat.«

»Wie konnte das alles passieren?«

»Er wollte keine Vernunft annehmen. Er war eigensinnig,

und niemand konnte ihn aufhalten. Machte immer weiter Bruchlandungen. Hat nie was dazugelernt.«

»Habe ich das richtig verstanden, daß das ganze wertlose Zeug in der Familie aufgeteilt worden ist?«

»Das wäre halb so schlimm. Es ist in der ganzen Gegend hier verteilt.« Mr. Drudges runde Augen blickten ernst. »Lesen Sie es sich mal durch, Sir. Mein alter Herr, der die Familiengeschäfte seit Urzeiten geführt hat, hat alles aufgeschrieben, bevor Edward Palinode aufgeflogen ist und alles in Flammen aufging.«

Campion nickte, um wenigstens teilweise Verständnis zu bekunden.

»Stellen Sie sich vor«, sagte Drudge. »Skip, mein Partner, wußte gar nichts von einem Testament, das Edward gemacht hatte, bis die Harpyien von der Steuer auf einmal mit Erbschaftssteuer ankamen. Er hat ihnen ziemlich schnell gezeigt, wie die Sache aussieht, und in der Zeit hat er endgültig die Nase voll gehabt von den Palinodes. Damals bin ich eingestiegen, und er hat mir den ganzen Kram angedreht. Ich bin fast zusammengebrochen, und als erstes habe ich der alten Ruth, die nicht ganz so unsportlich war, klargemacht, daß sie ihren Lieben einen größeren Gefallen tun würde, wenn sie jedem einen Fünfer hinterließe, anstatt der komischen zehntausend in *Bulimias* oder *Filippino Fashions*. Daraufhin hat sie ihre Hausaufgaben noch mal gemacht. Aber als sie dann nicht lange danach starb, hatte die dumme Kuh sogar die Fünfer ausgegeben.«

»Ich verstehe.« Campion empfand langsam tiefes Mitleid. »Könnten Sie mir eine Liste der Leute geben, die statt Bargeld Aktienanteile bekommen haben?«

»Natürlich. Die ganzen Unterlagen sind hier. Wir haben sie selbst überprüft. Nehmen Sie sie mit nach Hause, und machen Sie damit, was Sie wollen. Miss Ruths Fehler war, daß sie alle zu gern hatte. Sie hat sie alle in ihrem Testament bedacht, den netten alten Kaufmann, den Apotheker, den

Arzt, den Bankdirektor, die Vermieterin, den Sohn des Leichenbestatters – sogar ihre eigenen Schwestern und ihren Bruder. Wirklich, die ganze Familie.«

Campion nahm zögernd den Packen Papier.

»Miss Jessica hat eben etwas über die *Brownie Mine Company* gesagt«, äußerte er. »War da nicht vor ein paar Monaten ein leises Anzeichen für eine mögliche Wertsteigerung?«

»Donnerwetter!« Mr. Drudge war voller Bewunderung. »Ihr Typen kennt euch aus! Ja, das stimmt, kurz nach ihrem Tod. Sie hatte eine ganze Menge Anteile, und ich kam mir vor, als hieße ich nicht nur Narr, sondern sei auch einer, weil ich sie davon überzeugt hatte, daß das ganze Zeug nicht mehr wert sei als Toilettenpapier. Ich hab tatsächlich so dick aufgetragen, daß sie darauf bestand, alles einem alten Burschen zu vermachen, der in ihrem Zimmer wohnte. Einer der Mieter. Sein Name steht hier auch drin. Beaton oder so.«

»Seton.«

»Genau. Sie wollte ihn damit ärgern. Ich bekam richtig Bammel, als sie stiegen, aber Sie sehen ja, es war nichts.«

»Ein gemeiner Scherz von ihr«, sagte Campion langsam.

»Gott, ja«, die blauen Augen traten vor, »ich hab's ihr gesagt. Ich sag's ihnen allen, aber sie hören ja nicht auf mich. Ich sag Ihnen was über die Palinodes. Ich kenne die Brut. Hab sie im Krieg getroffen. Sie machen alles mit dem Kopf, auch ihre Gefühle. Es nimmt einen nicht so mit, wenn man nur darüber nachdenkt. Schwer nachzuvollziehen, aber wirklich wahr. Sie wissen, was sie denken würden, wenn jemand ihnen einen so elenden Streich spielen würde, aber sie wissen nicht, was der arme Kerl fühlt, weil sie auch nichts fühlen. Verstehen Sie?«

»Ich glaube schon.« Campion sah ihn neugierig an. »Was haben Sie und Ihr Partner überhaupt gemacht, als das mit *Brownie Mine* passiert ist? Oder haben Sie gar nichts getan?«

»Wir haben unser Bestes versucht«, sagte Mr. Drudge

feierlich. »Himmel, ja, wir waren sogar richtig auf der Hut. Zuerst haben wir gedacht, der alte Mieter hätte sie umgebracht, als die Aussicht auf Vermögen bestand, aber dann dachten wir, vielleicht auch nicht. Der Typ hätte dann was über das Erbe wissen müssen, und wir hatten keinen Beweis, daß das so war. Das ist das eine. Und dann ging's ja mit den *Brownies* nie so richtig weiter. Und schließlich hatte Skip das Gefühl, daß ein Mann in dieser Position gleich alles hätte haben wollen und sich nicht mit einer Kleinigkeit zufriedengegeben hätte. Was meinen Sie?«

Campion sah im Geiste Captain Seton vor sich, und je mehr er über ihn nachdachte, desto weniger gefiel ihm diese Theorie. »Ich weiß nicht«, sagte er. »Ich werde es Ihnen sagen, wenn ich das hier gelesen habe.«

»Ausgezeichnet. Rufen Sie uns an, wann immer Sie wollen. Wir wissen zwar, daß unsere Klienten nicht ganz dicht sind, aber sie sind keine Mörder. Außerdem wissen wir, was da los ist. Wenn jemand Grund hat, sie umzubringen, dann wir.«

Er plauderte unablässig weiter, während er seinen Besucher durch das Vorzimmer zur Treppe brachte. Mr. Campion blieb nachdenklich stehen.

»In Ihren Unterlagen steht nicht zufällig etwas über einen jungen Mann namens Dunning?« fragte er, als sie sich die Hände schüttelten.

»Ich fürchte nicht. Warum?«

»Kein besonderer Grund, außer daß er gerade eine Flasche oder sowas über den Kopf gekriegt hat.«

»Du lieber Himmel! Dieselbe Handschrift?«

»Es sieht so aus.«

Mr. Drudge zwirbelte seinen Schnurrbart. »Ich bin wirklich mal gespannt, wie das alles zusammenpaßt«, sagte er.

»Ich auch«, sagte Campion aufrichtig. Dann trennten sie sich. Draußen auf der Barrow Road regnete es in dieser seltsam unaufdringlichen Weise, die eine Londoner Spezialität ist. Eilige Passanten sahen so aus, als hätten sie dampfende Schweißflecken auf jedem ungeschützten Körperteil. Doch es kamen keine sichtbaren Tropfen herunter.

Campion ging die Barrow Road hinauf. Zum ersten Mal sah er die einzelnen Teile des Puzzles vor sich.

Lange Zeit ging er so dahin, verfolgte jeden Faden in dem verwirrten Knäuel, so weit er ihn brachte. Als er sich in das Gewirr kleiner Straßen stürzte, die ihn nach Portminster Lodge zurückführten, war er noch weit entfernt von der Lösung. Er trat gerade vom Bürgersteig, um eine schmale Seitenstraße zu überqueren, als plötzlich ein klappriger Laster mit schwankender, schwarzer Motorhaube auf der ansonsten leeren Straße auf ihn zukam. Campion blieb in der Mitte der Straße stehen, um ihn vorbeizulassen.

Ein plötzlicher, mörderischer Schlenker auf ihn zu traf ihn völlig unvorbereitet, und nur ein instinktiver Sprung zur Seite rettete ihm das Leben. Die Fahrweise des Lastwagens war leichtsinnig und impulsiv und wirkte absichtlich. Campion war so verblüfft, als habe die alte Karre ihn beißen wollen. Der Fahrer machte keine Anstalten anzuhalten. Er ratterte weiter, wobei seine Ölhautvorhänge aus der Heckklappe herausschwangen wie Schwalbenschwänze. Kurz bevor er verschwand, konnte Campion einen Blick in das Innere des Laderaums werfen. Über holprigen Brettern lag eine einzige, ungewöhnlich lange und schmale Packkiste, und aus der Dunkelheit darüber leuchtete ihm das plumpe Gesicht einer Frau entgegen.

Es war Bella Musgrave. Sie saß auf der Packkiste, und ihr dicker Körper schaukelte im Rhythmus des Fahrzeuges hin und her.

Ihr sinistrer Anblick schockierte ihn mehr als die Tatsache, daß er gerade knapp dem Tod entronnen war. Angesichts ihrer unterschiedlichen Berufe hätte der Fahrer eigentlich ein Skelett sein müssen, überlegte er grimmig, und plötzlich kam ihm in den Sinn, daß es wahrscheinlich Rowley gewesen war, der der plötzlichen Versuchung nachgegeben hatte, ihn über den Haufen zu fahren.

Er war sich dessen so sicher, daß er völlig verblüfft war, als er auf Vater und Sohn Bowels traf, die zusammen die Apron Street herunterschlenderten. Es interessierte ihn vor allem auch deshalb, weil ihn der Fahrer, wer immer es auch gewesen sein mochte, bestimmt wiedererkannt hatte, was darauf schließen ließ, daß es ein alter Feind war. Dann war es also ein Krimineller gewesen. Bis jetzt war das professionelle Verbrecherelement verdächtig abwesend gewesen in der Apron Street. Es erleichterte Campion, endlich eine Spur davon zu finden.

14

Die beiden Stühle

Ungefähr eine Stunde später, als es schon fast ganz dunkel war und die Lichter der Apron Street wie verzaubert über den schimmernden blauen Vorhängen des regennassen Abends lagen, steckte Mr. Campion den vorsichtigen Brief, den er an Superintendent Yeo geschrieben hatte, ein, und ging aus seinem Schlafzimmer leise durch das dunkle Haus.

Langjährige Erfahrung hatte ihn den Wert des geschriebenen Wortes schätzen gelehrt, wenn klare Informationen erforderlich waren, und nun war er auf der Suche nach Lugg, der sein Bote sein sollte.

Auf Zehenspitzen schlich er durch die Halle und gelangte aus dem Haus, ohne daß Renee ihm über den Weg lief. Das Eisentor war naß, und auch ihn hatte der feine Nieselregen schon durchnäßt, noch bevor er den Bürgersteig erreicht hatte. Er war ungefähr auf der Höhe des nüchtern dekorierten Schaufensters von Jas Bowels' Geschäft, als er zufällig einen Blick zurück auf die fröhlichere Seite der Apron Street warf.

Im Eingang zur Apotheke, einem Opalbogen mit buntem Rahmen, erschien ein vertrautes Gebirge. Lugg trat auf die Straße, blickte in beide Richtungen und eilte wieder zurück.

Campion lief ihm über die schmierige Fahrbahn nach. Er trat in den Laden, der nur in der Mitte eines unglaublichen Durcheinanders von Kartons, Flaschen, Kisten und Fässern, die an allen vier Seiten an der Wand lagen, ein wenig freien Raum bot. Es gab natürlich auch eine Theke, aber sie nützte nicht mehr als ein Loch in einem Schutthaufen. Eine Nische zu seiner Rechten ließ ein Nebenzimmer vermuten, und daneben führte ein Tunnel in geheimnisvolle unterirdische Regionen.

Von Lugg war nichts zu sehen, auch von keinem anderen

sonst, aber als seine Schritte auf dem schäbigen Linoleum widerhallten, tauchte Charlie Lukes gequältes Gesicht in der Öffnung über der Warenbarrikade am Nebenzimmer auf. Er war ohne Hut, und sein kurzes schwarzes Haar war zerzaust, als sei er mit den Fingern durchgefahren.

»Jetzt ist es passiert«, sagte er. »Was gibt's, Sir?«

Mr. Campion schnüffelte. Über den tausend Gerüchen, die den Laden erfüllten, lag einer, der durchdringend und alarmierend war und ihm die Kehle zuschnürte.

»Nichts Besonderes«, sagte er. »Ich bin gerade erst gekommen. Was haben Sie gemacht? Ist Ihnen die Flasche mit der Blausäure ausgelaufen?«

Luke richtete sich auf. Er wirkte nervös und sah elend aus. »Daran bin ich schuld. Ich gehörte erschossen, aufgehängt und noch mal erschossen. Verdammt, ich könnte mich umbringen. Sehen Sie sich das hier mal an.«

Campion blickte hinunter in die Nische. Er konnte nur zwei Füße sehen, die aus gestreiften Hosenbeinen herausragten.

»Der Apotheker?«

»Pa Wilde«, sagte der Chefinspektor heiser. »Ich hab ihn noch nicht mal richtig verhört, jedenfalls nicht in dem Sinn, wie Sie es verstehen würden. Er stand hinter dem Ladentisch. Er guckte mich so komisch an...« Er ließ seine Augen hervortreten, und verdrehte sie, bis er ein verblüffendes Abbild hilflosen Entsetzens bot, »... und dann sauste er hier herum. Er war schon immer fix auf den Beinen, wie ein Spatz. ›Eine Minute, Mr. Luke‹, sagte er so quäkig wie immer, ›nur eine Minute, Mr. Luke.‹ Und als ich mich nach ihm umdrehte, nicht ärgerlich, noch nicht mal mißtrauisch, da steckte er sich gerade was in den Mund, und dann ... mein Gott!«

»Blausäure.« Campion trat einen Schritt zurück. »An Ihrer Stelle würde ich da heraus kommen. Das Zeug ist ziemlich stark, und hier drinnen ist nicht genug frische Luft. Beugen

Sie sich doch nicht auch noch über ihn, um Gottes willen. Waren Sie allein?«

»Nicht ganz, Gott sei Dank. Ich hatte einen Zeugen.« Luke kam durch den Tunnel in den Laden. Er war blaß, und seine Schultern hingen herunter. Ärgerlich klimperte er mit den Münzen in seiner Hosentasche. »Lugg ist hier irgendwo. Wir sind zusammen hereingekommen. Ich hab ihn an der Ecke getroffen, wie auf Verabredung. Ich mußte zu der gerichtlichen Untersuchung wegen Edward, nachdem Sie aus dem *Platelayers* weggegangen waren. Reine Formsache. Für drei Wochen vertagt. Aber ich mußte da sein.«

»Ich glaube, Bella Musgrave ist hier vor ungefähr anderthalb Stunden in einem Lieferwagen weggefahren«, sagte Campion.

»Dann haben Sie Lugg also gesehen?«

»Nein, sie hab ich gesehen.«

»Oh.« Luke sah ihn neugierig an. »Er auch. Ich bin weggegangen, um mal einen Blick über den Platz zu werfen. Wie ein blutiger Anfänger wollte ich selbst auf Pa Wilde warten. Lugg stand draußen vor dem Thespis. Kurz nach vier sah er, wie der Lieferwagen vorfuhr und eine Packkiste aufgeladen wurde. Sie war schwer, und Pa half den Männern.«

»Männern?«

»Ja, es waren zwei, beide setzten sich nach vorne. Eigentlich war nichts Ungewöhnliches dabei. Apotheker haben Leergut, genau wie Bierbrauer.«

»Hat Lugg sie erkannt?«

»Er war nicht nah genug dran, um sie zu erkennen. Jedenfalls hat er nichts gesagt. Zuerst kam ihm das auch nicht verdächtig vor, aber als die Kiste aufgeladen war, kam die alte Frau aus dem Laden und stieg hinten ein. Lugg ging näher, hoffte, er könne ein paar Worte mit ihnen reden, aber sie waren unheimlich schnell weg. Er hat sich zwar die Nummer aufgeschrieben, aber das nützt uns nicht viel.«

Mr. Campion nickte. »Das habe ich mir schon gedacht. Ich hab sie mir auch notiert, aber sie ist wahrscheinlich falsch. Hat er was über den Umfang der Packkiste gesagt?«

»Nicht daß ich wüßte.« Luke hatte andere Sorgen. »Ich hab gerade nach dem Polizeiarzt geschickt. Nicht für eine Million hätte ich mir gewünscht, daß so was passiert.«

Campion zog eine Zigarettenschachtel heraus. »Mein lieber Junge, er hätte kaum überzeugender ›aussagen‹ können«, sagte er.

»Wissen Sie noch, was Sie zu ihm gesagt haben?«

»Ja, es war nicht besonders viel. Ich kam herein und Lugg hinter mir. Ich sagte ›Hallo, Pa, was haben Sie denn da für eine Freundin? Wissen Sie überhaupt, wer das ist?‹ Er sagte ›Freundin, Mr. Luke? Ich hab seit dreißig Jahren schon keine Freundin mehr gehabt. Ein Mann in meinem Alter und mit meinem Beruf kriegt nach ner gewissen Zeit eine ziemlich traurige Vorstellung von Frauen, so ist das eben‹.« Der Chefinspektor schniefte. »Er sagte immer, ›so ist das eben‹. So ne Art Erkennungsmelodie, der arme alte Kerl. Ich sagte ›Kommen Sie, Pa, was ist mit Belly, der wandelnden Träne?‹ Da hörte er mitten in dem auf, was er gerade machte, er hat da gerade Kerzenwachs geschmolzen, und sah mich über seinen Kneifer an. ›Ich versteh' Sie nicht‹, sagte er. ›Wollen Sie mich für dumm verkaufen?‹ sagte ich. ›Ich rede von diesem Klageweib Musgrave. Tun Sie nicht so, Pa, sie ist hier gerade mit ihrer Kiste weggefahren.‹ ›Ihre Kiste, Mr. Luke?‹ sagte er. ›Pa‹, sagte ich, ›jetzt stellen Sie sich aber nicht dümmer an, als Sie sind. Was hat sie gemacht? Ist sie mit Jas Bowels durchgebrannt?‹«

Er spielte die Szene so vor, wie er sie in Erinnerung hatte. Sein grimmiger Humor machte Campion ihren Schrecken so plastisch, als sei er dabei gewesen.

»Ich sah, wie er anfing zu zittern«, fuhr Luke fort, »und ich dachte noch, daß er ja ziemlich nervös sei, aber ich hab nicht so weit gedacht, wie ich's hätte tun müssen.« Er bedeckte sein

Gesicht mit den Händen, dann fuhr er sich durch's Haar, als müsse er die Sache aus seinem Kopf reiben. Seine Stimme klang betrübt.

»Ich sagte zu ihm ›Leugnen Sie das Mädchen nicht ab, Kumpel. Wir haben sie und ihre kleine schwarze Handtasche gesehen.‹ Weiß der Teufel, warum ich das erwähnt habe. Wahrscheinlich hatte Lugg mir das gerade erzählt, als wir die Straße hochgingen. Jedenfalls habe ich es gesagt. Da guckte er mich so komisch an, wie ich Ihnen erzählt hab, und sagte ›Einen Augenblick mal, Mr. Luke‹, und ging hier herüber. Ich konnte seinen Kopf durch all diese Getreideflocken hier sehen. Schließlich sah ich, wie er sich das Zeug in den Mund schob, und selbst da hab ich's noch nicht kapiert. Es gab ja keinen Grund dazu, verstehen Sie? Dann gab er ein Geräusch von sich wie ein Fasan und fiel mitten zwischen die Flaschen, während ich hier stand wie eine Salzsäule und den Mund sperrangelweit aufsperrte.«

»Das haut den stärksten Mann um«, gab Campion zu. »Was hat unser tapferer Lugg getan?«

»Stand da wie 'n Gasometer, aber mit geschlossenem Mund«, sagte eine fette Stimme aus dem Tunnel. »Für was halten Sie uns? Für Gedankenleser? Es gab doch keinen Grund, Boss. Dem sein Gewissen muß schwarz gewesen sein wie ne Lachsdose in nem Kohleneimer. Der Herr hier hat noch nich mal die Augenbrauen gehoben, geschweige denn seinen kleinen Finger.«

Luke wandte sich heftig zu Campion.

»Ich glaube einfach nicht, daß das nötig war«, sagte er. »Ich glaube nicht, daß er irgendwas Schlimmes getan hat. Dazu hatte er doch gar nicht den Schneid. Das Skopolamin stammt vielleicht von hier«, er wies mit der Hand auf das Durcheinander um sie herum, »aber ich hatte ihn doch nie im Verdacht, daß er es auch verabreicht hat.« Er ging noch einmal in das Nebenzimmer und bedeutete Campion, ihm zu folgen. Als sie dastanden und auf die Leiche blickten, die im Todeskrampf so viel kleiner aussah als im Leben, zuckte er plötzlich ungeduldig mit den Schultern.

»Es nützt nichts«, sagte er. »Ich kann Ihnen nicht zeigen, was ich meine. Er war ein dummer, eitler Kerl, hatte nicht das Format für was Großes. Jetzt ist er nur noch ein Haufen alter Klamotten. Sehen Sie den kleinen gefärbten Schnurrbart? Das war sein ganzer Stolz.« Er beugte sich über das Gesicht, das jetzt von einem tiefen, bläulichen Rot war. »Nicht mehr als ein Fussel, den man vom Fußboden aufhebt.«

Campion sah ihn nachdenklich an. »Vielleicht war es weniger das, was er getan hat, als das, was er wußte«, meinte er. »Hast du die Männer erkannt, die mit Bella weggefahren sind, Lugg?«

»Ich weiß nich«, sagte der dicke Mann leise. »Ich war 'n ganzes Stück weit weg. Der Kerl, der zuerst raussprang und hier reinging, war 'n Fremder, da bin ich mir sicher. Aber der zweite Bursche, der Fahrer, der hat mich an einen erinnert. Aber der Laster stand in der anderen Richtung, weg von mir. Könnte Peter George Jelf gewesen sein. Ne richtige Wiedersehensfeier, Boss.«

»Du lieber Himmel«, sagte Mr. Campion leise, »ja, du hast ganz recht, die alten Kumpels treffen sich wieder.«

Mit zusammengekniffenen Augen wandte er sich wieder an Luke. »Die Fuller-Bande war noch vor ihrer Zeit, glaube ich«, murmelte er. »Peter George Jelf war einer der Anführer, bis er sieben Jahre für bewaffneten Raubüberfall bekam. Er war nie der Kopf der Bande, aber er war äußerst clever und risikofreudig.«

»'n hartgesottener Missetäter«, warf Lugg behaglich ein. »Das stammt nicht von mir, das hat der Richter gesagt. Der Bursche heute hatte so 'nen komischen Gang. Vielleicht war er's nicht, aber ich glaub schon.«

Der Chefinspektor notierte sich etwas auf einem zerknitterten Stück Papier, das er aus der Hosentasche gezogen hatte.

»Das ist noch eine Frage mehr, wenn man im Hauptquartier überhaupt noch Fragen für mich beantwortet. Das Ganze hier macht keinen guten Eindruck, und ich nehm das auch keinem übel. Ich würde mich selbst an die Luft setzen, wenn ich einen guten Mann wüßte, der meinen Job übernehmen könnte.«

»Haben Sie etwas doppeltkohlensaures Natron?«

Die Frage aus dem Laden traf sie überraschend. Mr. Congreve stand auf der Schwelle, mit seiner wackelnden Unterlippe und seinen durchtriebenen, tränenden Augen.

Campion hatte zwar die Tür hinter sich geschlossen, als er hereingekommen war, aber nicht den altmodischen Riegel vorgeschoben. Der Mann war so leise hineingeschlüpft, daß sie ihn nicht gehört hatten.

»Wo ist der Apotheker?« Die dumpfe, rauhe Stimme klang unangenehm in dem stillen Laden. Fragend trat er einen Schritt vorwärts.

Charlie Luke streckte einen seiner langen Arme aus und nahm eine flache Flasche mit weißen Pillen von der Theke. Die einzig lesbaren Wörter auf diese Entfernung waren ›dreifache Stärke‹. Er blickte geistesabwesend darauf und hielt die Flasche hoch. »Hier, das«, sagte er. »Cascara. Ist besser für Sie. Bezahlen können Sie das nächste Mal.«

Mr. Congreve machte keine Anstalten, das Angebot anzunehmen. Er trat nicht weiter vor, aber er reckte seinen Hals und ließ seine Augen suchend umherschweifen.

»Ich möchte den Apotheker sprechen«, sagte er zutraulich. »Er allein weiß, was ich brauche.« Der Geruch im Laden erregte seine Aufmerksamkeit, und er schnüffelte neugierig. »Wo ist er?«

»Runtergegangen«, sagte der Chefinspektor hintersinnig. »Kommen Sie später wieder.« Er ging durch den Raum, drückte dem alten Mann die Flasche in die Hand und drehte ihn um. »Passen Sie an der Treppe auf«, sagte er noch.

Mr. Congreve trat genau in dem Augenblick auf den

Bürgersteig, als eine Gruppe eiliger Männer aus einem Polizeiauto herausstürzte und die Treppe hochlief. Das letzte, was sie von ihm sahen, waren seine vor Aufregung glitzernden Augen und seine zitternde Unterlippe.

Mr. Campion zog Lugg am Ärmel, und sie kletterten durch den Kartontunnel zu einer Milchglastür, um den Neuankömmlingen zu entgehen. Lugg drückte die Tür leise auf.

»Hier hat er gewohnt«, sagte er. »Was für ein Leben, was? Immer nur Arbeit.« Er wies mit seiner plumpen Hand auf eine Szene, die aussah, als ob eine enthusiastische Einrichtungsfirma das Labor eines Alchimisten aufgebaut hätte. Ein schmales Bett in einer Ecke war das einzige Zeichen dafür, daß hier jemand gelebt hatte. Überall lagen Flaschen, Reagenzgläser und Töpfe in wildem Durcheinander auf ein paar viktorianischen Möbelstücken.

»Kein Wunder, daß es sein Damenbesuch nie lange hier ausgehalten hat«, bemerkte Mr. Lugg. »Hier konnten ja sogar Bella die Tränen kommen. Da durch brauchen Sie nich zu gehen, da is die Küche, da sieht's genauso aus. Was Interessantes gibt's nur im ersten Stock. Ich weiß nich, wie lang wir Zeit haben, bevor die Profis hier durch kommen.«

»Wie wahr«, stimmte Mr. Campion ihm zu und ging auf eine Tür zu, hinter der er ein dunkles Treppenhaus gesehen hatte.

»Ich hab mir schon alles angeguckt, un die meisten Zimmer sind seit Jahren nich mehr benutzt worden.« Lugg keuchte, war aber vergnügt. »Oben im Flur is nichts, un das vordere Zimmer, das wie 'n Schlafzimmer eingerichtet is, besteht nur aus Mottenkugeln. Zum Angucken lohnt sich nur das hier.«

Er führte ihn durch einen Flur und öffnete eine Tür auf der linken Seite. Drinnen war es stockdunkel, aber er fand den Lichtschalter, und ein unerwartet heller Lichtschein strahlte von der einzelnen Birne an der Decke aus. Campion trat in einen schmalen Raum, dessen einziges Fenster sorgfältig zugehängt war. Er war fast ganz leer, bis auf einen langen, schmalen Tisch an der Längswand und einen altmodischen Korbsessel mit ein paar schäbigen Kissen. Sonst war nichts mehr in dem Zimmer, außer zwei steifen Holzstühlen, die mitten im Zimmer etwa zwei Meter auseinander standen.

Mr. Campion sah Lugg an.

»Sehr vielsagend«, sagte er.

»Was soll das sein? Ein Sitzungssaal?« Luke klang zwar sarkastisch, wirkte aber leicht verwirrt. »Sitzen sich da zwei Mädchen gegenüber und spielen ›Backe, backe Kuchen‹, und im Sessel sitzt 'n Kerl und guckt ihnen zu?« schlug er vor.

»Das glaube ich kaum. Gibt es irgendwo im Haus Verpackungsmaterial? Holzwolle und so was?«

»Da is ne Abstellkammer voll mit so 'nem Zeug, direkt hinter der Küche, aber nich hier oben, Boss, kein bißchen.«

Campion erwiderte nichts. Er ging durch das Zimmer und sah sich die Dielen an, die vergleichsweise sauber waren. Luggs Gesicht leuchtete auf.

»Ich sag Ihnen was«, sagte er. »Jas war hier. Könnt ich drauf schwören.«

Die dicken bleichen Wangen röteten sich. »'ne Spur gibt's natürlich nich. Bestimmt auch keinen Fingerabdruck. Aber sehen Sie sich mal die Kissen im Sessel an. Der Apotheker war 'n spilleriges Kerlchen, aber dadrin hat einer mit ordentlich Gewicht gesessen.«

»Da könnte man mal drüber nachdenken.« Campion verzog seinen schmalen Mund. »Du solltest einen Bericht darüber schreiben. Als wissenschaftliche Theorie ist es noch zu unausgegoren. Braucht noch ne Menge Datenmaterial. Zeig es Yeo und wart ab, was er dazu sagt. Jedenfalls wäre es ganz interessant, seine Meinung dazu zu hören. Noch andere Ideen?«

»Er war hier«, beharrte Lugg. »Er raucht diese kleinen Stinkdinger. Das hab ich schon beim Reinkommen gerochen. Jetzt ist es verflogen. Glauben Sie nicht, daß er hier war?«

Mr. Campion blieb nachdenklich zwischen den beiden Stühlen stehen.

»Doch, ja, er war hier«, sagte er. »Ganz seine Handschrift, würde ich sagen. Die Frage ist bloß, was hat er hineingetan?«

»Wo rein?«

»In die Kiste«, sagte Mr. Campion und beschrieb den Umriß mit der Hand.

Er war lang und schmal, und jeweils ein Ende stand auf einem Stuhl.

15
Zwei Tage später

Es war ein winziges Krankenzimmer. Mike Dunning war immer noch sehr krank. Wellen von Übelkeit und Angst, die er schwach als unvernünftig empfand, überfielen ihn so oft, daß er innehielt und wie ein Betrunkener verstohlen lächelte.

Mr. Dice, der unschlüssig in der Tür stand, und Luke und Campion, die zu beiden Seiten des weißen Eisenbettes saßen, waren nur Schatten im Dämmerlicht. Aber die junge Krankenschwester, die bei Tageslicht aussah wie eine Werbung für Ferien auf dem Land, strahlte Ruhe und Beständigkeit aus. Ihr weißes Häubchen war tröstlich, und manchmal vergaß er und erzählte ihr eine Geschichte.

»Clytie«, sagte er immer wieder, »ich mache mir Sorgen um Clytie. Sie weiß von nichts. Das kommt von ihrer Erziehung. Sie würden das nicht verstehen.« Beinahe hätte er mit dem Kopf geschüttelt, aber der Schmerz warnte ihn rechtzeitig. »Sie ist ein Kind. Sie ist so süß, aber sie hatte von nichts Ahnung, als ich sie kennengelernt habe. Ich habe Angst um sie gehabt. Das Leben ist zu gefährlich für sie. Warum haben Sie sie weggeschickt?«

»Sie kommt ja wieder«, sagte die Krankenschwester. »Erzählen Sie den Herren hier, wie es passiert ist.«

»Haltet euch nicht mit einem Kerl wie mir auf, Kinder.« Seine dunklen Augen, umrahmt von dichten blonden Wimpern, waren ängstlich. »Ihr kennt die Palinodes nicht. Sie kassieren sie wieder ein und sperren sie ein, bis sie genauso wird wie sie. Deshalb habe ich sie mitgenommen. Ich mußte es einfach tun.« Ein verstohlenes Lächeln glitt entschuldigend über seinen weichen Mund. »Ich bin verantwortlich für sie«, sagte er. »Sie hat keinen außer mir.«

»Wer hat Sie niedergeschlagen?« fragte Luke zum fünften Mal. Mike überlegte. »Ich weiß nicht«, sagte er. »Komisch, ich habe absolut keine Ahnung.«

»Nachdem Sie Ihre Vermieterin verlassen haben, haben Sie beschlossen, bei Ihrem Moped zu schlafen«, begann Campion leise.

»Das stimmt.« Er wirkte überrascht. »Die alte Schreckschraube hat mich rausgeschmissen. Ich war ziemlich sauer. Es war schon nach Mitternacht.« Er schwieg einen Augenblick. »Ich bin wohl gegangen«, sagte er.

»Von dort weg?« murmelte Luke. »Wie lange haben Sie gebraucht?«

»Ich weiß nicht. Ein paar Stunden ... nein, so lange nicht. Ich hörte es zwei schlagen, als ich sie beobachtete.«

»Wen?« Lukes Frage kam ein wenig zu schnell, ein wenig zu laut. Der Patient schloß die Augen.

»Das hab ich vergessen«, sagte er. »Wo ist Clytie jetzt?«

»Auf dem dritten Stuhl links im Flur, genau vor der Tür«, sagte Campion prompt. »Es geht ihr gut. Hat es noch geregnet, als Sie da standen und beobachtet haben?«

Seine vom Verband halb verdeckten Augen wurden wieder nachdenklich.

»Nein, es hatte gerade aufgehört. Es war dunkel, wissen Sie. Ich dachte, es sei besser, wenn ich zum Motorrad ginge, weil da kein Riegel an der Tür war, und ich machte mir Sorgen deswegen. Außerdem konnte ich nirgendwo anders hingehen, ich hatte ja kein Geld.« Er schwieg, aber da die beiden nichts sagten, fuhr er nach einer Weile fort: »Ich ging die Apron Street hinunter zu den Mews. Es war hell genug, daß ich den Weg finden konnte, aber ich war vorsichtig, weil ich keine Lust hatte, irgendeinem verdammten Polizisten was zu erklären.« Er zwinkerte. »Ich war gerade auf der Höhe des Sargladens, als die Tür aufging und sie herauskamen, der alte Bowels und sein Sohn, von dem ich den Schuppen hatte. Sie waren die letzten, denen ich begegnen wollte, deshalb drückte ich mich rasch an die Seite. Der einzige Schutz war das Schaufenster, das ungefähr dreißig Zentimeter aus der Wand herausragt. Ich dachte, sie müßten mich einfach sehen, aber da war es ziemlich dunkel, und ich hielt den Atem an. Sie machten nicht voran. Sie hantierten endlos da rum, wahrscheinlich verriegelten sie die Tür. Schließlich gingen sie zusammen über die Straße. Ich konnte sie deutlich erkennen, weil so ein Dämmerlicht war, und der alte Bowels hatte ein Leichentuch über dem Arm.«

»Ein was?« Charlie Luke vergaß seine Vorsicht, als der Junge das makabre Detail erwähnte.

»Ein Leichentuch«, beharrte der Patient. »Es muß eins gewesen sein. Sonst sieht doch nichts so aus, außer vielleicht eine Tischdecke. Er trug es sorgfältig gefaltet über dem Arm. Ich stand da wie erstarrt. Sie gingen zum Apotheker rüber und blieben da eine Weile stehen. Wahrscheinlich haben sie geläutet, weil ich hörte, wie oben ein Fenster aufging und jemand etwas sagte. Was, konnte ich nicht verstehen. Nach einer Weile sah ich das Leichentuch nicht mehr, und deshalb nahm ich an, daß sie hineingegangen waren.«

»War es bestimmt der Apotheker?«

»Bestimmt. Ich kenne die Apron Street mittlerweile bei allen Lichtverhältnissen ganz genau.«

Campion kam jedem bissigen Kommentar des Chefinspektors zuvor. »Da haben Sie also die Uhr zwei schlagen gehört?« fragte er, wobei er überlegte, daß er selbst ungefähr kurz nach drei mit den Leichenbestattern am Fenster von Renees Salon gesprochen hatte.

Mike Dunning zögerte. Langsam kehrte sein Erinnerungsvermögen zurück.

»Nein«, sagte er schließlich. »Nein. Da hab ich den Captain und Lawrence gesehen.«

»Waren sie auch dabei?«

»Nein, beim Apotheker nicht. Nachdem die Knochenbuddler weg waren, ging ich über die Straße zum Palinode-Haus.«

»Warum?« fragte Charlie Luke.

»Um es mir anzusehen.« Er war so müde, daß seine Antwort noch nicht einmal patzig klang, und doch kannte jeder im Zimmer, sogar Sergeant Dice, den wahren Grund. »Bei Clytie war alles dunkel – ihr Zimmer liegt auf der Straßenseite –, und ich hätte es wahrscheinlich auch nicht riskiert, einen Stein an die Scheibe zu werfen, wenn sie noch Licht gehabt hätte. Ich versicherte mich einfach nur, daß sie schon schlief. Als ich mich umdrehte, sah ich Lawrence Palinode – das ist ihr Onkel und der schlimmste von allen – aus der Haustür schleichen.« Er lächelte mutwillig. »Ich glaubte, er sei hinter mir her«, sagte er. »Röntgenaugen oder so was. Aber dann merkte ich, daß es gar nicht um mich ging. An der Ecke da steht eine Straßenlaterne, die die ganze Nacht brennt, und er trat in ihren Lichtkreis. Ich hörte, wie er leise durchs Gebüsch schlich, bis er zu den Gipsurnen kam, die sie als Mauer bezeichnen. Ich war die ganze Zeit nicht sehr weit von ihm weg, aber ich stand voll im Hausschatten. Ich konnte sein Gesicht nur zur Hälfte sehen, als er sich über die Lorbeerbüsche lehnte.«

»Wo war der Captain? Bei ihm?«

»Nein. Er stand gegenüber in der Barrow Avenue beim Briefkasten. Lawrence beobachtete ihn, und ich beobachtete Lawrence. Es war alles völlig blödsinnig, aber ich wagte nicht, mich zu rühren. Ich konnte kaum glauben, daß sich alle Welt da draußen im Dunkeln rumtrieb. Und da habe ich gehört, wie die Uhr an der katholischen Kirche in der Barrow Road zwei geschlagen hat.«

»Wie konnten Sie Captain Seton auf die Entfernung erkennen?«

»Das konnte ich gar nicht.« Mr. Dunnings normalerweise heiteres Gemüt brach durch. »Ich konnte ihn lange Zeit überhaupt nicht sehen. Der alte Lawrence beobachtete da drüben irgendwas, und ich beobachtete eben ihn. Dann sah ich, wie jemand aus einem Hauseingang trat, am Briefkasten vorbeiging und die Avenue Richtung Barrow Road hinaufsah. Er stand nur eine Minute lang da und war dann wieder verschwunden. Schließlich tauchte er noch mal auf, und irgendwas an der Gestalt – ich glaube, die Art, wie der Hut saß – kam mir bekannt vor.«

»War es denn hell genug, daß Sie das alles sehen konnten?« fragte der Chefinspektor fasziniert.

»Ja, ich hab Ihnen ja gesagt, es war so eine Art Dämmerlicht. Schwarze Schatten und alles andere irgendwie hellgrau. Ich hab den Schatten von dem Typ ein paar Mal gesehen, und mit jedem Mal wurde ich sicherer, daß es der Captain war. Er ist in Ordnung, Clytie mag ihn jedenfalls. Und dann tauchte die Frau auf.«

Der Chefinspektor blieb bewundernswert ruhig, obwohl Campion förmlich fühlte, wie er zusammenzuckte.

»Sie stand plötzlich auf dem Bürgersteig«, fuhr die heisere Stimme fort. »Ich konnte ihr Gesicht natürlich nicht sehen, hatte aber das Gefühl, sie sei schon älter, jedenfalls von ihrem Gang her, und ich konnte auch sehen, daß sie ziemlich fett war, obwohl sie dick angezogen war. Der Captain ging zu ihr und redete mit ihr, als würde er sie kennen. Sie unterhielten sich ungefähr zehn Minuten lang. Es sah so aus, als würden sie sich streiten. Der alte Mann fuchtelte mit den Händen. Lawrence hing halb über der Mauer. Er hatte den Hals vorgereckt wie einen Blumenstengel. Er wollte wohl unbedingt hören, was sie sagten, aber selbst wenn sie geschrien hätten, wäre das unmöglich gewesen. Schließlich wandte sich die Frau ab und kam geradewegs auf uns zu, zumindest glaubte ich das. Sie ging aber nur über die Straße in Richtung Mews. Der Captain ging zurück ins Haus, und auch Lawrence ging wieder hinein. Ich weiß das ganz genau, denn ich mußte schließlich stehenbleiben, wo ich war, bis er endlich weg war.«

Charlie Luke kratzte sich am Kopf. »Klingt so, als ob es wirklich der Captain war, und als ob er auf sie gewartet hätte. Schade, daß Sie sie nicht erkannt haben. Sind Sie sicher, daß sie zu den Ställen gegangen ist?«

»Vollkommen. Ich hab's genau gesehen. Es gibt einen Durchgang von der Barrow Road.«

»Und die Bowels sind nicht zu den Ställen zurückgegangen?«

»Nein, wie sollten Sie? Die Apotheke hat keinen Hinterausgang, und ich stand keine zehn Meter vom Schaufenster entfernt.«

»Was passierte dann?«

Mike lehnte sich in die Kissen zurück, und die Krankenschwester machte Anstalten, das Verhör für beendet zu erklären. Er spielte jedoch weiter mit und fuhr eifrig fort: »Ich ging in den Schuppen zu meinem Moped. Unter Bowels' Hintertür schimmerte Licht durch, und mir fiel ein, daß der Sohn mir erzählt hatte, sie hätten einen Verwandten zu Besuch. Ich schlich mich leise zum Schuppen, weil ich Angst hatte, der Mann könnte mich hören. Das Moped war da, und alles war in Ordnung. Ich schloß die Tür, und dann zündete ich ein Streichholz an, um was sehen zu können. Ich hatte keine Taschenlampe dabei.«

»Haben Sie irgend jemanden bemerkt?«

»Nein, unten war keiner. Es kam mir so vor, als hörte ich oben jemanden, und ich glaube, ich sagte was. Ich kann mich aber nicht mehr erinnern. Jedenfalls hörte ich dann nichts mehr, und ich dachte, es sei vielleicht eins von den Pferden nebenan gewesen. Ich konnte mich nirgendwo hinsetzen, die Steine waren ganz schön naß, und deshalb hielt ich es für besser, nach oben zu gehen. Ich war todmüde, und ich mußte nachdenken. Ich hatte nur noch ein einziges Pfund bis zum Zahltag.« Er runzelte die Stirn unter seinem Verband. »Aber das ist ein anderes Problem«, sagte er mit einem entwaffnenden Grinsen, »darauf richten wir unsere Aufmerksamkeit später. Gut, ich zündete also ein Streichholz an und hielt es runter, damit es nicht ausging, und kletterte die Leiter hoch. Das ist alles, woran ich mich erinnere. Ich nehme an, dann schlug mir irgend jemand eins über den Schädel. Wer war das?«

»Wohl kaum die Freundin des Captains«, sagte Campion dümmlich. Als sie aufstanden, streckte Dunning ihnen die Hand entgegen. »Schicken Sie sie rein, hier ist ein guter Anstandswauwau«, murmelte er. »Ich muß mit ihr reden. Sie haben keine Ahnung, in was für Schwierigkeiten sie ohne mich kommt.«

»Den beiden ist es ganz ernst«, bemerkte Campion zum Chefinspektor. Sie hatten die Botschaft ausgerichtet und gingen nun die Treppe des Krankenhauses hinunter.

»Die armen Kinder!« explodierte Charlie Luke völlig unerwartet. »Keiner kümmert sich um sie, und da müssen sie sich selbst umeinander kümmern.« Er schwieg. »Klammern sich aneinander wie zwei Betrunkene«, sagte er dann. »Na, Luggs Verwandtschaft war's also nicht.«

»Nein, es sieht nicht so aus«, erwiderte Campion verwirrt.

»Ich glaube, ich möchte gern mal wieder mit Jas plaudern.«

»Er gehört Ihnen. Ich bin jetzt mit Sir Doberman verabredet. Er hat nach mir geschickt, bevor der Anruf aus dem Krankenhaus wegen Dunning kam. Ich weiß nicht, was der alte Knabe jetzt schon wieder ausgegraben hat.«

Sie hatten das Tor erreicht, und Luke blieb einen Augenblick stehen. Er wirkte ruhelos und unglücklich. Seine Augen blickten besorgt, und er sah schlecht aus.

»Wissen Sie, wo sie diese verfluchte Kiste hingeschafft haben, Sir?« sagte er. »Ich habe zu wenig Leute, und das Hauptquartier zieht mir auch noch die Hälfte meiner Jungs ab, und ich weiß auch, daß es ein schwieriger Auftrag ist, weil die Palinodes eben ungewöhnliche Leute sind, aber kriegen Sie irgendeinen Sinn in die ganze Geschichte? Ich verliere noch mal den Verstand darüber.«

Campion, der trotz seiner Länge schmaler und kleiner wirkte als der andere Mann, nahm seine Brille ab und sah ihn nachsichtig an.

»Es wird schon werden, Charles«, sagte er. »Es löst sich alles von selbst, wissen Sie. Wie ich die Sache sehe, müssen wir im Moment lediglich beachten, daß es zwei verschiedenfarbige Fäden in dem – hm – Knäuel gibt. Die Frage ist nur, laufen sie am Ende zusammen? Ich habe eigentlich das Gefühl, daß das so ist, aber ich bin mir nicht sicher. Wie denken Sie darüber?«

»Ich frage mich manchmal, ob ich überhaupt noch denken kann«, sagte Charlie Luke.

16

Das Wohnzimmer des Leichenbestatters

Die Glastür zu Bowels' Geschäft war geschlossen, aber innen war noch Licht. Mr. Campion drückte auf die Klingel und blieb wartend stehen. Nüchtern betrachtet war das Schaufenster gar nicht so uninteressant. Es enthielt eine schwarze Marmorurne, die woanders sicher fehl am Platz gewesen wäre, zwei Wachskränze unter Glas und eine Miniaturstaffelei, auf der eine Karte mit Trauerrand in einer kleinen, aber auffallenden Schrift verkündete: »Beisetzungen. Verläßlich, geschmackvoll, preiswert, respektvoll.«

Er überlegte gerade, daß man sich eine unzuverlässige Beisetzung wohl kaum vorstellen konnte, als Mr. Bowels senior in der Tür sichtbar wurde. Anscheinend war er gerade beim Essen, denn er kämpfte mit seinem Jackett, aber er bewegte sich mit erstaunlicher Geschwindigkeit und drückte schließlich sein Gesicht an die Glasscheibe.

»Mr. Campion«, sagte er entzückt, »na, das ist aber eine Überraschung.« Der Ausdruck vorsichtiger Besorgnis wich einem strahlenden Lächeln. »Entschuldigen Sie, Sir, doch hoffentlich nichts Geschäftliches?«

Mr. Campion war die Leutseligkeit in Person. »Das kommt darauf an, wen von uns beiden Sie meinen. Vielleicht könnten wir einen Moment in Ihre Küche gehen?«

Das breite Gesicht wurde für den Bruchteil einer Sekunde ausdruckslos, so schnell, daß Campion kaum Zeit hatte, die Veränderung zu bemerken. Dann faßte der Mann sich wieder und sagte ehrerbietig: »Ich sollte das als Ehre ansehen, Mr. Campion. Kommen Sie hier entlang. Gestatten Sie, daß ich vorausgehe?«

Campion folgte ihm die Treppe hinunter in einen Flur, der

nach der vornehmen Kühle des Ladenlokals dumpf und abgestanden roch. Bowels tänzelte mit kleinen Schritten voraus und redete die ganze Zeit.

»Es ist nicht besonders vornehm, aber gemütlich«, sagte er. »Wir sehen genug Großartiges, der Junge und ich, und glücklich wird man davon nicht, deshalb haben wir es privat gern gemütlich. Aber ich habe ja ganz vergessen, Sie waren ja schon einmal bei uns, als Magers, der arme Kerl, so krank war.« Vor einer schmalen Tür blieb er stehen und lächelte breit.

»Nach mir bitte«, sagte er und ging hinein.

Ganz plötzlich wurde er fröhlicher. »Wir sind allein, wie Sie sehen«, sagte er, als er in die nur schwach beleuchtete und unordentliche Küche trat. Er stellte seinem Besucher einen Stuhl an den Eßtisch. »Ich dachte, der Junge sei hier, aber er ist wohl wieder an die Arbeit gegangen. Ein begnadeter Handwerker – setzen Sie sich doch hierhin, Sir, hier sitzen Sie an meiner rechten Seite, und ich kann Sie besser verstehen.«

Mr. Campion setzte sich, und Jas ging um den Tisch zu seinem eigenen Platz am Kopfende. Seine weißen Locken schimmerten im warmen Dämmerlicht, und seine breiten Schultern strahlten Würde aus. Hier unten gewann er eine ganz neue Autorität, trotz all seiner lächerlichen Unterwürfigkeit. Er saß da wie ein eindrucksvoller Anachronismus, ungewöhnlich und dekorativ.

»Magers ist weg«, bemerkte er, wobei er ihn aus seinen kleinen blauen Augen schlau und neugierig musterte. »Als diese Tragödie da gegenüber passiert ist, kam er reingerannt, sagte: Auf Wiedersehen, und seitdem haben wir nichts mehr von ihm gehört. Ich nehme an, Sie wissen Bescheid, Sir?«

Campion nickte, gab aber keinen Kommentar. Jas nahm es hin, anders konnte man seine duldsame Haltung nicht beschreiben.

Er griff ein anderes Thema auf. »Entsetzliche Sache, der

arme Wilde. Wir waren zwar nicht direkt mit ihm befreundet, aber gute Bekannte. Wir haben halt beide schon lange unser Geschäft in dieser Straße. Ich war nicht bei der gerichtlichen Untersuchung dabei, aber ich habe als Zeichen meines Respekts Rowley hingeschickt. ›Selbstmord als Folge von Bewußtseinstrübung‹ haben sie gesagt; das ist immer das einfachste.«

Er faltete seine Hände auf dem karierten Tischtuch und senkte seinen fragenden Blick.

»Wir setzen ihn morgen früh bei. Ich glaube nicht, daß viele Leute kommen, aber wir werden ihn mit den gleichen Ehren beerdigen, als sei es unser eigenes Begräbnis. Zum Teil aus Freundlichkeit, Mr. Campion, und zum Teil auch aus geschäftlichen Gründen. So traurig es Ihnen auch vorkommen mag, aber eine solche Tragödie ist die beste Werbung für uns. Hunderte von Schaulustigen werden da sein, und die erinnern sich später vor allem an den Leichenzug, deshalb tun wir immer unser Bestes.«

Die ungewohnte Förmlichkeit seines Gastgebers verwirrte Campion. Er kam sich vor wie bei einem gesellschaftlichen Treffen. Auf die Gefahr hin, diese Stimmung zu zerstören, schoß er seinen ersten Versuchsballon ab.

»Was trugen Sie denn über dem Arm, als Sie vorgestern nacht um zwei Uhr morgens Ihren Bekannten besucht haben?«

Der alte Mann gab kein Zeichen der Überraschung von sich, aber er bedachte seinen Besucher mit einem vorwurfsvollen und enttäuschten Blick.

»Das ist genau die Art Frage, auf die ich bei der Polizei hätte gefaßt sein müssen, Mr. Campion«, sagte er finster, »und wenn Sie mir die Formulierung verzeihen wollen, von der Polizei wäre sie bestimmt sehr viel zartfühlender gestellt worden. Jeder sollte sich auf das beschränken, was er gelernt hat, das ist meine Meinung.«

»Eine lobenswerte Einstellung«, sagte Campion sententiös, »und das führt uns wieder zu vorgestern früh um zwei Uhr.«

Jas lachte. Sein amüsiertes, halb spitzbübisches, halb geringschätziges Lachen war entwaffnend.

»Wie menschlich doch die menschliche Natur ist, was?« Damit faßte er seine eigenen läßlichen Sünden zusammen und warf sie in das große Sammelbecken der Sünden der ganzen Welt. »Ich vermute, dieser Mr. Corkerdale, der im Garten des Herrenhauses Wache schiebt, hat uns gesehen?«

Der dünne Mann ließ die Antwort auf die Frage offen, und das Grinsen des Leichenbestatters wurde noch breiter.

»Ich hätte nicht gedacht, daß es schon so spät war«, fuhr er fort, »aber das kann sein. Magers war bei uns, zum ersten Mal seit dreißig Jahren. Wir haben über die liebe Verstorbene geredet, und dann ist Magers in einen Schlaf gefallen, der schon beinahe einer Leichenstarre gleichkam, der arme Kerl.« Er schwieg, und seine kleinen Augen forschten im Gesicht des anderen Mannes nach Zustimmung. Da er nichts dergleichen fand, fuhr er gewandt fort.

»Sie werden sich sicher erinnern, Mr. Campion, daß ich Ihnen, als wir uns drüben am Haus trafen, erzählt habe, ich hätte Probleme mit einem Sarg?«

»Ja. Ich dachte, Sie wollten ihn mir verkaufen.«

»Ach, Mr. Campion, das war doch nur Spaß. Wir mußten schnellstens einen Sarg herbeischaffen für die Beerdigung in Lansbury Terrace. Rowley ist gleich der im Keller von gegenüber eingefallen. ›Aber bevor wir ihn holen‹, sagte ich zu ihm, ›bevor wir ihn holen, mein Sohn, gehen wir erst noch zu Mr. Wilde und bringen ihm das, was ich ihm versprochen habe‹.«

Wieder herrschte fruchtloses Schweigen. Mr. Campion blieb gespannt und aufmerksam, und Jas wurde zutraulicher.

»Sie sind ein Mann von Welt, wie ich, Mr. Campion. Sie werden mich verstehen, das weiß ich. Der arme Wilde war ein netter Kerl. Unordentlichkeit regte ihn auf. Er hatte über dem Laden ein Zimmer mit einem Fenster direkt zur Straße hin. Die Vorhänge waren eine Schande, und ich zog ihn damit auf. Nun...«, er senkte seine Stimme, »wir verwenden in unserem Laden Baumwollstoffe – es sieht sehr nett aus –, und um die Sache kurz zu machen, ich hatte ihm ein oder zwei Meter für seinen Bedarf versprochen. Schließlich ist es auch in unserem Interesse, wenn die Straße ein bißchen nett aussieht. Ich hab's nachts rübergebracht, weil ich Angst vor dem Gerede der Nachbarn hatte, und da er es noch nicht gebraucht hatte, als ich seine Leiche in die Leichenhalle gebracht habe, hab ich's mir wieder zurückgenommen, und wenn Sie wollen, kann ich es Ihnen jetzt zeigen, es liegt in der Werkstatt. Das war alles.« Er beendete seine Lügengeschichte mit Bravour und lehnte sich selbstzufrieden zurück.

»Ja«, sagte Campion, und in diesem einen Wort lag weder Zustimmung noch Unglauben. »Und das andere, wonach ich Sie fragen wollte, war, warum Sie sich die Mühe gemacht haben, um mein Kommen zu bitten?«

Mr. Bowels erstarrte. Das runde Gesicht verlor seine Rosigkeit und wurde bleich, und der kleine Mund verzog sich zu kreisrundem Protest. Es war das erste Zeichen offener Ratlosigkeit, das Campion an ihm bemerkte, seit er ihn das erste Mal gesehen hatte.

»Ich, Sir? Ich hätte Sie um Ihr Kommen gebeten?« Seine Stimme überschlug sich vor Protest. »Da irren Sie sich aber sehr. Das habe ich nie getan. Nicht, daß der Junge und ich uns nicht sehr gefreut haben, Sie kennenzulernen. Wir sind sogar sehr stolz darauf. Aber Sie hierher geholt, Sir? Du lieber Himmel, nein. Das wäre doch auch gar nicht meine Aufgabe, Sir, oder? Selbst wenn ich Grund dazu hätte.« Er schwieg, und seine kräftigen Hände, die auf dem rot-weiß karierten Tischtuch lagen, zitterten.

»Ich hab zwar einen freundlichen Brief an meinen Verwandten geschrieben«, fuhr er fort, »aber wenn er da irgendwas Besonderes herausgelesen hat, dann ist er ein größerer Dummkopf, als ich gedacht hab. Ich freue mich wirklich, daß

Sie hier sind, Mr. Campion, weil ich gerne möchte, daß die Sache endlich aufgeklärt wird, Tatsache, aber hierher geholt habe ich Sie nicht, Sir.«

Mr. Campion war verwirrter als je zuvor. Er konnte zwar verstehen, daß Mr. Bowels ängstlich jede Verantwortung ablehnte, aber nicht, warum er sich deswegen so entsetzlich aufregte.

»Ich verstehe, daß polizeiliche Ermittlungen nicht so sehr gut für Ihr Geschäft sind«, begann er vorsichtig. »Aber die Öffentlichkeit kann uns kaum helfen, und Sie haben immerhin gewußt, daß Miss Ruth Palinode gelegentlich ein oder zwei Schillinge auf ein Pferd gesetzt hat. Nur glaube ich nicht, daß dieser Umstand Sie bewogen hat, mich kommen zu lassen.«

Mr. Bowels putzte seine Nase mit einem großen weißen Taschentuch, offenbar, um Zeit zu gewinnen.

»Ich habe Sie nicht kommen lassen«, sagte er, »aber Geschäft ist Geschäft, und das vergißt die Polizei nur allzu gern. In meinem Beruf gilt nur Diskretion, Diskretion, Diskretion. Wer will schon einen Leichenbestatter, der überall seine Nase hineinsteckt und Klatsch verbreitet, selbst wenn er nur seine Pflicht tut? Wenn wir zwei gemeinsame Sache machen und ich Ihnen vertrauen kann, dann muß ich vielleicht erst etwas erwähnen. Mir ist etwas Seltsames aufgefallen, als Miss Ruth starb. Es war eine Kleinigkeit und vielleicht ohne jede Bedeutung, aber es hat mich nachdenklich gemacht. Ich habe gesehen, wie Mr. Lawrence Palinode etwas abgewaschen hat.«

Mr. Campion sah im Geiste den schlaksigen, kurzsichtigen Mann mit dem reizenden Lächeln und der unverständlichen Konversation vor sich.

»Wo war das?« fragte er.

Mr. Bowels war immer noch blaß, aber er erholte sich zusehends. »Nicht in der Küche«, sagte er geheimnisvoll. »Sie starb am frühen Nachmittag, eine ganz ungewöhnliche

Zeit. Sie wissen das wahrscheinlich nicht, aber der frühe Nachmittag ist eine ganz ungewöhnliche Zeit zum Ableben.«

»Wann waren Sie da?«

»Um die Teezeit. Gegen fünf Uhr. Miss Roper hatte Mr. Grace rübergeschickt. Die Familie machte keinen Finger krumm, allerdings nicht aus Mangel an Mitleid. Die Palinodes sind vollkommen hilflos, und was noch schlimmer ist, sie halten es für unpassend, praktisch zu sein.«

Er hatte seinen Schrecken überwunden und war wieder ganz der Alte. Der Unterschied zwischen dieser Geschichte und der vorigen war zwar nur gering, aber doch deutlich spürbar. Hier war nichts mehr von der sorglosen Leichtigkeit der Improvisation zu spüren. Campion hatte das Gefühl, daß er dieses Mal die Wahrheit sagte.

»Ich wollte mich gerade zum Essen setzen, als Mr. Grace klopfte, und da ich die Familie kannte, stand ich sofort auf, zog meinen schwarzen Mantel an, nahm mein Bandmaß und ging hinüber«, fuhr er fort. »Mr. Grace sagte, er wolle lieber nicht mit nach oben kommen, aber das überraschte mich nicht, weil das öfter vorkommt, auch wenn die Leute den Toten sehr gut gekannt haben. Anderen dagegen macht es nichts aus. Es ist eine Frage des Temperaments. Ich war jedenfalls nicht überrascht, als er mich an der Treppe verließ. ›Überlassen Sie's nur mir, Sir‹, sagte ich. ›Ich werde sie schon richtig identifizieren.‹ Das war ein kleiner Witz meinerseits, aber er verstand mich nicht. Ich ging jedenfalls allein hoch, leise und respektvoll, denn wir handhaben so etwas immer so diskret wie möglich. In der Tür zögerte ich, um mich zu vergewissern, und da stand er und wusch ab.«

»Mr. Lawrence Palinode?«

»Ja.«

»In Miss Ruths Schlafzimmer?«

»Ja. Die tote Lady lag da, mit einem Leintuch zugedeckt, und daneben stand ihr Bruder – äußerlich gelassen, aber nervös, wenn Sie verstehen, was ich meine – und spülte jede verdächtige Tasse, jedes Glas und jeden Löffel, der im Zimmer war, in der altmodischen Waschschüssel. Als ich hereinkam, tauchte er gerade das letzte Teil ins Wasser, und als er die Tür hörte, fuhr er herum wie eine Ladenglocke. Im nächsten Moment war er sehr höflich und freundlich, aber ich hatte ihn natürlich gesehen. Sobald ich allein im Zimmer war, warf ich einen Blick auf das, was er abgewaschen hatte. Ganz sauber stand alles da auf der Marmorplatte. Es war ganz offensichtlich.«

Er klang leicht indigniert.

»Ist das alles?«

»Die ganze Wahrheit, Sir. Ich dachte, es sei wichtig.«

»Haben Sie das irgend jemand anderem gegenüber erwähnt?«

»Nein. Die Lektion habe ich schon als kleiner Junge gelernt. ›Leichenbestatter reden nie mehr als ihre Kunden‹, das war das Motto meines Vaters. Ich habe mir natürlich so meine Gedanken gemacht, als ich den Auftrag zur Exhumierung bekam, aber gesagt habe ich nichts. Es ist schließlich schon einige Zeit her, und sein Wort steht gegen meins, nicht?«

Das war nur allzu wahr. Campion war noch dabei, die Information und ihren möglichen Wert zu verdauen, als Jas aufstand.

»Kann ich Ihnen irgend etwas anbieten? Mr. Luke sagt, ich würde ein Zeug trinken, mit dem man Leichen einbalsamieren könnte, aber das sind so seine speziellen Witze.«

»Nein, danke. Ich wollte gerade gehen.« Campion stand ein wenig zu rasch auf. Seine plötzliche Bewegung traf den alten Mann unerwartet, und er blickte auffällig in die Ecke direkt hinter seinem Gast.

Campion war ein zu alter Fuchs, um auch sofort dort hinzusehen, aber als er seinen Stuhl sorgfältig an den Tisch rückte, blickte er wie zufällig zur Seite und erlitt den Schock seines Lebens.

In der Nische neben dem Herd stand eine Großvateruhr, und daneben, zwischen ihr und der Wand, keinen Meter von seinem Stuhl entfernt, stand ein Mann. Er stand völlig bewegungslos und tief im Schatten der Wand, und er hatte offensichtlich während ihrer ganzen Unterhaltung da gestanden.

Campion ging durch die Tür, die der Leichenbestatter ihm bereitwillig aufhielt. Sein Gang war leicht und munter, sein Gesicht irreführend ausdruckslos. Sein Gastgeber sollte das sichere Gefühl haben, ihm sei nichts Ungewöhnliches aufgefallen. Als er jedoch über die Straße eilte, der adretten Gestalt von Mr. James, dem Bankdirektor, zunickte, der ihn herablassend mit seinem aufgespannten Regenschirm grüßte, seinen Kragen hochschlug und sich darauf vorbereitete, sich durch die Menge der Schaulustigen zu drängen, die sich vor der Haustür von Portminster Lodge gebildet hatte, war er außergewöhnlich nachdenklich. Dieser polierte Schädel und die hängende Unterlippe waren nicht zu verkennen gewesen, und seine Gedanken kreisten um die bis dahin vernachlässigte Allgegenwart von Mr. Congreve.

17
Aufregung im Keller

»Ist schon gut. Du brauchst nichts mehr zu sagen. Ich gehe. Das hab ich nun davon. Du hast mich falsch verstanden, und das hab ich nun davon.«

Mr. Campion blieb lange genug im Vorraum stehen, um die Worte mitzubekommen. Clarrie Grace stand in einer unbewußt theatralischen Haltung in der Küche. Er war zur Reise angezogen.

Renee stand am Herd. Sie war rot im Gesicht und zitterte, aber selbst auf dem Höhepunkt ihrer Wut blickten ihre Augen besorgt und lieb.

»Oh, Clarrie, um Gottes willen«, rief sie aus. »Halt doch den Mund! Geh, wenn du willst, aber sag doch nicht, ich hätte dich rausgeschmissen, und vor allem, erzähl's nicht auf der Straße. Draußen stehen eine Menge Leute, ich hoffe, du weißt das!«

Clarrie schloß seinen Mund und öffnete ihn dann wieder. Er blickte Campion an, in dem er ein vom Himmel gesandtes Publikum sah. »Liebes«, sagte er zu Renee. »Liebes! Liebes, süßes, altes Mädchen, versuch doch nur mal, ein bißchen normal zu sein! Ich will dir doch nur helfen! Ich lasse einfach nicht zu, daß du eine Närrin aus dir machst! Wenn du glaubst, ich hätte dir dazwischen gefunkt, dann tut's mir leid.« Seine Stimme überschlug sich. »Ich finde, du bist ganz schön blöd!«

»Das reicht!« Ihre Stimme klang fest und befehlend. »Mach nicht noch mal den Mund auf! Du hast schon genug gesagt. Ich werde das nicht vergessen, Clarrie. Er macht diesen ganzen Aufstand, Albert, nur weil ich dem Kind gesagt habe, daß ich ihren Freund hierher hole. Der arme Kerl, irgendwohin muß er doch schließlich, oder? Er hat kein Zuhause und kein Geld, und im Krankenhaus können sie ihn auch nicht ewig behalten. Bringt man ein Mädchen nicht gerade dadurch auf dumme Gedanken, wenn man sich abwendet und sie mit ihrer Verantwortung allein läßt? Los, Albert, antworten Sie mir!«

Mr. Campion sah jäh jede Hoffnung auf Diskretion und Neutralität schwinden.

»Ich habe nicht ganz begriffen, worum es überhaupt geht«, sagte er vorsichtig. »Um Clytie und Mike Dunning, ja?«

»Ja, natürlich, mein Lieber. Stellen Sie sich doch nicht dümmer, als Sie sind!«

Sie schlug ihm die strengen Worte um die Ohren wie eine Kutscherpeitsche. »Ich leite ja schließlich kein Waisenhaus!«

»Nein? Ich dachte doch«, murrte Clarrie so unleidlich, daß sie sich zu ihm wandte.

»Du gehst mir auf die Nerven, wie alle Männer! Hier ist ein nettes, verantwortungsbewußtes Mädchen – lach nicht, Clarrie! Jung, unglücklich und sehr verknallt, das sich um einen armen kranken Jungen sorgt. Wenn ich ihn hier habe, kann ich ein Auge auf die beiden haben, oder? Wenn er sich nicht anständig benimmt, und das kann man vorher nie wissen, dann können wir ihr immerhin helfen, ihn auf christliche Art wieder loszuwerden...«

Clarrie gab ein Geräusch wie ein schnaubendes Pferd von sich. »Du willst also an den armen Kindern herumnörgeln? Das ist neu. Das hattest du mir noch gar nicht erzählt.«

»Dummkopf! Ich versuche nur, mich um sie zu kümmern, als ob sie meine Tochter wäre.«

Er setzte sich an den Tisch, verschränkte die Arme und legte seinen Kopf mitsamt Hut darauf.

»Warum?«

»Warum?«

»Ja, warum? Das ist doch der ganze Streit! Campion, Sie sind unser Schiedsrichter. Ich habe versucht, dieser blöden alten Gans – die ich liebe wie meine Mutter – klarzumachen, daß sie sich nicht um das Elend der ganzen Welt kümmern kann. Das ist doch in Ordnung, oder? Ist das etwa nicht in Ordnung?«

Renees Reaktion war unerwartet heftig.

»Bestie!« Sie kniff ihre Augen zusammen, offenbar in dem Versuch, das Bild visuell zu übertragen. »Du bist eine Bestie! Es ist ja nicht dein Fehler. Deine Mutter war in Ordnung, sie war eine Freundin von mir, und eine großzügigere Frau hat's nie gegeben. Aber dein Vater!... Ich kann ihn direkt vor mir sehen, diese Ratte!«

Mr. Grace unternahm keinen Versuch, seinen Vater zu verteidigen, aber er sah niedergeschlagen und bedrückt aus. Campion hatte den Eindruck, daß dies ein Schlag unter die Gürtellinie gewesen war. Offensichtlich fiel das auch Renee auf, denn sie entschuldigte sich zwar nicht gerade, war aber sehr bemüht, sich zu rechtfertigen.

»Nun, es ist wirklich nicht nett, immer nur darauf zu achten, was andere bekommen. Was ist schon dabei, wenn ich für die Familie da oben ein bißchen mehr tue, als sie bezahlen kann? Ich kann's mir leisten, und es ist mein Beruf. Herumschnüffeln und den alten Congreve von der Bank über mein Konto auszufragen, ist nicht besonders vornehm.«

»Das ist eine Lüge«, verteidigte Clarrie sich schwach. »Außerdem ist Congreve selbst nicht viel besser. Er versucht die ganze Zeit, mich auszuhorchen. Er hat sich bei mir angebiedert, und ich hab dir davon erzählt, und du hast gesagt – verbessere mich, wenn ich unrecht habe –, daß diese Bankleute immer so neugierig wären.«

»Du bist aalglatt, richtig aalglatt!« Sie lächelte Campion unsicher an. »Ich weiß schon, was ich tue«, sagte sie.

»Dann ist's ja gut.« Clarrie klang erschöpft. »Ich wollte dich nur schützen, altes Mädchen. Ich sehe nur, daß dich ein halbes Dutzend alter Eierköpfe mehr kosten, als sie dir einbringen. Ich weiß nicht, warum du das für sie tust – und es könnte einigen Leuten komisch vorkommen –, ich habe mich lediglich gefragt, ob du es dir leisten kannst. Wenn du sagst, du kannst, und du mir versicherst, daß du dich damit nicht direkt ins Armenhaus bringst, dann sag ich nichts mehr. Nimm die beiden Turteltauben auf, mein Herz, und noch die halbe Straße dazu, wenn dir danach ist, ich kümmere mich nicht mehr drum.«

Miss Roper gab ihm einen Kuß. »Das ist eine Entschuldigung«, sagte sie. »Nimm's mir nicht übel. Setz deinen Hut im Haus ab, mein Lieber. Sieh mal, Albert tut das auch.«

»Entschuldigung, hab's vergessen«, sagte Mr. Grace. Er nahm das Corpus delicti ab und warf es zum Herd hin. Dort rollte es zwischen die Kochtöpfe und begann sofort zu stinken. Miss Ropers schon im Abklingen begriffener Zorn loderte wieder auf. Rasch wie eine Eidechse hob sie den Deckel von der Kochplatte und warf den Hut in die Flammen. Dann setzte sie den Eisenring wieder darauf. Sie drehte sich nicht um und rückte geschäftig Töpfe und Pfannen hin und her.

Leichenblaß und mit Tränen der Wut in seinen blauen Augen sprang Clarrie auf.

Mr. Campion sah, daß er wohl nichts dazu beitragen könnte, daß die Sache ein gutes Ende nahm, und deshalb ließ er die beiden alten Freunde allein. Draußen fiel er beinahe über Mrs. Love, die neben einem Eimer am Fuß der Treppe kniete.

»Isser gegangen, ich sag, isser gegangen?« fragte sie, sprang auf und packte ihn bei den Rockaufschlägen. »Ich kann nich alles hören, ich sag, ich kann nich alles hören.«

Ihre Stimme war sehr laut, und Mr. Campion, der mittlerweile zu der Überzeugung gelangt war, sie sei stocktaub, brüllte zurück: »Ich hoffe nicht.«

»Ich auch nicht«, sagte sie in überraschend normaler Lautstärke und fügte überraschend hinzu: »Obwohl, komisch isses schon, ich sag, komisch isses schon.«

Anscheinend erwartete sie irgendeine Antwort von ihm.

»Wirklich?« sagte er unverbindlich.

»Natürlich.« Sie schob ihr rosiges, zerknittertes Gesicht ganz nahe an seins heran. »Warum läßt sie ihnen so viele Freiheiten? Schließlich sind sie nur Mieter. Man könnte fast meinen, sie schuldet ihnen was, ich sag, man könnte meinen, sie schuldet ihnen was.«

Die schrillen Worte entsprachen ganz seinen eigenen Gedanken, und er blieb nachdenklich stehen.

»Gehn Sie jetzt hoch in Ihr Zimmer?« fragte sie, plötzlich wieder ganz unterwürfig. »Ich hab vergessen, 's Ihnen zu sagen, is mir entfallen, verstehen Sie? Was hier alles so los is, deswegen hab ich's vergessen. Da ist ein Herr in Ihrem Zimmer, is vor ungefähr 'ner halben Stunde gekommen. Sieht ganz anständig aus, ich sag, ganz anständig, deshalb hab ich ihn reingelassen.«

»So?« sagte Mr. Campion, der keinen Besuch erwartete. Er ging die Treppe hoch. Ihre Stimme folgte ihm fröhlich.

»'nen gewöhnlichen Menschen hätt ich nich reingelassen, weil man nie weiß, was einem dann hinterher fehlt, ich sag, man weiß nie, was einem dann hinterher fehlt.«

Sie mußte wohl überall im Haus gut zu verstehen sein, dachte er. Vor seiner Zimmertür blieb er überrascht stehen.

Drinnen fand eine Unterhaltung statt. Man konnte nichts verstehen, aber die Geräusche, die an sein Ohr drangen, ließen an höfliche Konversation denken. Er hob die Augenbrauen, öffnete die Tür und trat ein.

Auf dem Sessel vor dem Tisch saß Miss Evadne, mit dem Rücken zum Spiegel. Sie trug immer noch das lange Morgengewand mit dem Paisleymuster, in dem er sie beim ersten Mal gesehen hatte, aber nun lag zusätzlich ein Spitzenschal um ihre Schultern, und an ihrer großen, gepflegten Hand funkelte ein Diamantring in einer altmodischen Goldfassung. Zu ihren Füßen kniete ein rundlicher, grauhaariger Mann in einem formellen schwarzen Jackett und gestreiften Hosen. Er mühte sich mit dem Stecker des elektrischen Wasserkessels ab, den er mit einer Nagelfeile aufzuschrauben versuchte.

Als er seinen Kopf hob, sah Campion, daß es Sir William Glossop war, der Finanzexperte und Berater der Krone, den er flüchtig kannte.

18
Der Faden paßt durchs Nadelöhr

Als Campion das Zimmer betrat, wollte der Amateurelektriker dankbar aufspringen, aber Miss Palinodes Geste hielt ihn zurück.

»Machen Sie ruhig weiter, Sie machen das sehr schön.« Ihre huldvolle, kultivierte Stimme barst vor Autorität. »Ich glaube, diese kleine Schraube drehen Sie am besten so herum. Oder nein, vielleicht auch nicht. Sie waren lange weg«, fügte sie, offenbar an Campion gewandt, hinzu.

Sie beherrschte diese kleinen Plaudereien ausgezeichnet.

»Ich versuche gerade, alles vorzubereiten für meine kleine *conversazione* morgen, und da mußte ich feststellen, daß dieses heikle Ding nicht funktionierte. Wirklich zu ärgerlich! Ich bin leider manuell nicht allzu geschickt.«

Ihr entzückendes Lachen deutete an, daß diese Tatsache erheiternd und auch irgendwie schmeichelhaft für sie war. »Deshalb kam ich zu Ihnen. Ich weiß, daß die Leute vom Theater sich immer zu helfen wissen. Sie waren zwar nicht da, dafür kam mir aber Ihr Kollege hier zu Hilfe.«

Sir William bedachte Mr. Campion mit einem schiefen Blick. Sein kleiner Mund kräuselte sich zornig. Jemanden, der weniger Schauspieler war als er, konnte Campion sich kaum vorstellen. Er streckte seine Hand aus.

»Soll ich es mal versuchen?« schlug er vor.

»Da wäre ich Ihnen wirklich dankbar.« Das kam von Herzen. Der ältere Mann stand auf, um eine bequemere Position auf dem Kaminvorleger einzunehmen.

Miss Evadne lächelte ihn an.

»›Faßt frischen Mut‹«, zitierte sie, »›so lang ist keine Nacht, daß endlich nicht der helle Morgen lacht‹.«

Sie musterte ihn mit amüsierter Nachsichtigkeit, die ihm unbehaglich war.

»Leider verstehe ich von diesen Dingern gar nichts«, sagte er. Miss Evadne glaubte, er sei lediglich schüchtern.

»Ich sehe, Shakespeare spielen Sie nicht«, sagte sie freundlich. »Ich dachte, Sie täten es. Warum eigentlich?« Ihr Blick fiel auf seinen Falstaffschen Umfang, und sie zwinkerte vergnügt. »Nun, das macht ja nichts. Sie müssen natürlich beide morgen kommen. Ich weiß zwar nicht, ob diese Woche jemand da ist, der besonders einflußreich ist, aber es wird trotzdem recht amüsant werden, denke ich.«

Sie blickte zu Campion, der gute Fortschritte machte.

»Ich lade immer ein paar meiner Freunde aus der Nachbarschaft ein, Geschäftsleute und so, weil ich der Meinung bin, daß meine lieben Schauspieler vom Thespis ihr Publikum kennenlernen sollten.«

Campion stand auf, er hatte seine Aufgabe erfüllt. »Zum Wohl aller, würde ich sagen«, meinte er heiter. Sie schenkte ihm einen überraschten, aber dankbaren Blick.

»Das denke ich auch«, sagte sie. »Na, ist er jetzt wieder in Ordnung? Ausgezeichnet! Guten Abend allerseits. Ich sehe Sie dann morgen kurz nach sechs. Kommen Sie nicht zu spät. Ich werde immer so rasch müde.«

Sie nahm den Kessel, bat Campion mit einem Nicken, ihr die Tür zu öffnen, und machte einen Abgang, der dem Königshaus zur Ehre gereicht hätte. Auf der Schwelle blieb sie stehen und sah Glossop an.

»Ich danke Ihnen für Ihr ritterliches Bemühen«, sagte sie. »Keiner von uns beiden ist so geschickt wie dieser reizende Mann, nicht wahr?«

Campion stellte fest, daß sie selbst gemerkt hatte, wie ungezogen das war. Er schloß grinsend die Tür hinter ihr und kam zurück ins Zimmer. Sir William, der in dieser Umgebung so fehl am Platz aussah wie ein Seehund, sah ihn düster an.

»Ich habe auf Sie gewartet, als plötzlich diese Frau hereinkam«, sagte er. »Sie glaubte anscheinend, mich zu kennen. Für was hält sie mich, für einen Polizisten?«

Mr. Campion sah in seine klugen, traurigen Augen, wie man sie so oft bei Finanzleuten findet, und sagte entschuldigend: »Nein, leider hält sie uns beide für Schauspieler.«

»Schauspieler!« Sir William sah sein Ebenbild im großen herzförmigen Spiegel, und der leise Anflug eines Lächelns erschien auf seinem Gesicht. »Du lieber Himmel«, sagte er, aber er schien durchaus nicht unangenehm berührt zu sein. Ein anderer Gedanke kam ihm. »Ist sie die Mörderin?«

»Haarscharf daneben«, erwiderte Campion fröhlich. »Das kommt alles sehr plötzlich. Was kann ich für Sie tun, Sir William?«

Der andere Mann sah ihn nachdenklich an.

»Ja«, sagte er schließlich, »deshalb bin ich natürlich hier.

Er setzte sich in den Sessel, den Miss Evadne freigemacht hatte, und zog eine kleine, blanke Pfeife hervor, die er stopfte und anzündete.

»Ich habe mit Stanislaus Oates gesprochen, das heißt, eigentlich hat er mit mir gesprochen«, begann er schließlich. »Sie haben in dem Brief an Superintendent Yeo eine Frage gestellt. Wissen Sie, wovon ich rede?«

»Ich habe keine Ahnung.«

»Gut.« Er wirkte erleichtert. »Ihr Brief war persönlich an den Superintendenten gerichtet. Er ging damit zu Oates. Oates erwähnte ihn freundlicherweise mir gegenüber, da wir im Augenblick zusammen an einer anderen Sache arbeiten. Das bedeutet vier zuverlässige Leute. Ich glaube, das ist in Ordnung. Nun, Campion, was genau wissen sie über *Brownie Mines*?«

Die blassen Augen hinter der Hornbrille wurden augenblicklich ausdruckslos, und Campion seufzte. Es war lediglich ein vager Verdacht gewesen. Nun wendete sich das Blatt.

»So gut wie nichts«, sagte er. »Eine Frau, die ermordet

wurde, hatte ein paar Aktien davon. Man hält sie für wertlos. Vor einigen Monaten waren Gerüchte darüber im Umlauf. Mehr weiß ich nicht.«

»Wirklich nicht? Nun, das ist besser, als ich dachte. Ich bitte Sie nur, absolutes Stillschweigen über die ganze Sache zu bewahren.«

»Wenn ich kann«, sagte Campion sanft.

Sir William schüttelte den Kopf. »Das reicht nicht, mein Lieber. Es darf nichts darüber laut werden. Verstehen Sie mich? Weder in der Presse noch sonstwo darf auch nur irgend etwas durchsickern. Nichts, sagte ich. Muß ich noch deutlicher werden?«

»Das ist ja äußerst praktisch für den Mörder«, sagte Mr. Campion.

»Wie bitte? Oh, ich verstehe. Du lieber Himmel, wollen Sie damit andeuten, daß diese alte Schachtel vergiftet wurde, weil sie...«

»Ich deute nicht an, ich frage.« Mr. Campion sah aus wie eine dünne Eule. »Ich habe perfekte Verbrechen erlebt, die von Enthusiasten für weniger als drei Pfund begangen wurden. Meine – äh – Klientin besaß, soweit ich mich erinnere, Aktien im Wert von etwa achttausend Pfund dieser Gesellschaft mit dem reizenden Namen. Sie müssen verstehen, daß es für mich und die Polizei schon einen Unterschied macht, wenn auch nur die geringste Chance besteht, daß sie jemals etwas wert waren. Es ist unsere Pflicht, das herauszufinden, oder etwa nicht? Sie besaß mit Sicherheit nichts anderes, dessen Wert ein ähnliches Problem darstellte.«

Sir William erhob sich. »Ich verstehe, was Sie meinen«, sagte er langsam. »Sie sehen aber auch, welche Bedeutung ich dem Ganzen beimesse, sonst wäre ich nicht hier. Ich wollte mich vergewissern, wieviel Sie wußten, obwohl ich natürlich gemerkt habe, daß Sie den Ernst der Lage gar nicht erfaßt hatten, weil Sie so einfach danach gefragt haben. Ich wollte Ihnen nur so schnell wie möglich den Mund schließen.«

»Sehen Sie«, Mr. Campion schlug ein kleines Geschäft vor, »weder Chefinspektor Luke noch ich wollen uns in die Hochfinanz einmischen. Wir hatten einen Anhaltspunkt gefunden und wollten lediglich wissen, ob er für uns von Wert war. Seine Bedeutung für Sie und die Regierung geht uns nichts an. Wenn Sie uns sagen, wie gefährlich Ihr *Brownie* ist, dann halten wir den feinen Namen aus allem heraus.«

»Was für ein Brownie? Oh, ich verstehe. Nun, ich will mich nicht festlegen, weil, ehrlich gesagt, je weniger Leute darüber Bescheid wissen, desto besser ist es, aber zumindest kann ich Ihnen sagen, daß es drei herrenlose Minen gibt – wo, sage ich natürlich nicht –, in denen man ein bestimmtes Metall vermutet.«

»Namenlos«, sagte Campion.

»Genau. Ein bestimmtes, äußerst seltenes Metall, das bei der Industrie für bestimmte Artikel, die zur Verteidigung unseres Landes wichtig sind, sehr gefragt ist.« Er schwieg, und Campion sah zu Boden. »Es wird im Moment noch erforscht«, fuhr er fort. »Äußerste Geheimhaltung ist erforderlich. Bedenken Sie nur einmal, wo sie liegen!«

Campion hatte nicht die leiseste Ahnung, ob *Brownie* seine Minen in Chelsea oder in Peru hatte, aber er gab sich alle Mühe, verständnisvoll auszusehen. Sir William fiel noch etwas ein. »Wenn irgendeiner die alte Dame umgebracht hat, um an ihre Aktien heranzukommen, dann ist er ein gefährlicher Krimineller, Campion. Wir haben über die Sache geschwiegen wie ein Grab, aber irgendwo muß es eine undichte Stelle geben. Sie müssen seiner habhaft werden, je eher, desto besser.«

»Auf jeden Fall ist er ein gewissenloser Kerl«, gab Campion zu. »Na gut. Wir wissen nur, daß das möglicherweise ein Motiv ist.«

Sir William sah ihn geistesabwesend an.

»Ein ausgezeichneter Gedanke«, sagte er. »Ich verlasse Sie jetzt. Halten Sie mich auf dem laufenden. Ich rechne auf Ihre Diskretion, aber das bedarf ja keiner Erwähnung.« Sein

Tonfall und der fragende Ausdruck auf seinem Gesicht straften die Worte Lügen.

Mr. Campion hatte keine Zeit, beleidigt zu sein. Ihm war etwas eingefallen.

»War es dunkel, als Sie hierher kamen?« fragte er.

»Leider noch nicht ganz«, sagte Sir William schuldbewußt. »Ich weiß, was Sie denken. Sie glauben, ich sei vielleicht erkannt worden. Der Gedanke kam mir auch, als ich die vielen Schaulustigen vor dem Haus sah. Ich hätte nie geglaubt, daß solch eine Menge Leute da wären. Eine unglaubliche Morbidität!« Er zögerte nachdenklich. »Die Nachbarschaft hier ist seltsam dekadent. Hier in der Apron Street ist ja wohl auch eine Filiale von Cloughs. Eine phantastische Anomalität in der heutigen Zeit. Es ist ein ziemlich altmodischer Betrieb, nicht wahr?«

»Archaisch. In Finanzkreisen haben sie einen guten Namen, aber sie leben völlig in der Vergangenheit. Es gibt nur noch drei Filialen; eine in Leamington, eine in Tonbridge und eine in Bath. Sie haben für eine gesellschaftliche Oberschicht gearbeitet, die heute nahezu ausgestorben ist. Sie bezahlen weniger Gehalt als alle anderen Banken, aber sie bekommen gutes Personal dafür.« Er seufzte. »Die Welt ist komisch. Nun, es tut mir leid, falls ich besser nicht hierher gekommen wäre, Campion. Ärgerlich ist es schon. Ich war so ängstlich darauf bedacht, daß man uns nicht zusammen sieht, daß ich mir die Mühe gemacht habe, hierherzukommen, anstatt mit Ihnen einen Termin im Club oder im Büro auszumachen. Aber ich glaube nicht, daß man mich erkannt hat. Außerdem, wenn nichts über die Angelegenheit, die wir besprochen haben, durchsickert, kann auch kein Gerücht entstehen. Wer außer Ihnen könnte schon zwei und zwei zusammenzählen?«

Mr. Campion half ihm in den Mantel. Wie immer, wenn er in Gedanken versunken war, sah er völlig ausdruckslos aus.

»Ich und der andere, und er ist wohl entscheidend, meinen Sie nicht?« sagte er.

Sein Besucher starrte ihn an. »Du lieber Himmel, Sie glauben doch nicht, daß der Kerl draußen vor dem Haus herumlungert?«

Mr. Campions freundliches Lächeln wurde schlagartig ein wenig dümmlich.

»Nun, drinnen ist es natürlich wärmer«, murmelte er.

Zehn Minuten später, nachdem er seinen Gast so diskret wie möglich durch die Hintertür herausgeschmuggelt hatte, saß er ein paar Minuten lang schweigend da.

Was ihm eben noch ungeordnet durch den Kopf gegangen war, stand ihm nun klar vor Augen. Wenn Miss Evadne nicht die hilflose Person war, die zu sein sie vorgab, so war sie sicher auch keine Frau, die zu einem solchen Zeitpunkt aus reiner Hartnäckigkeit auf Unterhaltung bestand. Und doch war sie fest entschlossen, ihre Party zu geben. Warum?

Ihm fiel keine Lösung ein, und er wandte seine Gedanken ihrem Bruder Lawrence zu und der seltsamen kleinen Geschichte, die Jas Bowels ihm über ihn erzählt hatte. Er hätte wetten können, daß der Leichenbestatter irgend etwas Offensichtliches weggelassen hatte.

Seine Gedanken wurden abrupt durch das Öffnen der Tür unterbrochen. Charlie Luke rauschte herein. Er zog zwei Viertelliterflaschen aus den Taschen seines Trenchcoats.

»Nur Bier«, sagte er.

Campion blickte interessiert hoch. »Gute Neuigkeiten?« fragte er.

»Nichts Besonderes.« Der Chefinspektor zog seinen Mantel aus, als mache dieser den Versuch, ihm Widerstand zu leisten. Sein Hut segelte auf die Kommode. Er langte nach dem Zahnputzglas. »Sie trinken aus einem ordentlichen Glas und ich aus der Flasche«, sagte er, während er einschenkte. »Sir Doberman ist ganz niedergeschlagen. Er wollte von mir wissen, ob ich auch die richtige Leiche habe ausbuddeln lassen. Der arme alte Kerl! Er ist so enttäuscht wie ein Kind vor einem leeren Paket.«

Er nahm noch einen Schluck aus der Flasche und seufzte vor Befriedigung.

»Da ist jetzt die übliche Anhörung im Hauptquartier wegen ›Haftverschiebung‹«, fuhr er rasch fort. »Aber sie sind nur halbherzig dabei. Sie sind niedergeschlagen. Greener ist in Frankreich verhaftet worden. Er ist einer von den beiden Schützen aus der Greek Street, um die soviel Wirbel gemacht wird. Paul, der andere, hat sich in Luft aufgelöst.«

Campion sah ihn ernst an. »Das ist übel«, sagte er.

»Genau«, bestätigte Luke grimmig. »Und das nach zehn Tagen Observierung. Nachdem wir jeden Hafen beobachtet haben wie unter dem Mikroskop. Die kleine Apron Street hatte nur ungefähr die Hälfte aller Männer zur Verfügung, die sie brauchte. Und dennoch, wie es in diesen hochgestochenen Büchern heißt, und dennoch ...« Er stellte die Flasche vorsichtig zwischen seine Füße. »Es sieht alles nicht so gut aus. Ich habe jetzt endlich zwei Typen ausfindig gemacht, die in Pa Wildes Lager gearbeitet haben, und wir fahnden noch nach der tränenreichen Bella, aber bis jetzt ist noch nichts Interessantes dabei rausgekommen, außer daß der alte Knilch nicht so besonders viel Geld verdient hat.« Er seufzte tief und aufrichtig. »Der arme alte Pillendreher! Ich möchte nicht, daß so was auch nur mit einem Pfund meiner Rente passiert! Ach, ich hab da was für Sie.«

Er griff in seine Hosentasche.

»Der Doc hat anonyme Briefe bekommen. Immer die gleiche Schrift, der gleiche Poststempel und das gleiche Papier. Die Gemeinheiten sind ein bißchen ungewöhnlich.« Er rümpfte angewidert seine große Nase. »Aber der Inhalt läuft immer aufs Gleiche raus. Die Verfasserin will, daß wir in der Hölle schmoren.«

Er zog ein Stück Papier hervor, das, wie Campion überlegte, wahrscheinlich ausdrücklich zu dem Zweck hergestellt worden war, keine Spuren zu hinterlassen. Es war dünn, gewöhnlich, weiß und ohne Wasserzeichen. Man konnte es massenweise in jedem beliebigen Laden in der Stadt kaufen. Selbst die Handschrift wies keine besonderen Merkmale auf. Bei näherer Untersuchung war der Brief allerdings nicht ganz uninteressant. Nach einer Anhäufung nicht gesellschaftsfähiger Ausdrücke, die zwar zusammenhanglos aneinandergereiht, aber mit offensichtlichem Vergnügen ausgesucht waren, wurde die Schreiberin deutlicher.

Du alter Trottel du bist davongekommen weil alle Doktors Feiglinge sind aber du hast nicht soviel aus dem Tod herausgeholt und warum will ich dir jetzt sagen und das ist ehrlicher als du jemals sein könntest du alter Trottel.

Der Bruder der ein alter Grapscher ist ist der einzige der so schlau gewesen ist wie er denkt und hat sich das genommen was sie dem alten Trottel dem sogenannten Captain hinterlassen hat der nichts als ein alter Idiot ist. Habe dich beobachtet. Du bist an all dem Elend und Leid schuld Gott weiß das Amen. Das Kristall sagt alles. Vergiß nicht daß Leute wie du alle Trottel sind und andere leiden lassen obwohl ihr immer behauptet nur Gutes zu tun und nett zu sein. Die Polizei ist noch schlimmer halten immer die Hand auf und sind falsch. Sie werden in der Hölle schon auf Erden braten wie du hoffentlich auch. Du bist der schlimmste du Trottel Trottel Trottel Trottel Trottel Trottel.

»Reizende alte Dame, was?« Charlie Luke sah ihm über die Schultern. »Sie kann's allerdings noch besser. Wenn sie in Form ist, wiederholt sie sich nicht so oft. Fällt Ihnen irgendwas auf?« Campion breitete das Papier auf dem Nachttisch aus und unterstrich mit dem Bleistift bestimmte Wörter, so daß eine Nachricht entstand.

»Der Bruder ist der einzige der so schlau gewesen ist. Hat sich das genommen, was sie dem alten Trottel dem sogenannten Captain hinterlassen hat.«

»Wenn es stimmt, ist es faszinierend«, murmelte er.

»Was ist los?« Luke stand neben ihm.

»Weil Miss Ruth dem Captain, den sie nicht leiden konnte,

achttausend Pfund in Aktienanteilen an etwas äußerst Geheimem hinterlassen hat.« Er lächelte. »Setzen Sie sich«, forderte er Luke auf, »und hören Sie zu, wie ich ein Versprechen nicht einhalte.«

Bevor er jedoch weiterredete, wanderte sein Stift wieder über den häßlichen kleinen Brief und unterstrich fünf weitere Wörter in der Haßtirade.

19
Der Knoten

Das große Zimmer gleich links neben der Eingangstür in Portminster Lodge stammte aus einer Epoche, als man noch Zeit zu haben glaubte und vor allem Raum für große Festessen brauchte. Lawrence Palinodes Vater, dessen Porträt über dem Kamin hing, hatte in diesem kleinen Festsaal die gebildete Welt des viktorianischen Europa unterhalten. Nun arbeitete und schlief sein Sohn in diesem Zimmer.

Sein Feldbett war eingekeilt zwischen zwei kostbaren georgianischen Säulen mit messingverzierten Urnen, und seine sorgfältig gefalteten Kleidungsstücke bewahrte er in einem Sideboard auf, das für jeden Privathaushalt zu groß gewesen wäre.

Seltsamerweise wirkte das Zimmer nicht ungemütlich. Der abgewetzte Lehnsessel am Kamin war sehr sauber, und der solide Tisch mit den abgerundeten Ecken, der die ganze Länge des abgetretenen Teppichs einnahm, war sorgfältig in drei Abschnitte unterteilt, einer als Schreibtisch, der mittlere zum Ablegen und der dritte als Eßtisch. Ansonsten bestand das Zimmer nur noch aus Büchern, keins davon staubig oder mit Eselsohren. Sie füllten die Wände, standen auf Schränken, häuften sich auf Stühlen und in Ecken.

Es war das ordentlichste Wohnzimmer, das Charlie Luke je betreten hatte. Jedenfalls sagte er das zu Campion.

Sie traten unaufgefordert ein und musterten schon einmal alles, während sie auf den Besitzer warteten. Auf einer Ecke des Schreibtisches stand ein Tablett. Es war voller Bücher, alle sorgfältig mit dem Buchrücken nach oben gestapelt.

Campion beugte sich darüber. Der erste Titel war *Gerichtsmedizin* von Sidney Smith, der zweite *Toxikologie* von

Buchanan. Während seine Blicke den Stapel entlangwanderten, wurde sein Gesicht immer ausdrucksloser. Da war der unvermeidliche *Gross* und eine *Materia Medica*, ein Werk von Lucas über *Gerichtspharmazie* und ein uralter *Quaine*. Er sah sich nach anderen alten Bekannten um und entdeckte *Glaister, Keith Simpson* und den interessanten *H. T. F. Rhodes* sowie eine ganze Menge Supplementbände, darunter *Streker und Ebaugh* und *Geistige Abnormität und Verbrechen* aus der Reihe *English Studies in Criminal Science*.

Es war eine kleine, aber umfassende Bibliothek der Kriminologie. Er nahm die *Materia Medica* in die Hand, betrachtete das Deckblatt, seufzte verständnisvoll und fuhr in seinen Nachforschungen bei den anderen Büchern fort, als Luke ihn unterbrach.

»Ich halt's nicht aus!«

Campion sah hoch. Luke machte große Augen vor Überraschung. Er hielt ein Stück Papier in der Hand, das er gerade vom Kaminsims genommen hatte.

»Schon wieder unser Schandmaul«, sagte er. »Sehen Sie!« Campion ging zu ihm, und gemeinsam lasen sie den Zwilling des Briefes an den Doktor. Während des Lesens überlief Campion ein Schauder, wie immer, wenn er mit etwas Ungewöhnlichem in Berührung kam. Das hier war kalter Wahnsinn. Die Botschaft, aus dem Kontext genommen, war deutlich und einfach.

»Du … hast einen … Dummkopf … beraubt.«

Der Umschlag, der noch auf dem Sims lag, war korrekt an Lawrence Palinode adressiert, und der örtliche Poststempel war deutlich zu erkennen.

»Gestern morgen aufgegeben.« Luke legte den Brief dorthin zurück, wo er ihn gefunden hatte. »Ich weiß nicht, ob das der erste Brief dieser Art ist, den er bekommen hat. Wenn nicht, warum zum Teufel hat er nichts davon gesagt? Das sieht mir doch verdammt komisch aus.«

Er ging mit großen Schritten im Zimmer auf und ab, seine

Finger spielten ärgerlich mit den Münzen in seiner Hosentasche. Campion konnte beinahe hören, wie sein Hirn arbeitete.

»Na gut, wir reden noch mal mit ihm«, fuhr er fort. »Ich kann ja auch behaupten, daß ich nicht ein Viertel von dem, was er das letzte Mal gesagt hat, verstanden habe. Vielleicht liegt's ja einfach an meiner mangelhaften Bildung.« Er spreizte seine Hand, um die Lücken anzuzeigen. »Machen wir noch einen Versuch.«

Campion packte ihn am Arm. »Jetzt.«

Draußen in der Halle waren Stimmen zu hören. Lawrences Näseln klang deutlich heraus. Die Türklinke wurde heruntergedrückt, und nach kurzem Zögern hörten sie ihn sagen: »Komm herein, komm herein, ich bestehe darauf.«

Luke und Campion, die im Schutz der Falttüren in der zweiten Hälfte des Doppelzimmers standen, blieben, wo sie waren. In der dunklen Ecke waren sie zwar nicht unsichtbar, aber zumindest doch auch nicht gleich zu sehen.

Lawrence kam hereingestürmt. Er drehte am Lichtschalter und merkte in seiner Geschäftigkeit gar nicht, daß das Zimmer bereits hell erleuchtet war. Seine große, knochige Gestalt wirkte unbeholfener denn je, und er zitterte so heftig, daß sogar die Tür, die er festhielt, bebte, und ein Buch von dem Stapel auf dem Stuhl dahinter herunterfiel.

Als er sich danach bückte, stieß er die anderen auch noch herunter, machte Anstalten, sie wieder aufzuheben, änderte dann aber seine Absicht wieder und richtete sich mit einer resignierten Geste auf.

»Komm herein«, wiederholte er, »komm sofort herein.«

Clytie White betrat langsam das Zimmer. Sie war blaß, ihre dunklen Augen wirkten riesengroß. Ihr blauschwarzer Haarschopf war wirr, und ihre häßliche, altmodische Kleidung schlotterte um ihren Körper, als sei sie darin geschrumpft.

»Der Captain ist hochgegangen«, sagte sie so leise, daß man sie kaum verstehen konnte.

»Ist egal.« Er schloß die Tür und lehnte sich dagegen, in einer Haltung, als habe man ihn gekreuzigt, was sehr theatralisch aussah, von ihm aber sicherlich nicht beabsichtigt war. Sein Mund, normalerweise blaß und geziert, war nun rot und nicht mehr ganz unter Kontrolle. Seine Augen, nackt und blind ohne die dicken Brillengläser, standen voller Tränen. Die häßlich quäkende Stimme rundete das Bild ab.

»Elende!« sagte er laut.

Es war die reinste Schmierenkomödie, absurd bis zum letzten und doch auch bestürzend wegen seiner angsteinflößenden Aufrichtigkeit. Seine Qual war beinahe mit Händen zu greifen. »Du siehst aus wie meine Schwester.« Er betonte einzelne Silben, ohne es zu merken, und das Versmaß in Verbindung mit der scheußlichen Stimme steigerte den Vorwurf zur Raserei. »Sie war bleich wie du und rein. Rein wie weißes Papier. Aber sie log. Sie schlich sich heimlich hinaus, um es wie eine Schlampe auf der Straße zu treiben.«

Er war weder ein Schauspieler noch ein Adonis, doch er wirkte eher schrecklich als lächerlich. Campion seufzte. Charlie Luke trat unbehaglich von einem Fuß auf den anderen.

Clytie stand steif vor ihrem Ankläger. Ihre dunklen Augen sahen ihn aufmerksam und klug an, wie die eines Kindes mit schlechten Erfahrungen. Sie wirkte eher kämpferisch als ängstlich.

»Sie hat meinen Vater geheiratet«, sagte sie plötzlich. »Meinst du nicht, daß ihr sie zum Lügen getrieben habt, wie ihr es mit mir gemacht habt? Ich treibe es nicht gern im Park.«

»Vielleicht lieber im Flur eines Krankenhauses?« Seine Verachtung wirkte gequält. »Du tust das wahrscheinlich, weil du nicht anders kannst? Der Stachel sitzt in dir, nicht? Heiße Hände im Dunkeln und die Schritte der vorbeieilenden Passanten. Weißt du, daß du mir Übelkeit bereitest? Gott! Du ekelst mich an! Du ekelst mich an! Hörst du?«

Das Mädchen zitterte. Sie wurde noch blasser und kniff

ihre Lippen zusammen. Die Resignation der unverstandenen Jugend manifestierte sich im Erschlaffen ihres Körpers.

»Nun?«

Sie hielt seinem Blick stand, und ein leises, boshaftes Lächeln, das sie nicht unterdrücken konnte, stahl sich auf ihre Lippen. »Es ist keineswegs so«, sagte sie. »Weißt du, ich glaube, du kennst das nur aus Büchern.«

Er wich zurück, als hätte sie ihn ins Gesicht geschlagen, und Mr. Campion fühlte geradezu, wie seine Augen hinter den Brillengläsern ausdruckslos wurden.

Lawrence war nun natürlich noch ärgerlicher. Er eilte zum Kaminsims.

»Und ich habe einiges gelesen.« Er nahm den Umschlag vom Kamin und reichte ihn ihr. »Leugnest du etwa, daß du das geschrieben hast?«

Die Bereitschaft, mit der sie den Umschlag entgegennahm, bewies, daß ihr Erstaunen echt war. Fassungslos sah sie auf die Adresse.

»Natürlich habe ich das nicht geschrieben. Das ist doch gar nicht meine Schrift.«

»Nicht?« Er beugte sich zu ihr, in schrecklicher, selbstauferlegter Agonie. »Ist sie das nicht? Bist du nicht verantwortlich für all die anonymen Briefe, die deine Familie zu so trauriger Berühmtheit gebracht haben? Hast du nicht all diesen stinkenden Mist über uns ausgeschüttet? Nicht?«

»Nein.« Als sie die Anklage begriff, schoß ihr das Blut ins Gesicht. Jetzt war sie offen empört, und ihre Augen wurden groß und schwarz. »Wie kannst du so etwas Schmutziges behaupten?«

»Schmutzig? Mein Gott! Liebes Mädchen, weißt du überhaupt, was du schreibst? Mein Gott! Aus welchen unglaublichen Tiefen deines Hirns holst du solchen Bodensatz? Lies es und gib es um Himmels willen zu!«

Unschlüssig stand sie da, den Umschlag in der Hand. Sie runzelte die Stirn, die Frage nach seinem Geisteszustand

stand ihr deutlich im Gesicht geschrieben. Schließlich zog sie das schmutzige Blatt Papier heraus und hielt es ungeöffnet in der Hand.

»Ich gebe dir mein Wort, ich habe das hier noch nie zuvor gesehen«, begann sie. Ihr Ton war zwar gelassen, aber sie machte den Eindruck, als wüßte sie eigentlich, daß sie keine Chance hatte, ihn zu überzeugen. »Ich sage die reine Wahrheit, Onkel Lawrence. Ich habe das hier nie zuvor gesehen, und ich bin auch nicht der Typ, um anonyme Briefe zu schreiben. Dieses ganze Zeug über Jugend, das du dir einredest – verstehst du nicht, daß es auf mich wirklich nicht zutrifft?«

»Lies den Brief, Clytie.« Seine Stimme brach. »Du hast ihn geschrieben, und du sollst spüren, wie schrecklich das alles ist. Das ist deine einzige Chance. Ich muß dich darauf stoßen.«

Sie faltete das Papier auseinander, blickte darauf und streckte es auf Armeslänge von sich.

»Ich glaube, ich möchte nicht.« Die Bestimmtheit ihrer Ablehnung glich Miss Evadnes Auftreten. »Begreifst du nicht, daß du einen verhängnisvollen Fehler begehst? Du hast absolut keine Veranlassung, mich so zu behandeln. Nimm dieses ekelhafte Ding, oder ich werfe es ins Feuer.«

»Lies ihn. Lies ihn mir laut vor!«

»Ich will nicht.«

»Lies ihn!«

Charlie Luke eilte durch den Raum und nahm den Brief an sich. Er war völlig schockiert.

»Das reicht.« Er stand zwischen den beiden wie der Erzengel Michael in einem modernen Mysterienspiel.

Es war typisch für Lawrence Palinode, daß ihm gar nicht auffiel, daß Luke nicht durch die Tür gekommen war.

»Ich habe Sie gar nicht klopfen hören«, sagte er würdevoll. Genau diese Bemerkung hatte wahrscheinlich in diesem Augenblick zu Lukes Verblüffung noch gefehlt. Er öffnete seinen Mund und klappte ihn wortlos wieder zu, aber sein Blick blieb stechend und voller Abneigung.

Eine Weile stand er da und starrte Lawrence an, dann wandte er seine Aufmerksamkeit Clytie zu. Sie war wesentlich überraschter als ihr Onkel und schaute ihn herausfordernd an. Lukes Worte trafen sie völlig unvorbereitet.

»Sie haben da ein paar Ausgehklamotten«, verkündete er. »Sachen, die sie heimlich tragen.«

Sie nickte schuldbewußt.

»Gehen Sie, und ziehen Sie sie an. Aus dem Zeug hier sind Sie langsam herausgewachsen, finden Sie nicht auch?« Seine Handbewegung fegte die Familienautorität und alle literarischen Studien Lawrence Palinodes über den Geisteszustand in der Pubertät mit einer Geste weg. »In meinem Bezirk gibt's siebzehnjährige Mädchen, die schon längst brave Ehefrauen und Mütter sind«, fügte er erklärend hinzu. Seine Worte klangen freundlich und vernünftig, wie immer, wenn er mit Clytie redete. Er verstand sie anscheinend so gut, daß es war, als hätten sie sich schon immer gekannt.

Sie verstand ihn sofort. In ihrem erleichterten Lächeln lag noch nicht einmal Dankbarkeit.

»Oh, Sie haben recht», sagte sie. »Ja, das mache ich.«

»Wohin gehst du? Wohin gehst du?« Lawrence lief ihr nach und packte sie an der Schulter.

Sie befreite sich höflich, beinahe freundlich aus seinem Griff. »Ich will so leben, wie es meinem Alter entspricht, mein Lieber«, sagte sie. »Ich bleibe nicht lange.«

Er blickte einen Moment lang verständnislos auf die geschlossene Tür. Dann drehte er sich um und sah zum ersten Mal Campion im Zimmer stehen.

20
Unsinn

»Wissen Sie, es gefällt mir überhaupt nicht, nein, wirklich überhaupt nicht, daß Sie hier einfach so eindringen.« Lawrence Palinode machte mit seinem Körper eine verdrießliche Bewegung, die ganz im Widerspruch zu seinem süßen, scheuen Lächeln stand. Er setzte sich an das Schreibtischende des langen Tisches, wobei er ein kleines Tintenfaß, das dort stand, umstieß. Er wischte die Bescherung mit einem Löschblatt auf, das anscheinend für solche Notfälle immer da lag, und redete weiter, wobei seine Stimme knisterte und erstarb wie ein falsch eingestellter Lautsprecher.

»Ich hatte eine äußerst wichtige Unterredung mit einem Mitglied meiner Familie. Überschreiten Sie nicht Ihre Kompetenzen! Das geht wirklich zu weit!«

Sein langer roter Hals drehte sich wie ein Teleskopstab. »Sie haben da einen Brief, der mir gehört, Inspektor. Geben Sie ihn mir bitte zurück!«

Charlie Luke blickte auf das profane Machwerk in seiner Hand.

»Soll das heißen, Sie haben ihn geschrieben?« fragte er barsch. Die kurzsichtigen Augen weiteten sich.

»Ich? In einem Anfall geistiger Umnachtung wahrscheinlich? Das ist eine interessante Theorie, aber kaum aufrechtzuerhalten. Ich betrachte ihn lediglich zu diesem Zeitpunkt als ungeheuer wichtiges Dokument.«

»Ich auch, Sir.« Charlie Luke steckte den Brief in seine Jackentasche.

Lawrence Palinodes blasse Wangen färbten sich rot.

»Das ist unfair«, protestierte er. »Sie haben schon alle anderen.«

»Woher wissen Sie das?«

»Mein Lieber, das hier ist kein Altersheim für Taubstumme. Die Leute reden miteinander, und manche lesen sogar die Zeitung.« Luke reagierte mürrisch und verbissen.

»Wie kamen Sie auf die Idee, daß dieser Brief von der gleichen Person geschrieben worden ist, wenn Sie die anderen gar nicht gesehen haben?«

»Aber das habe ich doch. Zumindest habe ich den ersten gesehen und mir ein paar Notizen dazu gemacht. Der Doktor hat ihn mir gezeigt, als er ihn bekommen hat. Als dieser hier heute früh in der Post lag, habe ich gleich die Handschrift von Madame Pernelle wiedererkannt.«

»Was hat denn sie damit zu tun? Vor fünf Minuten haben Sie doch erst Miss White beschuldigt?«

Ein Ausdruck echter Tragik glitt über das glattrasierte Gesicht mit dem vorspringenden Kinn, aber er hatte sich gut in der Hand. Er brachte lediglich ein Krächzen hervor.

»Es ist eine Frau, verstehen Sie?« rief er aus. »Wahrscheinlich finden Sie das gar nicht so erschütternd wie ich.« Er schwieg kopfschüttelnd. Dann fuhr er fort: »Vielleicht haben Sie recht. Vielleicht weiß ich von ihr wirklich nur, daß sie Madame Pernelle ist.«

Als Geständnis für polizeiliche Zwecke war dies kaum ausreichend. Die schweren Augenbrauen des Chefinspektors senkten sich wie Gewitterwolken. Er war verwirrt und von neuem verärgert durch die Erinnerung an vergangene Frustrationen.

Mr. Campion fühlte sich veranlaßt, einzugreifen.

»Ich glaube nicht, daß wir soviel Anima ins Spiel bringen sollten«, murmelte er und fügte überheblich hinzu: »Dazu ist die Polizei zu sehr Jung-Anhänger. Sie kennen Madame Pernelle auch gar nicht, Chefinspektor, oder?«

»Natürlich kenne ich sie.« Luke war wütend. »Sie hat ein Lokal in der Suffolk Street, direkt neben der Kirche. Das arme alte Mädchen. Sie hat einen Umfang wie eine Tonne und ist so gut wie ihr Bier. Sie spricht kaum Englisch und schreiben kann sie noch viel weniger. Mr. Palinode hat diese Anschuldigung gemacht, und jetzt muß er sich dafür verantworten.«

Lawrence seufzte und zuckte mit den Schultern.

Campion setzte sich und zog ein Zigarettenetui aus der Tasche. »Soweit ich mich erinnere, ist die Pernelle auch ein besonders boshaftes und zänkisches Weib in irgendeinem Stück von Molière«, bemerkte er dann.

»*Le Tartuffe*. Das weiß jeder, der auch nur ein bißchen Bildung hat.« Lawrence klang weinerlich. Er schaute den Chefinspektor mit sanftem Tadel an. »Es ist wirklich schwierig, mit Ihnen zu reden.«

»Blödsinn!« sagte Luke verhalten.

»Wie kamen Sie auf den Gedanken, Ihre Nichte habe die Briefe geschrieben?« Campion nahm seine Brille ab.

»Darauf würde ich lieber nicht antworten.«

Trotz Lukes Protestschnauben wies Campion auf das Tablett.

»Sind das alles Bücher aus der Bibliothek?«

»Die meisten leider ja. Meine Mittel erlauben es mir nicht, mir so viele Bücher zu kaufen, wie ich es gerne täte.«

»Wie lange haben Sie diese schon?«

»Oh, ich verstehe, was Sie sagen wollen. Seit ich den ersten anonymen Brief gesehen habe. Natürlich möchte man sich erst über ein Thema informieren, bevor man praktische Schritte einleitet.«

»Natürlich.« Campion blieb ganz ernst. »Verzeihen Sie, aber haben Sie sich nur auf die anonymen Briefe beschränkt?«

»Natürlich.«

»Warum?«

Der letzte männliche Palinode bedachte ihn wieder mit seinem entzückenden Lächeln.

»Weil, was mich betrifft, so stellen sie das einzige Geheimnis dar«, sagte er fröhlich.

Luke sah seinen Kollegen an. Campion schien sich seiner Sache völlig sicher zu sein.

»Das dachte ich mir schon«, plauderte er freundlich weiter. »Sie haben jedes Glas und jede Tasse abgewaschen. Hätten Sie sich auf eine beschränkt, wären wir vielleicht zu einer anderen Schlußfolgerung gekommen. Wie sind Sie auf die Idee gekommen, daß Ihre Schwester Selbstmord begangen haben könnte?«

Lawrence bedachte die Frage unvoreingenommen.

»Ich hatte nicht vor, meine Ansicht preiszugeben«, sagte er schließlich, »aber es erspart eine Menge Ärger, daß Sie so gut informiert sind. Der Leichenbestatter hat mich wahrscheinlich gesehen. Nun, Ruth war extravagant und hatte ihr kleines Einkommen verschleudert. Meine Schwester Evadne und ich brachen unsere Regel, daß wir uns nicht einmischen wollten, und wiesen sie zurecht. Sie ging sehr aufgebracht zu Bett, und am nächsten Tag war sie tot. Sie war gänzlich unfähig, ihre Ausgaben zu kontrollieren.«

»Soll das heißen, sie spielte gern?«

Er hob seine Augenbrauen. »Sie sind so gut informiert, daß ich nicht verstehe, warum Sie das Offensichtliche nicht schon vorher gesehen haben.«

»Woher bekam sie das Gift?«

Er lehnte sich in seinem Sessel zurück. Seine betont nachlässige Haltung verriet seine Unsicherheit.

»Das sollten besser Sie herausfinden. Über die Einzelheiten weiß ich nichts.«

»Warum haben Sie die Tassen und Gläser in ihrem Zimmer abgewaschen?«

Er zögerte. »Ich weiß nicht«, sagte er schließlich. »Ehrlich gesagt, ich ging hinauf, weil die gute Frau, die uns hier versorgt, es offensichtlich von mir erwartete. Ich stand da und sah Ruth an und überlegte, was für ein Pech es war, daß sie die seltsam fehlerhafte mathematische Veranlagung in unserer Familie geerbt hatte. Und in diesem Moment fiel mir ein, daß sie sich wohl vergiftet haben mußte. Ich leerte die Gefäße in ihrem Zimmer, weil ich vermutlich nicht wollte, daß irgend jemand aus Versehen etwas Gefährliches zu sich nahm.«

»Das ist ja eine tolle Geschichte!« Mit Lukes Leichtgläubigkeit war es mit einem Schlag vorbei. »Wollen Sie damit sagen, daß ihre Schwester sich vergiftet hat, und Sie haben nichts unternommen, und als der Doktor mit einem anonymen Brief ankam, sind Sie hochgegangen wie eine Rakete?«

Lawrence beachtete ihn gar nicht. »Es war das erste Dokument dieser Art, das ich je gesehen habe«, sagte er zu Campion. »Der außergewöhnliche Haß, der aus den Zeilen sprach, hatte eine psychologisch interessante Wirkung auf mich. Außerordentlich interessant! Ich war buchstäblich fasziniert. Ich weiß nicht, ob Sie diese Erfahrung auch schon einmal gemacht haben.«

Campion verstand ihn voll und ganz, deshalb klang seine nächste Frage auch leicht entschuldigend.

»Gehe ich recht in der Annahme, daß Ihre Nachforschungen nun so weit gediehen sind, daß Ihre Nichte diese Briefe geschrieben hat?«

Lawrence wandte den Kopf ab.

»Wenn Sie mein Gespräch mit ihr angehört haben, sollten Sie das eigentlich wissen«, sagte er.

»Haben Sie irgendwelche Beweise dafür?«

Er wandte sich sofort wieder zu ihm, sein Gesicht war gerötet. »Sir, meine Nachforschungen sind meine Sache. Sie können kaum erwarten, daß ich Sie den Nutzen daraus ziehen lasse, vor allem, wenn es meine eigene Familie betrifft.«

Campion schwieg eine Weile.

»Ich überlege gerade, ob ich Sie darauf hinweisen sollte, daß der Prozeß der Eliminierung seine Gefahren hat«, bemerkte er schließlich.

Lawrence vergaß schlagartig seinen Ärger, so wie ein überraschtes Kind sich von seinen Tränen ablenken läßt.

»Glauben Sie?« fragte er interessiert.

Campion blieb ernst. »Die Jugend ist immer geheimnisvoll«, sagte er. »Auch wenn man das Gefühl hat, man könne sich einer Person völlig sicher sein, so ist sie immer ein Rätsel.«

Luke konnte es nicht länger ertragen.

»Was hat das denn hiermit zu tun?«

Lawrence antwortete ihm.

»Einfach ausgedrückt, wenn ich mir auch ganz sicher war, daß niemand sonst im Haus die Briefe geschrieben haben *konnte*, so konzentrierte ich mich doch immer wieder auf die Person, die ich nicht wirklich kannte. Ich beobachtete, daß sie irgendein Geheimnis hatte.« Sein Gesicht wurde hart vor Abscheu. »Damals wußte ich noch nicht, was es war.«

»Wer enthüllte Ihnen dieses schauerliche Geheimnis?« fragte Luke mit grimmigem Humor. »Ich nehme an, der Captain rückte damit heraus?«

»Ja. Ich redete mit ihm über irgend etwas anderes, und er sagte es mir. Er tat das ziemlich geschmacklos. Ich glaubte ihm nicht und ließ mich von ihm zu dem Krankenhaus führen, in dem dieser verkommene Bursche liegt, und dort – dort trafen wir Clytie an.«

Er sah aus, als mache ihn allein die Erinnerung daran physisch krank, und wieder einmal nahm sich Campion der Sache an.

»Ich verstehe nicht, warum Sie Ihre Verdachtsmomente auf das Haus beschränken?«

»Aber das lag doch auf der Hand.« Lawrence stand auf, wobei er mit seinen großen Händen Bücher und Papiere durcheinanderwirbelte. »Ich habe das hier immer und immer wieder durchgesehen«, erklärte er. »Dieser inneren Evidenz kann niemand entkommen.« Er schlurfte zu der Truhe in der Fensternische. »Ich habe hier irgendwo eine Kopie des Originalbriefes.« Er zog den Riegel zu weit heraus und schleuderte allerlei Papiere über den Fußboden.

»Vergessen Sie's.« Luke zeigte Anzeichen von Ermüdung. »Ich kenne ihn auswendig.«

»Ach ja?« Lawrence wühlte hilflos in dem Wirrwarr auf dem Fußboden herum.

»Ich könnte ihn jederzeit auswendig hersagen«, versicherte der Chefinspektor ihm. »Jedenfalls das erste Stück. Ich erinnere mich an keine innere Evidenz.«

»Es war die Bemerkung über die Blumen.« Lawrence machte einen nervösen Schritt auf ihn zu. »Erinnern Sie sich? Nach einer Beleidigungstirade gegen den Doktor wegen seiner ›Blindheit gegenüber einem schmutzigen Mord‹ ging es weiter ›sogar die Lilien rollten dahin und würden nur einem Dummkopf nichts sagen‹.«

Der heftige Abscheu, mit dem er diese Textstelle zitierte, zeigte deutlich, wie schockierend er die Briefe fand. Diese Sünde gegen das kostbare geschriebene Wort war in seinem Universum etwas Böses an sich.

Luke zeigte sich zutiefst interessiert. »Daran erinnere ich mich«, stimmte er zu. »Wann rollten die geschnittenen Blumen?«

»Direkt vor der Beerdigung, und da waren nur die Hausbewohner in der Halle. Kein Fremder. Noch nicht mal der Leichenbestatter.«

»Sie waren vielleicht zum Kranz gebunden?« schlug Campion vor, der das Gefühl hatte, die Geschichte könnte ein wenig Geburtshilfe brauchen.

»Natürlich waren sie das.« Lawrence gab sich redliche Mühe, den Sachverhalt zu erklären. »Verstehen Sie, irgend jemand hatte einen Kranz gekauft – kein Familienmitglied. Wir zeigen unsere Gefühle nicht auf diese Art. Ich glaube, der Schauspieler Grace, der viel Zeit mit unserer lieben Miss Roper verbringt, hatte ihn geschickt. Ich weiß noch, daß er links neben der Treppe an die Wand gelehnt war. Morgens waren fast alle Familienmitglieder in der Halle. Wir warteten darauf, daß der Leichenbestatter mit der Beerdigungsfeier begann. Ich selbst ging nicht mit; ich hatte noch eine Arbeit zu Ende zu bringen. Aber meine Schwestern fühlten sich verpflichtet, in Erscheinung zu treten. Wir waren also alle anwesend, auch die betagte Nymphe, die für Miss Roper als Putzfrau arbeitet, als plötzlich irgend jemand den Kranz aus Versehen anstieß und er über die erste Treppenstufe rollte. Er wurde von der Wand gebremst und kam in einem Regen von Blütenblättern heruntergerollt. Es war ein lächerlicher Zwischenfall, aber ich erinnere mich noch an den Schrei der Putzfrau. Miss Roper eilte herbei, fing ihn auf und brachte ihn, so gut es ging, wieder in Ordnung.«

»Was tat sie dann damit?« Charlie Luke hatte dem Vortrag mit jener Mischung von Mißtrauen und vorgefaßter Meinung gelauscht, die normalerweise Lügengeschichten vorbehalten war.

»Oh, sie legte ihn auf einen Stuhl, glaube ich. Aber als sie dann loszogen, lag er ganz bestimmt, wenn auch ein bißchen zerzaust, auf dem Sarg.«

Er zuckte mit den Schultern. »Es war ganz unbedeutend, und doch wird im Brief eindeutig darauf Bezug genommen. Das hat mich so erschreckt. Diese obszönen Schreibereien stammen von einem von uns. Unter uns ist ein Verrückter.« Er schauderte, und sein Blick war schockiert und verletzt. »Es ist alles so schrecklich. Das müssen Sie verstehen.«

Luke blieb unbeeindruckt. »Ich glaube nicht, daß Sie irgendeinen Beweis gegen Miss White haben«, sagte er. »Das sind doch nur so Geschichten, wie Klatschtanten sie verbreiten. Jemand, der dabei war, erzählte es einem, der nicht dabei war, das ist alles.«

Lawrence sah ihn entsetzt an. Sein Gesicht rötete sich vor Ärger und Ablehnung.

»Sie meinen, sie haben sie zusammen geschrieben – Clytie und dieser verdorbene junge Mann?«

»Nein, Sir, das meine ich nicht. Können Sie Ihre Nichte nicht mal aus dem Spiel lassen? Sie haben überhaupt nicht den kleinsten Anhaltspunkt gegen sie. Jeder, der den Kranz die Treppe hinunterrollen sah, konnte das absolut jedem anderen erzählt haben. Vielleicht hat die Putzfrau eine Tante, die ganz wild auf solche Neuigkeiten ist. Möglicherweise hat es Miss Roper aber auch beim Metzger erzählt.«

»Das würde ich niemals glauben. Miss Roper ist über jeden Verdacht erhaben.«

Charlie Luke holte tief Luft, beschloß aber dann, nichts darauf zu erwidern. Statt dessen sagte er abrupt:

»Warum haben Sie vorgestern nacht um zwei Uhr Captain Seton hier draußen auf der Straße beobachtet?«

Wenn er gehofft hatte, den anderen dadurch aus der Fassung zu bringen, so hatte er sich getäuscht.

»Das war ganz ärgerlich«, sagte Lawrence gelassen. »Ich hörte, wie sich jemand zur Hintertür hinausschlich und nahm an, es sei Clytie. Ich hatte zuvor am gleichen Abend eine Auseinandersetzung mit ihr gehabt. Ich wußte nicht, daß sie nach Haus gekommen war, und als ich auf den Vorschlag meiner Schwester hin Nachforschungen anstellte, merkte ich, daß sie bereits da war. Sie ärgerte sich darüber, daß ich das nachprüfte.«

»Mit *cawnthropen* meinen Sie nachsehen, nicht wahr?« warf Campion hastig ein, da Lukes dunkles Gesicht noch dunkler zu werden drohte.

»Ja, wie dumm von mir. Ich konnte kaum erwarten, daß Sie einen so familiären Ausdruck kennen würden, obwohl er in der dritten Auflage von *Elegant Extracts* vorkommt.« Er ging zum Bücherschrank und kam mit einem Buch zurück. »Mornington Cawnthrope war ein Verwandter des Vaters meiner Mutter. Hier ist die Stelle:

»Als Archidiakon Cawnthrope einmal seine Brille verlegt hatte, wurde er von seiner Frau aufgefordert, in den Spiegel zu sehen, dann werde er sie schon finden. ›Das kann ich nicht‹, sagte der Archidiakon, ›selbst wenn ich hineinblicke, so werde ich doch nichts sehen.‹ ›Aber wenn du nicht hineinblickst‹, erwiderte seine Frau, ›wirst du ihrer nicht gewahr werden, denn sie sitzt die ganze Zeit auf deiner Nase.‹«

Er klappte das Buch zu.

»Wir fanden das immer sehr lustig«, sagte er.

Mr. Campion warf Luke einen raschen Blick zu und war froh, daß er mitgekommen war. Der Kriminalbeamte sah Lawrence ernst an, und der Ausdruck seiner Augen war unergründlich.

»Sie sagen, Sie glaubten zu hören, daß Miss White sehr früh am Morgen an dieser Tür vorbeischlich«, sagte er schließlich.

»Ja, natürlich.« Lawrence legte das Buch bedauernd zur Seite.

»Ich folgte ihr und beobachtete sie, so gut ich konnte, aber es war sehr unbefriedigend.« Er lächelte mit bezaubernder Selbstunterschätzung. »Sehen Sie, ich bin praktisch blind im Dunkeln. Als sie schließlich zurückkam, sah ich, daß ich einen Narren aus mir gemacht hatte, denn es war nur Captain Seton, der einen Brief eingeworfen hatte.«

Luke seufzte. »Haben Sie gesehen, ob er jemanden am Briefkasten getroffen hat?«

Lawrence lächelte wieder. »Ich konnte überhaupt nichts sehen«, sagte er.

»Hat er Ihnen gesagt, daß er einen Brief eingeworfen hat?«

»Nein, ich nahm es an. Als ich ihn in der Halle einholte, sagte er lediglich zu mir, er heiße nicht Clytie.«

»Wann haben Sie von ihm die Aktien, die Miss Ruth Palinode ihm hinterlassen hat, bekommen?«

Die Frage wurde ganz ruhig gestellt, aber ihre Wirkung war bemerkenswert. Lawrence Palinode taumelte und versuchte vergeblich, das Gleichgewicht zu halten.

»Wer hat Ihnen diese Information gegeben?« fragte er in äußerster Erregung. »Ach, ich verstehe, Sie haben es aus dem Brief erraten. Ja, da stand es drin. Deshalb habe ich mich heute nachmittag mit Seton gestritten. Ich dachte, er hätte es

Clytie erzählt – wenn sie diese schrecklichen Dinge geschrieben hat, meine ich.«

Er war völlig außer sich, und seine Hände zitterten.

»Ich werde in diesem Brief beschuldigt, ihn beraubt zu haben, was natürlich lächerlich ist. Ich habe ihm fünf Pfund gegeben, eine Menge Geld für etwas ›aus Peru‹.«

»War das nicht ein südamerikanischer Stamm?« Luke tat immer noch sein Bestes.

Lawrence sah ihn an, als hielte er ihn für übergeschnappt.

»Ich glaube nicht. Ich erinnere mich nur daran, daß es Anteile an irgendeiner Mine waren und, wie ich Ihnen bereits sagte, völlig wertlos. Unser Finanzberater sagte es meiner Schwester, und sie hinterließ sie Seton, um ihn zu ärgern, da er immer unter Geldmangel leidet. Das war ihre Art von Humor, nicht sehr geistreich. Vor ein paar Wochen, gleich nachdem er sie erhalten hatte, kaufte ich sie ihm ab. Er gehört nicht zur Familie, und ich hielt es für meine Pflicht, darauf zu achten, daß er nicht geschädigt wurde. Späße sind gut und schön zum richtigen Zeitpunkt, aber ich fand das geschmacklos von Ruth.«

Seine Erklärung klang zwar einleuchtend, aber nicht aufrichtig. Luke sah ihn zweifelnd an.

»Wo sind sie jetzt?«

»Ich habe sie sicher aufbewahrt.«

»Würden Sie sie noch einmal für einen Fünfer verkaufen?«

»Mit Sicherheit nicht.« Er fühlte sich unbehaglich und flüchtete sich in Unmut. »Sie gehören zum Familienerbe.«

Mr. Campion, der einige Zeit schweigend dagesessen hatte, blickte auf.

»Vielleicht haben Sie sie schon wieder verkauft?«

»Ich habe sie nicht verkauft«, antwortete Lawrence trotzig. »Sie sind noch in meinem Besitz. Ich werde mich auch immer weigern, sie zu verkaufen. Ist Ihr Verhör jetzt beendet, Inspektor?«

Luke berührte Campion an der Schulter. »Okay«, sagte er

rasch. »Sie bleiben im Haus, Mr. Palinode, ja? In der Zwischenzeit werden wir uns oben umsehen.«

Lawrence ließ sich ungeschickt in seinen Schreibtischsessel fallen und warf dabei ein weiteres Tintenfaß um.

»Schließen Sie bitte die Tür hinter sich«, sagte er über die Schulter, während er zum zweiten Mal den Fleck aufwischte. »Ich nehme an, Sie wollen jetzt Seton belästigen. Darf ich fragen, warum?«

Charlie Luke zwinkerte Campion zu.

»Wir bringen ihm einen Fleischerhaken«, sagte er fröhlich.

21
Hausarbeit

Charlie Luke schüttete den letzten Rest Wasser über den grauen Kopf des Captains.

»Hoffnungslos«, sagte er knapp und hockte sich hin. »Der alte Schwachkopf hat's erst mal überstanden. Muß die ganze Flasche auf einen Rutsch geleert haben. Der muß sich erst ausschlafen, bevor wir auch nur einen Ton aus ihm rauskriegen.«

Er nickte dem jungen Beamten zu, der ihm geholfen hatte, und gemeinsam hoben sie den alten Mann auf sein schmales Bett. Mr. Campion überwachte die Szene. Seitdem Luke und er ins Zimmer gekommen waren, den Captain in seinem Sessel vorgefunden hatten, einen Korkenzieher und eine fast leere Whiskyflasche zu seinen Füßen, ein Glas an seine Soldatenbrust gedrückt und schnarchend, war der Auflösungsprozeß fortgeschritten.

Der junge Beamte, den ihnen der Himmel mit einer Nachricht für Luke gesandt hatte, hatte erfahren und tatkräftig auf den Notfall reagiert. Luke hatte ebenfalls seine privaten Methoden, Betrunkene zum Leben zu erwecken, aber der alte Captain hatte ihm widerstanden.

Angesichts seiner peinlichen Lage hatte er Zuflucht gesucht bei seiner geheimen Flasche, die er in einer alten ledernen Hutschachtel aufbewahrte, und sie hatte ihn nicht im Stich gelassen. Im Augenblick war er ganz woanders, für eine Weile zumindest sicher vor der unerquicklichen Gegenwart.

Charlie Luke stand am Fußende des Bettes, mit vorgerecktem Kinn und finsterem Gesicht.

»Blöder alter Kerl«, sagte er. »Mir brach der kalte Schweiß aus, als ich ihn sah. Ich dachte schon, da läge noch ein Pa

Wilde. Ich habe ganz und gar nichts dafür übrig, daß alle Opas sich selbst außer Gefecht setzen, sobald ich meine Nase da reinstecke.«

Campion hatte das Gefühl, ihn aufrichten zu müssen.

»Vielleicht hat er nur Angst vor Renee?«

»Renee?« Luke schaute sich in dem kahlen Zimmer um. »Blödsinn! Ich bin hier wohl das Feindbild. Räum ein bißchen auf, während du auf ihn aufpaßt, ja Pollit? Wir gehen gerade mal zur Treppe.«

Er schlug den Weg zu Campions Zimmer ein.

»Hier ist ein Brief für Sie vom Super«, sagte Luke und reichte ihm den Umschlag, »und ein Memo für mich von Porky auf dem Revier. Na, was haben wir denn da? Di-da, di-da, di-da...«

Er las so lebhaft, wie er alles andere tat. Die blauen Schreibmaschinenbögen wurden in seinen Händen zu Lebewesen und flatterten wie Wäsche an der Leine.

Campion öffnete seinen Umschlag und war noch ganz vertieft in den Inhalt des Briefes, als der Chefinspektor aufstand und den Vorhang ein Stück zur Seite schob. »Da unten ist immer noch ein Menschenauflauf«, sagte er. Er kam zurück und setzte sich neben Campion. »Ich mag das nicht«, sagte er. »Es schlägt doch niemand wirklich Kapital aus der Sache. Jedenfalls nicht so richtig. Ich meine Jas' Spaß. Das ist nicht in Ordnung.«

Er breitete wieder seine Memorandum-Blätter aus.

»Pa Wilde steckte bis über die Ohren in Schulden; Schulden bei den Großhändlern, der Gasgesellschaft und der Bank. Wir haben alles nachgeprüft, und wenn er für das, was er gemacht hat, Geld gekriegt hat, dann hat er es weder gespart, noch seine Rechnungen damit bezahlt noch, soweit wir feststellen konnten, was zu essen dafür gekauft. Im ärztlichen Bericht steht ›unterernährt‹. Der arme alte Kerl. Ich mochte ihn gern, weil er so untüchtig war, wenn Sie verstehen, was ich meine.«

»Erpressung?« schlug Campion vor.

»Sieht so aus.« Charlie Luke schüttelte den Kopf. »Vielleicht hat er ein krummes Ding gedreht. Er war ja schließlich Apotheker.« Er schüttete den Inhalt einer imaginären Flasche in ein unsichtbares Glas. »Vielleicht hat er mal einem das falsche Medikament gemixt oder versucht, einem Mädchen aus der Patsche zu helfen. So was könnte ihn jemandem ausgeliefert haben. Ich war im vergangenen Jahr dutzende Male auf einen Schwatz in seinem Laden, aber das war das erste Mal, daß er sich aus dem Staub gemacht hat.«

Campion hüstelte verlegen.

»Sie werden das Gefühl nicht los, daß er in etwas Ernstes verwickelt war, nicht?« fragte er.

»Wahrscheinlich.« Das Thema schien Luke nahezugehen. »Wir haben ja auf jeden Fall noch die beiden Wurmgräber von gegenüber«, fuhr er hoffnungsvoller fort. »Die werden wir jetzt mal auseinandernehmen. Verzeihung, stand da was Wichtiges drin?« Er schaute so sehnsüchtig auf Campions Brief, daß es diesem richtig leid tat, ihn enttäuschen zu müssen.

»Nichts Besonderes, tut mir leid«, sagte er aufrichtig. »Ich hatte nur ein paar Fragen gestellt, und die Antworten darauf fallen immer gleich aus, nein. Looky Jeffreys starb im Gefängniskrankenhaus, bevor er mehr über die Apron Street verraten konnte, als daß er da nicht hinwollte. Er war in Haft, weil er, anscheinend ganz allein, einen selten erfolglosen Einbruchsversuch unternommen hatte.«

»Das hilft uns nicht weiter.«

»Dann habe ich nach Bella Musgrave gefragt. Sie und ihre zwei Schwestern betreiben eine kleine Wäscherei und Reinigung in Stepney. Zur Zeit ist sie nicht zu Hause. Ihre Schwestern wissen nicht, wo sie ist, erwarten sie aber jeden Augenblick zurück. Und dann noch das hier.« Campion zog drei eng beschriebene Seiten aus dem Brief. »Ich habe gefragt, ob die Typen vom Labor uns sagen können, ob ein Laie

Skopolamin aus Bilsenkraut herstellen könnte. Hier ist ihr Bericht. Yeo hat ihn für uns hier unten übersetzt.«

Luke kniff die Augen zusammen und überflog die mit Kugelschreiber geschriebenen Anmerkungen.

»Augenscheinlich heißt das ›nein‹«, las er laut und zog die Nase hoch. »›Alle drücken mit, und nichts bewegt sich‹, sagte der Esel zum Scheunentor.«

Luke schloß die Augen. »Dieser Lawrence benimmt sich seltsam. Er sagt bestimmt nicht die Wahrheit. Aber wollen Sie wissen, was ich von ihm halte?« Er öffnete die Augen wieder und sah Campion ernst an. »Ich glaube nicht, daß er jemanden umbringen könnte«, sagte er. »Herein – ach, Sie sind's, George. Mr. Campion, das ist Sergeant Picot. Er war drüben bei den Bowels. Irgendwas Neues, George?«

Der Neuankömmling strahlte Zuverlässigkeit und Achtung vor dem Gesetz und den Rechten der Bürger aus.

»Guten Abend, Sir; guten Abend, Sir. Wir haben sie beide angetroffen. Wir haben uns die Örtlichkeiten noch mal angesehen und gründlich über die Bücher geschaut. Ich kann nichts Schlimmes finden.« Er sah den Chefinspektor streng an. »Es scheint ein sehr ordentlich geführtes Geschäft zu sein.«

Luke nickte. Wenn er niedergeschlagen war, wirkte er genauso pittoresk, wie wenn er sich aufregte. Seine Schultern fielen in sich zusammen, und sogar seine Haare schienen an Lebenskraft zu verlieren.

»Mr. Campion wollte gerne wissen, ob er kürzlich eine Leiche herübergebracht und für die Verwandten vor der Beerdigung hier aufgebahrt hat.«

»Seit 1930 haben sie nichts dergleichen mehr getan. In einem Beerdigungsunternehmen ist kein Raum für faulen Zauber. Da gibt es viel zu viele Überprüfungen, Bescheinigungen und so weiter. Offen gestanden verstehe ich nicht, warum er zum Schmuggeln angestiftet worden sein sollte. Was auch immer für eine Ware das sein sollte, wenn sie erst einmal hier war, hätte ein Lastwagenfahrer den Zweck besser erfüllt. Waren, die in einem Lastwagen transportiert werden, fallen niemandem auf, aber auf einen Sarg achtet jeder ein bißchen.« Er schüttelte den Kopf. »Ich sehe darin keinen Sinn.«

»Wirklich nicht, George?« Luke grinste grimmig in sich hinein. »Haben Sie nicht den Sarg mit den goldenen Verzierungen gesehen?«

»Nein, Sir.« Picot steckte sein Notizbuch wieder ein. »Ich habe vier Särge aus hellem Holz inspiziert. Mr. Bowels senior gab zu, einen Sarg aus einem Kellerraum, den er hier im Haus gemietet hat, entfernt zu haben, aber er behauptet, er habe ihn für eine Beerdigung in Lansbury Terrace gebraucht. Wir können ihn uns von Zeugen beschreiben lassen, aber um ihm wirklich etwas nachweisen zu können, müssen wir eine Exhumierungserlaubnis einholen. Ich denke nicht, daß Sie so vorgehen möchten, Sir, zumal es ja auch keinen Anhaltspunkt gibt.«

Luke zog eine Grimasse.

»Was ist mit diesem Hotel-Auftrag von Bowels?«

»Das mit dem Klavier, Sir?« Picot runzelte die Stirn. »Er hat ganz offen darüber geredet. Das war vor über einem Jahr. Das Klavier gehörte dem Balsamic Hotel, nicht ihm, und er hat die Leiche ganz vorsichtig hineingelegt, als er sie zu ihrem Bestimmungsort brachte. Er hat einen Schuppen als private Leichenhalle ausgebaut. Es ist alles ganz legal, behördlich erlaubt und so.«

»Worin hat er das Klavier transportiert? In einem Lastwagen?« fragte Campion neugierig.

»Nein, Sir. Er hat folgende Fahrzeuge.« Picot zückte wieder sein Notizbuch. »Zwei Pferdekutschen, eine schöner als die andere. Wir sind kein reicher Bezirk, und die Leute, die hier wohnen, nehmen das Sterben ernst. Sie sind konservativ und ziehen Pferde bei Beerdigungen vor. Für Hochzeiten nehmen sie lieber ein Auto. Dann hat er noch zwei

Leichenwagen. Wenn mehr gebraucht werden, muß man Limousinen mieten. Und dann gibt's noch den Sargwagen. Das ist alles. Sie haben vier schwarze Pferde. Drei haben ihre beste Zeit schon hinter sich, aber das vierte ist noch jung.«

»Haben Sie sich alles angesehen?«

»Ja, Sir. Ich habe sogar die Pferde gestreichelt.«

»Was ist ein Sargwagen? Dieses komische Ding, das aussieht wie eine schwarze Zigarrenschachtel auf Rädern? Ich hab keinen mehr gesehen, seit ich ein Kind war.«

»Nein, Sir?« Picot machte deutlich, daß das ein großer Verlust war. »Die Leute hier mögen es, wenn der Sarg darin transportiert wird. Scheint achtbarer zu sein als ein Leichenwagen. Die Bowels haben einen sehr guten, alt, aber in gutem Zustand. Schöner Hochsitz für den Fahrer. Es sieht phantastisch aus, wenn er so daherkommt. Da ist übrigens noch etwas, was ich wohl erwähnen sollte. Die ganze Zeit, die ich mit Mr. Bowels senior verbracht habe, hat der alte Herr geschwitzt wie ein Schwein. Er war ganz offen in seinen Antworten, und wir haben nichts gefunden. Er war hilfsbereit, hat uns alles gezeigt, ohne zu murren, und er war ausgesprochen höflich, aber er hat geschwitzt.«

»Und was schließen Sie daraus? Daß er erkältet ist?« Charlie Luke war total übermüdet.

»Nein, Sir«, antwortete Picot vorwurfsvoll. »Er war vor Angst wie gelähmt. Ich weiß nicht, warum. Ich werde es natürlich in meinem Bericht erwähnen. Gute Nacht, Sir.«

Der Chefinspektor griff nach seinem Hut.

»Ich glaube, ich gehe nach Hause«, sagte er. »Miss Ruth ist vergiftet worden, Clyties Freund hat eins über die Rübe gekriegt, Pa Wilde hat sich eigenhändig ins Jenseits befördert, der Captain hat sich selbst schachmatt gesetzt, Jas ist unschuldig, aber er schwitzt, und wir sind genau da, wo wir immer schon waren. Verdammt noch mal! Wir wissen noch nicht mal, wer diese giftigen Briefe geschrieben hat.«

»Oh«, sagte Mr. Campion, »das erinnert mich an etwas.

Ich habe Ihnen den letzten Brief, den der Doktor bekommen hat, noch nicht zurückgegeben. Ich hab mir ein paar Gedanken darüber gemacht.«

Er zog das zerknitterte Blatt Papier aus seiner Tasche und breitete es auf der Bettdecke aus. Besonders hatte ihn der zweite Absatz gegen Ende interessiert. Er las ihn laut vor.

»Habe dich beobachtet. Du bist an all dem Elend und Leid schuld Gott weiß das Amen. *Das Kristall sagt alles. Vergiß nicht...«* Seine trägen Augen begegneten Lukes Blick. »Das ist mir von Anfang an aufgefallen«, sagte er. »Dieses allwissende Kristall könnte Kristallkugel bedeuten. Gibt's hier im Viertel irgendwelche praktizierenden Wahrsager?«

Luke setzte sich abrupt, seinen Hut in der Hand.

»Ich habe über den Captain nachgedacht und über die Frau, die er beim Briefkasten getroffen hat«, fuhr Campion langsam fort. »Der alte Herr trägt einen kleinen Smaragd in einer relativ neuen Fassung. Es ist ein seltsamer Stein für einen so männlichen Mann in seinem Alter, aber von Renee weiß ich, daß er im Mai Geburtstag hat, und in meinem *Girl Guide's Diary* steht, daß die im Mai Geborenen grüne Steine tragen sollten, vorzugsweise Smaragde. Er ist sehr auf sich bezogen, ein armer Mann, und ein Mann mit viel Zeit.« Luke hörte ihm gebannt zu. »Niemand weiß über seine Kunden so viel wie ein Wahrsager. Ich könnte mir eine törichte, vielleicht leicht sexuelle Verbindung zwischen so einem Burschen und irgendeiner verrückten, ein wenig boshaften Frau zwischen fünfzig und sechzig vorstellen, bei der er seine eigenen Angelegenheiten und die anderer Leute ausplaudert. Als die Sache aufgeflogen und die Briefe in aller Munde waren, hat er sie bestimmt verdächtigt. Vielleicht haben sie sich gestritten. Sie hat vielleicht damit gedroht, ihm einen ins Haus zu schicken. Ich weiß nicht. Und als Lawrence ihn dann auf den Brief angesprochen hat, hat er den Kopf verloren.«

Luke saß ganz still. Er sah aus, als sei er völlig erstarrt. Als er schließlich sprach, war seine Stimme ganz leise.

»Ich sollte mich pensionieren lassen. Sie haben sie wahrscheinlich schon einmal gesehen.«

»Kennen Sie sie denn?«

»Flüchtig.« Er stand auf und sah den Kollegen voller Hochachtung an. »Ich wußte sogar, daß er einmal zu ihr gegangen ist. Einer meiner Beamten erwähnte, er habe ihn aus ihrem Haus kommen sehen. Das war ganz zu Beginn des Falles. Ich hab mir weiter nichts dabei gedacht. Ihnen ist das einfach so aufgefallen, und ich hatte alle Hilfsmittel und hab's verpaßt.«

»Vielleicht habe ich ja unrecht.« Mr. Campion schien ganz überrascht über die Größe seines Erfolges.

»Bestimmt nicht.« Charlie Luke hatte seine alte Lebhaftigkeit wiedergewonnen. In Minutenschnelle war er wieder doppelt so kraftvoll wie vorher und zehn Jahre jünger geworden. »Das stimmt schon mit der Frau. Sie nennt sich Pharaos Tochter. Sie sagt die Zukunft voraus für einen Sixpence, und wir haben sie bisher in Ruhe gelassen, weil sie uns harmlos erschien.«

Konzentriert versuchte er, ihr Bild aus den Tiefen seines Gedächtnisses hervorzukramen.

»Ja«, sagte er schließlich im Brustton der Überzeugung. »Ja, das ist sie! Ihr wirklicher Name ist – lassen Sie mich überlegen – Miss – Miss – Allmächtiger!« Seine Augen weiteten sich. »Wissen Sie, wer sie ist, Campion? Ja! Sie ist seine Schwester, verdammt! Seine Schwester! Miss Congreve, die Schwester von Blubberlippe aus der Bank! O Gott, laß mich nicht sterben, bevor ich dahinter gekommen bin!«

Er war so aufgeregt, daß er das hartnäckige Klopfen an der Tür nicht gehört hatte. Plötzlich ging sie auf, und eine entzückende, wenn auch ungelegene Clytie White erschien auf der Schwelle. Sie hatte keine Ahnung, daß sie im Augenblick der Krise gekommen war, sie stand da und sah Luke halb ängstlich, halb freudig erregt an. Sie sah bezaubernd aus. Ein hautenges Mieder unterstrich den Reiz ihrer jungen

Brust. Ein weiter Rock umspielte ihre Beine in verschwenderischen Falten. Ein gepunkteter Schal mit riesiger Schleife ließ sie wie ein aufgeputztes Kätzchen aussehen, und auf ihrem frisch frisierten Haar saß schief und schick ein moderner Strohhut.

»Nun?« fragte sie atemlos.

Charlie Luke hielt in seiner Rede inne. Campion hatte ihn nie mehr gemocht. Er betrachtete sie ernst, mit zusammengekniffenen Augen, die ganze Kraft seiner Persönlichkeit auf ihr Problem konzentriert.

»Ich sag Ihnen was«, sagte er schließlich. »Ziehen Sie den Schal aus, und ich gehe am Sonntag mit Ihnen ins Kino.«

22
Laufknoten

Als Charlie Luke endlich zurückkam, war bereits der Morgen des Tages, an dem Miss Evadne ihren Empfang geben wollte. Campion lag noch im Bett, aber er schlief nicht mehr. Er war über einem Problem erwacht. Es war im Schlaf aus seinem Unterbewußtsein herausgetreten, und je mehr er darüber nachdachte, desto offensichtlicher und elementarer wurde es.

Er sah auf seine Uhr und stellte fest, daß es fast Viertel vor sieben war. Zur gleichen Zeit fiel ihm auf, daß im Haus nicht nur rege Geschäftigkeit, sondern sogar ein gewisser Aufruhr herrschte. Er schlüpfte in seinen Morgenmantel und öffnete seine Tür. Ein Schwall seltsamer Gerüche legte die Vermutung nahe, daß Miss Jessica wieder gekocht hatte. Er schenkte dem allerdings keine Aufmerksamkeit, denn auf der anderen Seite des Flurs stritt Miss Roper sich mit Charlie Luke. Sie war so ärgerlich wie eine aufgestörte brütende Henne.

Charlie Luke, grau im Gesicht vor Erschöpfung, aber trotzdem bemerkenswert gut gelaunt, packte sie bei den Ellbogen und hob sie hoch.

»Kommen Sie, Tantchen«, sagte er, »benehmen Sie sich, oder ich muß einen Polizisten holen.«

Miss Roper erschlaffte, und er stellte sie wieder ab, aber sie versperrte ihm immer noch den Weg.

»Einer Ihrer Männer war die ganze Nacht bei ihm, und Clytie und ich haben einen gräßlichen Morgen mit ihm verbracht. Jetzt schläft er endlich, und Sie werden ihn nicht aufwecken; er ist ein kranker Mann.«

»Darauf gehe ich jede Wette ein, aber ich werde ihn trotzdem jetzt besuchen.«

Renee sah Campion und eilte zu ihm wie zu einem Retter.

»Oh, Herzchen«, sagte sie, »bringen Sie diesen dummen Jungen zur Vernunft. Der Captain hat einen Unfall gehabt. Das passiert ihm nicht oft, aber wenn, dann ist er todkrank. Charlie hat die verrückte Idee, er habe die anonymen Briefe geschrieben, aber das würde er nie tun, dafür lege ich meine Hand ins Feuer – obwohl ich ihm im Moment den Hals umdrehen könnte. Ich hab ihn jetzt endlich zum Schlafen gebracht, und es wird Stunden dauern, bis er aussagen kann. Sagen Sie ihm, er soll ihn in Ruhe lassen. Er kann ja noch nicht einmal stehen, geschweige denn abhauen.«

Ein gequälter Laut aus dem Zimmer hinter ihr bestätigte ihre Diagnose. Sie sah aus wie ein Spatz.

»Machen Sie, daß Sie wegkommen«, sagte sie zu Luke. »Wenn er wieder auf den Beinen und halbwegs er selber ist, können Sie ihm so viele Fragen stellen, wie Sie wollen. Ich kenne ihn. Im Moment würde er alles zugeben, nur um seine Ruhe zu haben.«

Luke zögerte, und sie schob ihn vor sich her.

»Das wird vielleicht ein Tag«, sagte sie bitter. »Erst mal muß ich alles saubermachen, am Nachmittag kommt der Junge aus dem Krankenhaus und muß sofort ins Bett, und dann ist da auch noch diese Party. Evadne hat halb London eingeladen. Nehmen Sie Mr. Luke mit in Ihr Zimmer, Albert, dann schicke ich Ihnen beiden das Frühstück herauf.«

Ein weiteres, noch heftigeres Stöhnen des gefallenen Kriegers erinnerte den Chefinspektor wieder an sein ursprüngliches Vorhaben.

»Ich gebe ihm noch eine halbe Stunde«, sagte er, und dann, als er Campion begegnete, hob er zwei Finger zum V-Zeichen. »Mitten ins Schwarze«, sagte er, als er die Zimmertür hinter sich zumachte. Resolut drehte er seinen Kopf von dem einzigen bequemen Sessel im Zimmer weg. »Eins null für Sie.«

Mr. Campion freute sich. »Ist die Dame eingebuchtet?«

»Sitzt in der Zelle und heult wie ein Schloßhund.« Luke

schüttelte sich. »Wir hatten sie die halbe Nacht in Gewahrsam, und jetzt ist das ganze Revier überschwemmt. Komisch, auf dem Papier war sie so mitteilsam, aber da konnten wir drei Stunden lang kein Wort aus ihr herausbekommen außer ›Mein Gott‹.« Er schielte nach dem einladenden Sessel und hielt nur mühsam die Augen offen.

»Hat sie es zugegeben?«

»Ja. Wir haben das Papier, die Tinte und die Briefumschläge gefunden und auch eine Probe der verstellten Handschrift auf einem Stück Löschpapier. Aber sie rückte erst im Morgengrauen damit raus, saß die ganze Zeit da wie ein Ochsenfrosch.« Er blies die Backen auf, senkte die Augenbrauen und deutete einen dicken Oberkörper mit den Händen an. »Dann platzte sie plötzlich auf wie ein Ei. Wir wissen jetzt alles über den lieben Captain. Er war so hilflos und ausgeliefert. Er dauerte sie, und deshalb tat sie etwas für ihn, von dem sie wußte, daß sie es nicht tun durfte, da sie ganz anders erzogen war. Wie machen diese alten Kerle das? Zeigen ihre leeren Taschen her und heulen?«

Er kuschelte sich in den Sessel und versuchte angestrengt, seine Augen wenigstens halb offen zu halten. »Um ihm Gerechtigkeit widerfahren zu lassen, sie wirkt recht verführerisch. Ich glaube nicht, daß er auch nur die geringste Ahnung hatte, was er da unter diesem In-meiner-Kugel-sehe-ich-alles aufrührte. Er hat wahrscheinlich einfach nur drauflosgeredet, hat versucht, sich interessant zu machen.«

»Na ja«, sagte Mr. Campion, »und wie sind Sie mit ihrem Bruder verfahren?«

Luke runzelte die Stirn. »Blubberlippe ist uns durch die Lappen gegangen«, bekannte er. »Als sie uns die Vordertür aufmachte, ist er durch die Hintertür entwischt. Wir werden ihn wohl letztendlich kriegen, aber ärgerlich ist es doch.«

»War das mit den Briefen seine Idee?«

Er riß seine rotgeränderten Augen weit auf bei dieser Frage.

»Das glaube ich nicht. Wir haben jedenfalls keinen Hinweis darauf. Nein, ich glaube, die wahrsagende Phoebe hat ihre eigenen Gedanken zu Papier gebracht. Das ist ja das Ärgerliche. Normalerweise kommt bei diesen Geschichten, wenn man erst mal einen Anhaltspunkt hat, alles auf einmal heraus, wie bei Tantchens Angriff eben. Aber dieses Mal sind wir nur bei einer bösartigen alten Schachtel gelandet, die wie ein Schulmädchen für den Captain schwärmt und unzufrieden ist mit dem Doktor. Im übrigen hat er sie auch ziemlich schäbig behandelt. Das riecht man zehn Meilen gegen den Wind, obwohl sie behauptet, sie sei normalerweise nur wegen ihres Magens zu ihm gegangen, müsse jetzt aber nicht mehr hin. Er ist ein wenig barsch mit hysterischen Patienten, hab ich gehört. Das Ganze endet praktisch in einer Sackgasse, nicht?«

»Das frage ich mich. Vielleicht hat sie doch recht gehabt. Sie hat den Doktor beschuldigt, einen Mord übersehen zu haben, und so war es auch. Für eine reine Mutmaßung ist das ganz schön genau getroffen.«

Luke war nicht zufrieden. »Das hatte sie vom Captain. Deshalb möchte ich auch mit ihm reden. Er hat vielleicht mehr gesagt, als er wußte. Sie wissen doch, wie das ist, wenn so ein Bursche zweimal in der Woche seine ganzen Kümmernisse ablädt. Er vergißt, was er beim letzten Mal gesagt hat, sie nicht. Er hat ihr den Floh ins Ohr gesetzt. Was mag Blubberlippe von dem, was hier vorgegangen ist, wissen?«

Mr. Campion ließ sich auf keine Diskussion ein, und begann sich anzuziehen.

»Wann kommt Miss Congreve vor den Staatsanwalt? Möchten Sie dabei sein?«

»Um zehn. Porky kann sich darum kümmern. Sie kriegt auf jeden Fall Gefängnis. Kann ich irgendwas für Sie tun?«

Campion grinste. »Wenn ich Ihnen einen Rat geben darf, schlafen Sie ein oder zwei Stunden in meinem Bett. Wenn Sie aufwachen, wird der Captain zwar immer noch angeschlagen, aber doch schon wieder vernehmungsfähig sein. In der Zwischenzeit möchte ich einem nächtlichen Gedanken meinerseits nachgehen. Wo ist das hiesige Büro des Untersuchungsrichters?«

Die letzte Frage schnitt Lukes Protest ab. Er setzte sich sofort wachsam und neugierig auf.

»Barrow Road 25«, sagte er prompt. »Ich habe ein paar Leute abgestellt, Sie brauchen die Arbeit nicht allein zu machen.«

»Machen Sie sich keine Gedanken darüber«, sagte Campion. »Es ist gut möglich, daß ich falsch liege.«

Kurz vor neun hatte er gefrühstückt, und als er die Treppe hinuntereilte, traf er auf Mrs. Love, die ihm mit ihrem Eimer den Weg versperrte. Sie trug eine himmelblaue Haube und einen weißen Kittel und war so unbekümmert wie immer.

»Heute is Gesellschaft«, schrie sie und zwinkerte ihm zu. Flüsternd fügte sie hinzu: »'s kommen viele wegen dem Mord, ich sag, viele kommen wegen dem Mord.« Sie kicherte wie ein ungezogenes Kind, ihr rosiges Gesicht leuchtete vor Bosheit. »Denken Sie an die Party. Kommen Sie rechtzeitig zurück, ich sag, kommen Sie rechtzeitig zurück.«

»Oh, ich werde schon lange vorher wieder hier sein«, versicherte er ihr und trat hinaus in das dunstige Sonnenlicht. Doch er irrte sich. Seine Erledigungen dauerten bis weit in den Morgen hinein und zogen eine Reihe weiterer Besuche nach sich. Es waren schwierige Begegnungen, die sein ganzes, nicht unbeträchtliches Taktgefühl erforderten. Verwandte mußten befragt, die nächsten Angehörigen ausgemacht werden. Und als er endlich wieder zurückkam, mit einem ganz neuen Schwung in seinem Gang, hatte die Sonne die Apron Street in einen blutroten Schimmer getaucht.

Sein erster Eindruck vom Haus war, daß es in Flammen stünde. Die Menschenmenge davor war noch gewachsen. Corkerdale bewachte, unterstützt von zwei uniformierten Männern, das Tor und die Gartenmauer, während die Haustür weit und einladend offenstand. Miss Evadnes *conversazione* hatte begonnen.

Innen herrschte eine großartige Atmosphäre. Man hatte eine gastfreundliche Stimmung einfach dadurch erzielt, daß alle Türen offenstanden. Irgend jemand – Campion hatte Clarrie im Verdacht – hatte einen alten, vierarmigen Messingleuchter auf den Treppenpfosten gestellt. Die Kerzen flackerten im Durchzug, und überall klebte Wachs. Aber die allgemeine Wirkung war nicht übel. Er stand gerade auf der Fußmatte, als Renee aus dem Salon auf ihn zukam. Sie war unerwartet elegant angezogen im kleinen Schwarzen mit einer weißen, mit Rosenknospen verzierten Teeschürze. Zuerst dachte er, ihr Theaterblut habe sie bewogen, sich wie eine Kammerzofe zu kleiden, aber ihre ersten Worte belehrten ihn eines besseren.

»Ach, Sie sind's, mein Lieber«, sagte sie und ergriff seinen Arm. »Gott sei Dank, wenigstens ein halbwegs respektabler Mensch. Ich bin die einzige hier in diesem Haus, die sich zumindest den Anschein gibt, Trauer zu tragen. Sie sind nicht herzlos, aber sie sind so damit beschäftigt zu denken, daß sie keine Zeit zum Nachdenken haben, wenn Sie verstehen, was ich meine.«

»Vollkommen. Es steht Ihnen übrigens sehr gut. Sie sehen bezaubernd aus.«

Sie lachte ihn an, aus ihren sorgenvollen Augen strahlte die Sonne.

»Sie schlimmer Junge!« sagte sie. »Wir haben jetzt keine Zeit für solche Komplimente. Ich wünschte, das wäre nicht so. Albert«, sie senkte die Stimme und spähte die Halle entlang, »stimmt das, daß die Polizei jetzt weiß, wo es langgeht, und ein Netz ausgelegt hat, um alle darin zu fangen?«

»Davon habe ich nichts gehört«, sagte er neugierig.

»Sie waren den ganzen Tag weg, nicht? Sie werden es wohl jetzt erfahren. Clarrie sagte mir, ich solle es keiner Menschenseele erzählen, und das tue ich natürlich auch nicht, aber hier steht ja überall Polizei herum. Sie beobachten alles und warten nur auf ihren Einsatz.«

»Schade, daß ihn keiner gibt.«

»Da gibt es nichts zu lachen, mein Lieber. Sie müssen ja erst Beweise haben. Oh, ich bin froh, wenn alles vorbei ist, ganz gleich, wie groß der Schock ist, und davon hatte ich schon mehr als genug. Denken Sie nur an meinen alten Captain – schleicht sich heimlich weg, um sich die Zukunft voraussagen zu lassen, und schäkert mit einer – na ja, ich will ja nichts gegen meinesgleichen sagen, aber wirklich – mit einer so alten Schachtel. Aus der könnte man fünfzehn von meiner Sorte machen. Sie hat ihn das Fürchten gelehrt, als sie die Briefe schrieb. Er muß es doch gewußt haben. Er schwört zwar, daß es nicht so war, der alte Lügner, aber ich hab ihm gesagt, ich mag zwar nicht mehr so taufrisch sein, aber deswegen bin ich noch lange nicht von gestern.«

Sie sah sehr kämpferisch und merkwürdig weiblich aus. Ihre Augen sprühten Blitze wie die eines ärgerlichen jungen Mädchens. »Natürlich ist er jetzt völlig elend«, sagte sie, »und man muß ihm einfach verzeihen, aber als er geschworen hat, er habe nicht geahnt, daß sie es war, bis sie es zugegeben und ihm gedroht hat, sie würde Lawrence einen schicken, da hätte ich ihm eine runterhauen können! Als er merkte, daß Lawrence ihm auf die Schliche gekommen war, hat er versucht, sich wenigstens innerlich mit einer Flasche reinzuwaschen, von deren Existenz noch nicht einmal ich was gewußt habe. Ich könnte ihn umbringen, wirklich.«

Campion lachte. »Was machen Sie jetzt?« fragte er. »Passen Sie auf, daß er Ihnen nicht entwischt?«

»Herzchen, er kann ja kaum stehen!« Ihr Kichern war die pure Bosheit. »Er ist ganz reuig und wartet geduldig, bis man ihn versorgt. Ich stehe nur hier, um alte Bekannte zu treffen, bevor sie hochgehen. Ich will ihnen nur sagen, daß Clarrie in der Küche eine kleine Bar aufgebaut hat. Ein bißchen Gin und

Unmengen von Bier. Gehen Sie hinauf, und unterhalten Sie sich ein bißchen, aber trinken Sie nichts, höchstens dieses gelbe Zeug, das in Gläsern serviert wird. Sie macht es aus Kreuzkraut, und es hat eine ganz spaßige Wirkung. Wenn Sie sich genug unterhalten haben, kommen Sie runter in den Keller. Ich muß mich ja schließlich um meine Freunde kümmern, wenn sie schon hierher kommen.«

Er dankte ihr und lächelte mit echter Zuneigung auf sie herab. Durch die offene Tür fiel ein Streifen der Abendsonne direkt auf ihr Gesicht und betonte die Konturen der zarten Knochen unter ihrer faltigen Haut. Als er sich umdrehte, um hinaufzugehen, wanderte sein Blick durch die offene Tür von Lawrences Zimmer in das Kaminzimmer. Er starrte einen Moment dahin und dann noch einmal, einen verblüfften Ausdruck in seinem blassen Gesicht.

Ein weiterer Knoten in dem Gewirr löste sich, und ihre bis dahin unbegreifliche Stellung in diesem Haushalt wurde plötzlich ganz klar. Er packte die Gelegenheit am Schopf.

»Renee, ich glaube, ich weiß jetzt, warum Sie das alles tun.«

Im gleichen Augenblick wußte er, daß es ein Fehler gewesen war, daß er das gesagt hatte. Ihr Gesicht wurde blaß und verschlossen.

»Wirklich, mein Lieber?« Ihr Tonfall klang warnend. »Seien Sie nicht zu gescheit, ja? Ich sehe Sie dann in der Küche.«

»Wie Sie wollen«, murmelte er und eilte hinauf. Er war sich sehr wohl bewußt, daß sie ihm nicht nachlächelte.

23
Vive la bagatelle!

Mitten auf dem breiten Flur blieb Mr. Lugg mit dem Tablett in der Hand stehen.

»Bißchen gebratenes Fleisch?« fragte er, verteilte fünf Löffelbiskuits auf einem feinen Porzellanteller und wies dann ruckartig mit dem Kopf auf Miss Evadnes Tür.

»Da drinnen feiert die Giftmischerbande. Um acht gibt's Särge!«

Mr. Campion betrachtete ihn interessiert.

»Was tust du da?«

»Helfen, Boss. Ich kam vorbei, um nach Ihnen zu gucken, und das alte Mädchen mit der spitzen Stimme hat mich überredet, die Sachen rumzutragen. Sie hat sofort gesehen, daß ich das beherrsche. Komisches Zeug is das hier, aber ich hab 'nen Narren an ihr gefressen.«

»An wem? An Miss Evadne?«

»Die ältere Miss P. Wir haben uns einander noch nich mit Vornamen vorgestellt. ›Sie sind unmöglich, und man kann kaum verstehen, was Sie sagen, aber zufällig mag ich Sie.‹ So eine ist das.«

Er sah ein bißchen verlegen aus.

»Hinreißend«, sagte er, »vor allem, wenn man weiß, daß man sie nich dauernd ertragen muß. Das nennt man Charme.«

»Wahrhaftig? Hast du was von Thos gehört?«

»Nich viel. War kurz hier. Das is Ihr Zimmer, nich? Ich mein, ich hätt Ihren kaputten Kamm auf dem Frisiertisch erkannt.«

Er schloß die Tür hinter sich. »Ich hab nur 'n bißchen erfahren«, fuhr er fort, wobei er seine Stimme diskret senkte.

»Thos is nich mehr wirklich im Geschäft. Er is fast anständig geworden. Arbeitet sozusagen.«

»Ich weiß. Das ist der Fluch des Alters. Hast du was darüber herausgefunden, was hier in der Apron Street vor sich geht?«

»›'n bißchen. Vor ungefähr 'nem Jahr war es noch so 'ne Art Sport, in die Apron Street zu gehen, und dann auf einmal nich mehr.«

»Hat man danach nicht mehr darüber gesprochen?«

»Nich richtig.« Lugg war ungewöhnlich ernst, und seine kleinen schwarzen Augen blickten verwirrt.»Seitdem haben sie Angst davor gehabt. Die Londoner Jungs haben damit nichts zu tun, wenn Sie mich fragen. Ich hab getan, was Sie gesagt haben, un versucht, 'nen Namen rauszukriegen, aber der einzige, der in letzter Zeit gesagt hat, er ginge in die Apron Street, war 'n Typ namens Ed Geddy, einer von der West-Street-Bande. Thos sagt, er war in Schwulitäten, auf jeden Fall in irgendwelchen Schwierigkeiten, und er hat sein Maul im *Garter* in der Pauls Lane aufgerissen. Sie haben ihn deswegen zusammengeschlagen, un seitdem hat ihn keiner mehr gesehen. Ich weiß nich, ob Sie's wissen, Boss, aber die West-Street-Bande ist auf Tabakwaren spezialisiert. Erinnern Sie sich an das tote Mädchen im Kiosk, wo die Polizei nie hintergekommen is? Die wird auch nie wieder ›nein‹ sagen. Da haben sie dringesteckt. Hilft Ihnen das was?«

»Nicht viel«, meinte Campion, aber er war nachdenklich. »Der Raubüberfall auf den Kiosk ist über ein Jahr her, aber ich sehe die Apron Street nicht so ganz als Tabakhandelsstraße. Sonst noch was?«

»Ich hab mir Peter George Jelf und seinen Lieferwagen angeguckt. Er hat einen Zwei-Mann-Laden in Fletchers Town. Nennt sich Transportunternehmer, und sein neuer Name ist P. Jack. Hundertprozentig war er das bei dem Apotheker. Er arbeitet da nett vor sich hin, alles ganz anständig un so. Ich geb zu, das is nich viel, aber da is die

Adresse, un die Polizei kann ihn sich in ihrer knappen Freizeit ja mal vorknöpfen. Das is alles, glaub ich, nur noch eins, das hab ich mir bis zuletzt aufgehoben... der Sarg is wieder da!«

»Was?«

»Da staunen Sie, was?« Mr. Lugg war hoch befriedigt. »Ich auch. Als Sie heute nachmittag nich da waren, hab ich mal bei Schwager Jas reingeschaut. Weil ich zur Familie gehöre, hab ich gar nich erst geklopft, sondern bin durch die Hintertür gegangen un hab im Haus nach ihm gesucht. Die Schreinerwerkstatt is im Hof. Früher haben da mal die Mülltonnen gestanden. Sehr privat. Da is 'n Fenster in dem Schuppen, un weil die Tür zu war, nahm ich mir die Freiheit reinzugucken. Sie waren beide drin un beugten sich über das Ding. Packten anscheinend irgendwas aus. Konnte es nicht richtig erkennen. Schwarz wie 'n Klavier. So viel Gold drauf wie auf der Hose von 'nem Hotelportier. Aber eins sag ich Ihnen, es war ganz flach.«

»Wirklich?« Mr. Campion war ganz aufgeregt. »Bist du sicher?«

»Können Sie Gift drauf nehmen. Zusammengeklappt wie einer von den Wandschirmen im Salon.«

»Soll das heißen, es hatte Scharniere?«

»Kann sein. Hab ich nich gesehen. Es war Sackleinen drum, un daneben stand 'ne Kiste, da war es wahrscheinlich drin. Ich hab nur 'nen Blick drauf geworfen. Wenn man mit Jas zu tun hat, braucht man 'ne Vollmacht un 'nen Angelhaken. Ich dachte, ich richte vielleicht mehr Unheil an, als daß ich was Gutes tue. Außerdem bin ich 'n bißchen langsam. In Ordnung, bemühen Sie sich nich, wenn Sie nich wollen.« Die heisere Stimme klang tief gekränkt. »Ich wollt Ihnen ja nur sagen, daß das Problem kurz vor der Lösung steht.«

»Ach?«

»Das is Ihnen neu, was?« sagte Lugg freudestrahlend. »Ich hab's aus sicherer Quelle. Unsere tüchtigen Bullen, von denen es mittlerweile hier im Viertel so viele gibt wie Verwandte auf ’ner Hochzeit, haben ihr Netz ausgeworfen. Sie haben schon einen im Verdacht, un wenn der Idiot einen Fehltritt macht, fallen sie über ihn her.«

»Wer sagt das?«

»Jeder denkende Mensch, mit dem ich geredet hab, außer der Polizei selbst. Jetzt is unser kleiner Klugscheißer aber platt, was? Das ändert die Sache, was? Na, kommen Sie, wir gehen zu den Verblühten zurück. Vielleicht schnappen Sie da was auf. Sie sollten das sowieso nich verpassen, Boss«, fügte er ernst hinzu. »Das is wie aus ’ner anderen Welt. Passen Sie auf, was Sie trinken, Matetee oder Nesseltee. Es gibt auch noch was anderes, riecht so wie die Blumen in der Halle. Is aber nich sehr gefragt.«

Halb erheitert, halb nachdenklich blieb er stehen, eine Hand schon auf der Türklinke.

»Werfen Sie ’n Auge auf meine alte Lady«, sagte er. »Sie is schon nich mehr ganz bei sich. Ein Strumpf hängt halb runter, un in ihrem Schrank steht ’ne leere Sherryflasche. Ihre Schwester hat sie reingestellt, un die meisten Gäste sind wohl nur gekommen, um mehr davon zu kriegen. Un sie bietet ihre schäbigen Käsehäppchen Leuten an, die an nichts anderes als Gift denken. Wenn jetzt statt mir der König un Lady Godiva reinkämen, wäre sie auch nich überrascht. Das nennt man Haltung. Möchten Sie angemeldet werden, oder gehen Sie so hinein?«

Campion sagte, er wolle ihm keine Mühe machen.

Miss Evadnes Party war eine offizielle Angelegenheit. Obwohl das Zimmer überfüllt war und sehr seltsame Erfrischungen angeboten wurden, befanden sich auch einige Mitglieder der Oberschicht, die sich in den neunziger Jahren gerne in Portminster Lodge aufgehalten hatten, in der bunt zusammengewürfelten Gesellschaft.

Die Gäste standen eng zusammengedrängt zwischen den sperrigen Möbeln und unterhielten sich angeregt. Offensichtlich waren viel mehr Leute anwesend als bei früheren Anlässen dieser Art, und das Theater war kaum vertreten.

Eines der ersten Gesichter, das Campion erkannte, gehörte zu Harold Lines, dem Gerichtsreporter des *Sunday Utterance.* Seine traurigen Augen blickten den dünnen Mann grüblerisch über das erste volle Glas, das man je in seiner Hand gesehen hatte, an.

Die Gastgeberin stand am Kamin neben ihrem hochlehnigen Stuhl. Sie trug immer noch das rote Paisley-Gewand, das ihre Fülligkeit so ungünstig betonte, aber der Schal aus chinesischer Seide und die goldgefaßten Diamanten, die sie schon am Abend zuvor getragen hatte, milderten die düstere Wirkung. Man konnte sie zwar nicht gerade als gutaussehend bezeichnen, aber sie wirkte durchaus beeindruckend neben Mr. Henry James, dem Bankdirektor, und einem kleinen jungen Mann, der nur der erste Schauspieler des Thespis sein konnte.

Bevor Mr. Campion auch nur hoffen konnte, zu ihr durchzukommen, mußte er sich durch eine beachtliche Menge von Leuten drängen, die ihn fragend ansahen. Plötzlich fand er sich Bauch an Bauch mit dem Besitzer eines Schnurrbartes wieder, der ihm bekannt vorkam.

Narr Drudge begrüßte ihn freundlich.

»Hallo, Sir! Geschafft? Tolle Party!« Er fühlte sich offensichtlich nicht so besonders wohl. »Nicht ganz die richtige Zeit, was?« sagte er und hätte der Gastgeberin sicher gewinkt, wenn er nur Platz gehabt hätte. »Nett gemacht und so. Vielleicht ein bißchen unschuldig.« Überraschenderweise war er vollkommen klar. Selbst sein Großvater hätte ein öffentliches Dementi nicht deutlicher formulieren können. »Äpfel«, sagte er.

Die letzte Bemerkung war ein wenig rätselhaft, aber aus seiner neuen Position konnte Campion sehen, daß Miss Evadne an ihrem rechten Arm einen kleinen Korb trug. Er war noch halbvoll mit hellgrünen, sauer aussehenden Äpfeln.

Viele der Gäste hielten bereits einen in der Hand. Campion fiel etwas ein.

»War das Miss Ruths Tasche?«

»Die alte Flunder schleppte sie überall mit hin.« Drudge war ganz verwundert, daß er das nicht wußte. Er gab es auf, leise zu sprechen, und schloß sich dem allgemeinen Geräuschpegel an. »Sie ging nie ohne sie aus dem Haus. Jedem, den sie traf, gab sie einen Apfel. Sie pflegte immer zu sagen ›das erspart den Doktor‹, und dann bekam man einen Apfel in die Hand gedrückt. Evadne muß gewußt haben, daß sich jeder hier daran erinnern würde, deshalb veranstaltet sie wahrscheinlich dieses Schauspiel hier – Hamlet, jedenfalls so ähnlich. Schlechtes Theater!«

Diese einfache, niederschmetternde Antwort auf seine Frage brachte Campion zum Schweigen. Er machte sich Vorwürfe, daß er nicht auf die Idee gekommen war, daß Miss Evadne genau die Person war, selbst Detektiv spielen zu wollen, und zwar auf ihre Weise. Sie wollte wahrscheinlich irgendeine offensichtlich schuldbewußte Reaktion hervorrufen. Anscheinend steckte ihr das Theater wirklich im Blut.

Überraschend fragte Drudge: »Sagen Sie, stimmt das Gerücht, daß hier überall Polizei rumspringt und so?«

»Offiziell habe ich noch nichts davon gehört.«

Drudge errötete.

»Entschuldigung. Ich hätte es wahrscheinlich besser gar nicht erwähnt.« Sein Flüstern klang schuldbewußt. »Indiskret. Tut mir leid. Ach übrigens, unter Freunden, meiden Sie das gelbe Zeug.«

Mr. Campion dankte ihm ernst und kämpfte sich weiter durch. Das nächste ernsthafte Hindernis trug einen Papphut. Miss Jessica war noch im Ausgehkostüm, wahrscheinlich kam sie gerade von ihrem Spaziergang. Sie plauderte mit dem Doktor. Ihre hohe Stimme überschlug sich vor Begeisterung.

»Sie geben also zu, daß es ihm gutgetan hat? Das ist hochinteressant, denn Herbert Boon behauptet, es sei eines der ältesten bekannten Heilmittel für kalte Knoten. Es ist eine sächsische Überlieferung. Man pflückt die Knospen der Schafgarbe, wenn Venus in ihrem Aszendenten steht – darum konnte ich mich leider nicht kümmern –, schwenkt sie in Butter – ich fürchte, ich habe Margarine genommen – und läßt sie darin liegen. Möchten Sie es mal ausprobieren? Ich wäre ungeheuer stolz, wenn ich wüßte, daß Sie es auch mal versuchen.«

»Na, ich weiß nicht.« Ein Lächeln kräuselte die dünnen Lippen des Doktors. »Ich müßte zuerst die Ursache des kalten Knotens kennen, wissen Sie.«

»Halten Sie das für wichtig?« Sie war enttäuscht und reagierte gereizt.

»Natürlich, für lebenswichtig! Seien Sie vorsichtig mit diesen Dingen. Wenn die Haut noch nicht aufgeplatzt ist, können sie vermutlich nicht viel Unheil anrichten, aber um Himmels willen... Oh!« Er hatte Campion erblickt. »Tag. Schön, Sie zu sehen. Ist Ihr Kollege auch hier?«

»Bis jetzt habe ich ihn noch nicht gesehen«, begann Campion, als sich eine kleine Hand auf seinen Arm legte.

»Sie sind das!« Miss Jessica freute sich auf ihre schüchterne Art. »Ist es nicht wundervoll hier? Ich habe dem Lebensmittelhändler einen Umschlag für sein Knie gemacht, und er hat ihm gutgetan. Der Doktor gibt es zu. Ich habe auch den Nesseltee für die Party gekocht und ein bißchen Gänsefingerkraut. Es ist in den Gläsern. Sie können es gut erkennen, weil es gelb ist. Sie müssen es einfach probieren. Sehen Sie, da drüben steht es.« Sie zeigte zum anderen Ende des Zimmers, wo auf einem Tisch mit einer sehr hübschen Spitzendecke eine Ansammlung wohlgefüllter Gläser, Teetassen und ein paar prächtiger Emaillekrüge stand. »Sie werden so etwas nie wieder zu trinken bekommen.« Gänzlich unschuldig war ihr Tonfall nicht. Innerlich lachte sie sicher. »Ich werde davon probieren, wenn ich Ihre Schwester begrüßt habe«, versprach er.

»Ja«, sagte sie, »ich glaube Ihnen. Sie sind sehr nett.«

Bevor er entkommen konnte, sprach Dr. Smith ihn wieder an. Er war erregt und wirkte reizbar.

»Ich habe gehört, sie warten nur auf den richtigen Augenblick, um jemanden zu verhaften«, murmelte er. »Frage der Beweise. Können Sie das bestätigen?«

»Tut mir leid.« Mr. Campion begann das Dementi lästig zu finden. »Leider kann ich das nicht.« Beim letzten Wort trat er zurück, um einen Zusammenstoß mit Lawrence Palinode zu vermeiden, der sich mit einem Glas in der Hand durch die Menge drängte. Er blieb nicht stehen und äußerte auch kein Wort der Entschuldigung im Vorbeigehen, sondern steuerte direkt auf die Tür zu und verschwand aus ihrem Gesichtsfeld.

»Lawrence besitzt recht wenig Anmut«, bemerkte Miss Jessica, als die Menge sie an Campions Seite zurück spülte. »Hatte er noch nie, auch nicht als Kind. Natürlich ist er stark kurzsichtig, das macht es wohl so viel schwieriger für ihn. Wußten Sie«, fuhr sie leiser fort, »wußten Sie eigentlich, daß Clytie einen Gast hat?«

Ihr Vergnügen amüsierte ihn.

»Mr. Dunning?« fragte er.

»Also wußten Sie es schon.« Sie fand das Ganze offensichtlich spaßig. »Ja, er ist auf dem Speicher, und sie pflegt ihn. Es hat sie völlig verwandelt – ganz erstaunlich. Sie war immer ein unbeschreibliches Kind, aber plötzlich sieht sie ganz anders aus. Ich habe sie heute früh kaum erkannt. Sie ist so lebendig und selbstsicher.«

Es dauerte ein paar Sekunden, bis er begriff, daß sie die äußerliche Veränderung ihrer Nichte nicht bemerkt hatte, sondern die Tatsache einzig und allein einer geistigen Wandlung zuschrieb. Er war immer noch ganz erstaunt über diese Entdeckung und die Konsequenzen, die sie mit sich brachte, als er endlich bei Miss Evadne ankam, die ihren Ehrengast begrüßte, indem sie ihm die falsche Hand hinhielt.

»Meine Rechte ist so erschöpft«, erklärte sie mit dem Charme einer Königin im Exil. »So viele Leute!«

»Es ist sicher eine größere Gesellschaft als sonst«, warf Mr. James ein. Er redete affektiert wie immer, und seine übergenaue Aussprache verlieh seinen Worten Gewicht. Einen Moment überlegte er, ob er auch noch die auf der Hand liegende Erklärung dazu abgeben sollte, begnügte sich dann aber mit einem »viel größer«. Sein besorgter Blick begegnete dem Campions. Die gleiche Frage wie am Vorabend stand darin. Er sah jedoch, daß dies wohl nicht der richtige Zeitpunkt war, und schwieg betrübt. Der Neuankömmling wurde dem Schauspieler vorgestellt, der gequält lächelte und ihn fragte, ob er sich nicht einen Apfel nehmen möchte. »Ich glaube kaum«, sagte Miss Evadne lachend. Sie wußte also, daß er sie durchschaut hatte, und sah es als eine Art kleines berufliches Geheimnis zwischen zwei Spürhunden an. »Ich fürchte, meine Äpfel – wie soll ich sagen...?«

»Fallen nicht weit vom Stamm?« schlug Campion vor und wurde mit dem Schweigen, das er dringend benötigte, belohnt. Sein ersterbender Blick fiel auf den Tisch neben ihr. Er wies das übliche Durcheinander auf, und sogar das Marmeladentöpfchen stand noch da, nur war es jetzt noch etwas staubiger. Dieses Mal stand nur eine Vase mit Plastikblumen in dem Wirrwarr. Er dachte noch darüber nach, als Miss Evadne ihm plötzlich eine äußerst verblüffende Frage stellte.

»Dann haben Sie also Ihren netten Freund Sir William Glossop nicht mitgebracht?«

Er war so fassungslos, daß er sich fragte, ob er sie richtig verstanden hatte. Als er aufschaute, begegnete er ihrem amüsierten und triumphierenden Blick.

In der kleinen Pause, die entstand, kam ihm Mr. James, der in gesellschaftlichen Gepflogenheiten ein hohes Maß an Sensibilität an den Tag legte, zu Hilfe.

»Der Glossop vom P.A.E.O.-Trust?« fragte er. »Ein brillanter Kopf.«

»Ja, genau der, nicht wahr?« sagte Miss Evadne zufrieden. »Eine interessante Karriere. Ich habe heute früh in der Bibliothek nachgeschlagen und herausgefunden, daß er in Cambridge war. Ich hatte irgendwie im Gedächtnis, er sei in Bristol gewesen, ich weiß nicht, warum. Die Photographie von ihm ist allerdings sehr jugendlich. Männer sind in dieser Beziehung eitler als Frauen. Ist das nicht interessant?«

»War er hier?« Mr. James war tief beeindruckt.

»Das glaube ich kaum«, begann Mr. Campion, aber Miss Evadne kam ihm zuvor.

»Ja«, sagte sie, »gestern abend. Er wartete auf diesen tüchtigen Mann hier und ich auch, und so kamen wir ins Gespräch. Er vergaß, sich vorzustellen, aber«, sie wandte sich mit freundlichem Triumph an Campion, »ich habe seinen Namen in seinem Hut gelesen. Er lag auf dem Stuhl mir gegenüber. Ich bin weitsichtig, wissen Sie. Ich fand ihn beachtlich, allerdings ist er kein sehr geschickter Handwerker.«

Sie lachte heiter und verzeihend, dann wandte sie sich an den Schauspieler. »Adrian, möchten Sie uns etwas vortragen oder nicht?«

Es war ein meisterhafter Themenwechsel. Der angesprochene junge Mann war völlig verblüfft, während Mr. James hastig seine Uhr hervorzog.

»Ich dachte, das hätten wir uns für nächste Woche vorgenommen«, sagte er schnell. »Ich hoffte es jedenfalls, weil ich heute wirklich nicht länger bleiben kann. Du lieber Himmel! Ich hatte ja keine Ahnung, wie spät es schon ist! Sie sind eine vollkommene Gastgeberin, Miss Palinode. Ein reizender Abend! Schauen Sie morgen bei mir vorbei, oder soll ich zu Ihnen kommen?«

»Oh, kommen Sie doch bitte her. Ich bin eine faule Person«, sagte sie und reichte ihm besonders anmutig die Hand. Er nickte und zwinkerte den anderen zu, dann bahnte er sich seinen Weg durch die Menge.

»Ein durch und durch guter Mensch«, bemerkte die alte Dame. »Sie sollten sich davon natürlich nicht abhalten lassen, Adrian. Er hat kaum Geist. Was meinen Sie? Sollen wir oder sollen wir nicht? Es ist vielleicht ein wenig voll für Ibsen, aber wie wäre es mit Mercutio? Oder sollen wir etwas Modernes nehmen?« Mr. Campion, der sich nach einer Fluchtmöglichkeit umsah, bemerkte voller Überraschung, daß der Doktor hinter ihm stand.

»Ich habe gehört, Sie haben herausgefunden, wer mir die Briefe geschrieben hat«, begann er mit ernster Miene. »Ich möchte mich gerne mit Ihnen darüber unterhalten. Sie war keine Patientin von mir. Das heißt, ich habe sie nicht behandelt. Sie war nicht krank – höchstens im Kopf –, und ich glaube, das habe ich ihr auch gesagt.«

Das allgemeine Gemurmel schwoll an und zerrte an Campions Nerven. Er wollte sich gerade vorsichtig aus der Affäre ziehen, als Lugg auftauchte. Er sagte nichts, aber das Heben seiner Augenbrauen und ein kaum sichtbares Zucken des Doppelkinns bedeutete beiden, ihm zu folgen. Sie gehorchten sofort, schoben sich mit so wenig Aufsehen wie möglich aus dem Zimmer und gelangten in den Flur, wo Renee auf sie wartete. Sie war ganz blaß, und als sie auftauchten, hängte sie sich bei ihnen ein und führte sie zur Treppe.

In dem schwachen Versuch, ihre Stimme fest und entschlossen klingen zu lassen, sagte sie: »Es geht um Lawrence. Irgendwas ist ihm da drinnen zugestoßen. Ich weiß nicht, was es ist oder wer es ihm gegeben hat, oder ob alle davon genommen haben, was entsetzlich wäre, aber Sie kommen besser sofort mit. Ich – ich glaube, er stirbt, Albert.«

24
Durch die Maschen des Netzes

Das wilde Gerücht, das diese Party zu einem Borgia-Gelage gemacht hatte, war harmlos im Vergleich zu diesem alles übertrumpfenden Vorfall im Haus Palinode. Niemand durfte das Haus verlassen, und die Spannung stieg ins Unerträgliche.

Im nassen Garten drängte sich die Presse. Sie war aus dem Haus ausgesperrt worden und hatte sich dort, muffig, reizbar und voll unerquicklicher Gedanken, zusammengefunden.

Drinnen im Haus war die Spannung noch größer. In Miss Evadnes Zimmer ging die Party, koste es, was es wolle, weiter. Weitere Zwischenfälle waren nicht mehr passiert. Inspektor Porky Bowden, Lukes rechte Hand auf dem Revier, hatte Namen, Adressen und Aussagen zu Protokoll genommen. Dice und seine Leute hatten alle Getränke und die dazugehörigen Gefäße weggeräumt.

In den Pausen rezitierte Adrian Siddons.

Im Erdgeschoß waren der Salon und der anliegende Garderobenraum zu einem improvisierten Krankenzimmer für Lawrence hergerichtet worden. Clarrie hatte auf Geheiß des Doktors alle Lampenschirme abmontiert, und die vernachlässigten Räume, die keiner im Haus für bewohnbar hielt, zeigten nun im grellen Licht die ganze Trübsinnigkeit staubiger Regale und angeschlagenen Emaille-Geschirrs.

Doktor Smith rollte gerade seine Ärmel wieder herunter, als Renee mit einem Stapel frischer Handtücher hereinkam. Sie trug eine Küchenschürze über ihrem schwarzen Kleid und strömte nun, da die Tragödie offensichtlich geworden war, vor Erleichterung über.

Sie lächelte Lawrence zu, der auf dem schäbigen Empire-

Sofa lag und so erbärmlich aussah wie ein schwarzer, gerupfter Vogel. Seine Haut war feucht und fahl, aber er war über den Berg, und ein bedrückter und erstaunter Zorn hatte von ihm Besitz ergriffen.

Der Chefinspektor und Campion verglichen ihre Ermittlungen. Sie waren beide müde.

»Sehen Sie? Es war ganz unterschiedliches Zeug.« Lukes Flüstern vibrierte in Campions Ohr. »Der Bursche hat was ganz anderes bekommen als alle anderen – andere Farbe, anderer Geruch. Den Laborbericht kriegen wir nicht vor morgen. Wir müssen sehen, daß wir auch ohne ihn so weit wie möglich kommen.«

Lukes Stift lief über die Seite und stoppte bei einer Aussage: »Sagt, er wisse nicht, wer ihm das Glas gegeben habe.«

»Das glaube ich ihm. Er würde uns bestimmt helfen, wenn er könnte«, sagte Campion. »Er hat nur noch eine unvollkommene Erinnerung an die Dinge um ihn herum.«

»Das dachte ich mir schon.« Lukes Bemühungen, leise zu reden, ließen ihn wie eine gigantische Hornisse klingen. »Hier will anscheinend jeder helfen. Miss Jessica, Lugg, sogar Clytie, jedenfalls zeitweise, der Doc hier, Mr. James, Mr. Drudge, der Anwalt. Wir haben Renee verhört, die Schauspieler, alle.« Mr. Campion wandte sich an den Doktor.

»Ich will mich nicht festlegen, Luke«, begann er, »und ohne den Laborbericht kann ich das natürlich auch nicht mit Sicherheit behaupten, aber ich glaube, das war etwas mehr als ein rein pflanzliches Gift.«

Luke sah ihn verwirrt an. »Natürlich war es etwas anderes«, sagte er. »Andere Farbe...«

»Ja, sicher. Ich glaube, das pflanzliche Ptisane war toxisch, was auch immer es war. Wahrscheinlich hat es ihm das Leben gerettet, weil er sich danach übergeben mußte. Aber da war auch noch etwas anderes.« Er zögerte und sah von einem Mann zum anderen. »Etwas Orthodoxeres, wenn das das richtige Wort dafür ist. Er war gelähmt und schlaftrunken –

das ist doch komisch. Die Reaktion kam auch so schnell. Vielleicht war es Chloral in einer übergroßen Dosis. Ich weiß nicht. Wir werden es natürlich herausfinden, wir haben ja Proben genommen. Wo ist übrigens sein Glas? Er hatte es bei sich.«

»Dice hat's genommen. Er hat alle Sachen mitgenommen.« Luke schob die Frage beiseite. Er hatte sich an der neuen Idee festgebissen wie ein Terrier. »Wieder Skopolamin, Doktor?«

»Nein, das glaube ich nicht. Das ist mir einmal untergekommen, und ich habe jetzt auf die Symptome geachtet, aber ich halte es für unwahrscheinlich. Wenn es das doch gewesen ist, fresse ich einen Besen.«

»Jemand will, daß es nach Jessica aussieht.«

Der Satz wurde von einer Stimme gekrächzt, von der das Würgen nur noch ein Rasseln übriggelassen hatte. Wie ein Mann drehten sich alle erschrocken zu der Couch um, auf der Lawrence lag. Ein lebendes Scheusal mit seinen feuchten Haaren und seinem bleichen Gesicht, aber seine Augen blickten so intelligent wie immer.

»Man will, daß meine Schwester verdächtigt wird.« Er sprach die einzelnen Wörter sehr betont und sorgfältig aus, als hielte er sie alle für schwerhörig. »Sie wollen sie zum Sündenbock machen.«

»Wie kommen Sie darauf?« fragte Luke lebhaft interessiert. Der Kranke versuchte, sich aufzurichten und hob seine Stimme. »In meinem Glas war ein Blatt. Ich habe es nach dem ersten Schluck herausgeholt – ich habe das halbe Glas in einem Zug getrunken, was anderes kann man mit diesem Zeug nicht machen. Schmeckt alles gleich unangenehm.« Er war so ernst, daß niemand lächelte. »Es war ein Schierlingsblatt. Das klassische Gift. Der Gedanke kam mir jedenfalls. Ich ging sofort hinaus.«

»Und warum waren Sie so sicher, daß es nicht Miss Jessica war?« Der Doktor stellte die Frage, bevor einer der beiden anderen Männer eingreifen konnte. Er sprach ganz einfach, als sei Lawrences Verstand in der gleichen Verfassung wie sein Körper. Der Patient schloß erschöpft die Augen.

»So gemein wäre sie nicht gewesen«, flüsterte er. »Auch nicht, wenn sie wirklich so erbarmungslos vorgegangen wäre. Selbst die Griechen fanden es schwierig, mit Schierling umzugehen. Sie hätte das gewußt. Jemand, der das nicht weiß, versucht den Verdacht zu erwecken, sie habe Ruth vergiftet. Lächerlich und niederträchtig.«

Doktor Smith reckte sein Kinn vor.

»Ich glaube, Mr. Lawrence hat recht«, sagte er. »Das hat mich schon die ganze Zeit bekümmert, ohne daß ich in der Lage war, es auszudrücken. Jemand, der gerissen ist, aber nicht gerissen genug, versucht das, Luke.« Er schwieg. »Trotzdem verstehe ich den Angriff auf den jungen Dunning nicht so ganz.«

»Aber ich dachte, Sie wüßten, wer es war? Ich dachte, die Polizei hätte ihre Netze ausgelegt?«

Sie hatten Renee vergessen. Ihr Einwand kam überraschend und konfrontierte sie mit einem unangenehmen Sachverhalt.

»Soll das heißen, Sie wissen es immer noch nicht?« fragte sie. »Wollen Sie überhaupt niemanden verhaften? Wie lange soll das denn noch so weitergehen?«

Der Doktor hustete. »Ich habe verstanden, daß hier gewisse Polizeiaktivitäten stattfänden«, begann er. »Angeblich wollte man einen Überraschungsangriff machen...?«

Die Frage verhallte im Zimmer. Charlie Luke wirkte in sich gekehrt.

»Wir möchten gern einen Mann namens Joseph Congreve verhaften«, sagte er steif. »Unsere Suche nach ihm hat vielleicht so eine Art Treibjagd eröffnet. Kommen Sie bitte mit mir, Mr. Campion? Miss Jessica wartet im Nebenzimmer auf uns. Sie müssen noch zu einem Patienten, haben Sie gesagt, Doktor? Kommen Sie bitte so schnell wie möglich wieder zurück, ja? Kümmern Sie sich um Lawrence, Renee.«

Sie betraten das Eßzimmer, und die erste Person, die sie sahen, war Superintendent Yeo, der unter dem Porträt von Professor Palinode am Kamin stand. Er hatte an den Vorgängen um ihn herum nicht teil. Er stand lediglich mit verschränkten Armen da und sah sie an, lächelte aber nicht.

Die Bedeutung seiner Ankunft lag auf der Hand. Das war ein Ultimatum vom Hauptquartier. Man erwartete eine Verhaftung von ihnen.

Luke ging sofort zu ihm, und Campion wäre ihm gefolgt, hätte ihn nicht eine zarte Hand zurückgehalten. Miss Jessica grüßte ihn als ihren Befreier. Sie hatte die Pappe vom Kopf genommen, trug aber immer noch den Schleier, den sie nachlässig hinter ihrem Kopf zusammengebunden hatte. Auch ihre Tasche hatte sie abgesetzt, und ihr Kleid, das wie gewöhnlich aus Musselin über Wolle bestand, war interessant gerafft. Insgesamt sah sie, seltsam genug, dekorativ und hundertprozentig weiblich aus.

»Lawrence ist etwas zugestoßen«, sagte sie großartig. »Wußten Sie das?«

»Ja«, sagte er ernst, »es hätte sehr schlimm ausgehen können.«

»Ich weiß, sie haben es mir gesagt.« Sie zeigte auf Dice und seine Kollegen. Ihre nette Stimme klang so klug wie immer, aber sie hatte ihre Autorität verloren, und er sah bekümmert, daß sie unglücklich war.

»Ich habe keinen Fehler gemacht«, fuhr sie mit dem Ernst derer fort, die sich absolut sicher sind. »Sie müssen mir helfen, die anderen davon zu überzeugen. Ich habe Boons Rezepte ganz genau befolgt, außer da, wo ich Zugeständnisse machen mußte. Es war eine Party, und man möchte doch seinen Gästen gern das Beste vorsetzen.«

Ihr kleines Gesicht war sehr ernst, und ihre schönen Augen sahen ihn tiefbekümmert an.

»Ich bin stolz auf Lawrence«, sagte sie, als ob dies schon ein Zugeständnis sei. »Er steht mir im Alter näher als die anderen. Ich würde ihm niemals weh tun, jedenfalls nicht wissentlich.«

»Hören Sie«, sagte Mr. Campion, »was haben Sie eigentlich gemacht?«

Sie sagte es ihm nur zu gern.

»Ich habe zwei Ptisanen, Nessel und Gänsefingerkraut gekocht. Evadne hat Yerba Maté gekauft und den Tee selbstzubereitet: er war hellbraun. Es ist praktisch dasselbe wie Tee, wissen Sie? Der Nesseltrank, den ich gemacht habe, war grau und das Gänsefingerkraut gelb. Aber sie haben mir gesagt, das Zeug, das Lawrence getrunken hat, sei flaschengrün gewesen.«

»Mit Blättern drin«, murmelte Campion ungewollt.

»Ja?« Sie ging gleich darauf ein. »Dann habe ich es ganz bestimmt nicht gemacht. Ich siebe immer alles ganz sorgfältig durch altes Leinen – sauberes, natürlich.« Sie sah ihn fragend an. »Erinnern Sie sich noch, was Boon darüber schreibt? ›Die Überreste bilden eine wertvolle pflanzliche Ergänzung zur täglichen Nahrung.‹«

»Oh, meine Liebe«, sagte Mr. Campion und sah sie durch seine Brillengläser an, »ja, ich glaube, ich erinnere mich. Sagen Sie, haben Sie diese – hm – pflanzlichen Überreste unten?« Ihre Antwort hörte er nicht mehr, denn in diesem Moment öffnete sich plötzlich die Tür und Clarrie Grace kam hektisch mit einem Tablett herein, auf dem ungeöffnete Flaschen irischen Whiskys, ein Siphon und ein halbes Dutzend Gläser standen.

»Miss Roper schickt Ihnen dies mit ihren besten Empfehlungen«, verkündete er, als stünde er auf der Bühne. »Alles ist versiegelt, es braucht also keiner kalte Füße zu bekommen.«

Er stellte das Tablett auf den Tisch, schenkte allen sein Bühnenlächeln und eilte rasch wieder hinaus, um zu demonstrieren, daß er keine Geheimnisse mitanhören wolle.

Die Polizei ignorierte den Vorfall und fuhr mit ihren

gemurmelten Beratungen fort, aber Miss Jessica wandte sich an Campion.

»Eine dumme Frau, aber so lieb«, bemerkte sie.

»Vielleicht«, stimmte er abwesend zu, wobei sein Blick zu dem Porträt über dem Kamin wanderte. Zu seiner Überraschung, denn er hatte nicht mehr an ihre Gabe gedacht, benahm sie sich, als habe er seine Gedanken laut ausgesprochen. Sie errötete leicht. »Sie wissen es also?« fragte sie leise. »Die Ähnlichkeit ist unübersehbar, nicht? Ich glaube, ihre Mutter war Tänzerin.«

Er starrte sie verblüfft an, und sie redete schnell weiter, genoß aber sichtlich die Sensation, die sie hervorrief.

»Sie war auch eine ausgezeichnete Geschäftsfrau, glaube ich. Meine Mutter, die Dichterin, der ich ähnlich sehe, wußte nie von ihrer Existenz, natürlich auch nicht von der ihrer Tochter. Aber mein Vater war ein aufrechter Mann, und er sorgte sehr anständig für sie. Ich glaube, er hat gewußt, daß Renee seine praktische Veranlagung geerbt hatte, während wir anderen alle nichts davon abbekommen hatten, denn er sorgte dafür, daß der ganze Grundbesitz, für den er eine sentimentale Vorliebe hatte, an sie ging. Deshalb nehmen wir auch so viel von ihr an.«

Während Campion diese Information noch verdaute, beugte sie sich ganz dicht zu ihm und flüsterte ihm etwas zu, was ihm den Atem raubte.

»Seien Sie bitte äußerst diskret. Verstehen Sie, sie weiß nicht, daß wir es wissen. So gibt es auf beiden Seiten keinerlei Peinlichkeiten.«

Ihre liebe Stimme triefte vor Selbstgefälligkeit. Sie schloß das Thema ähnlich elegant ab, wie es die Dichterin wohl in den schrecklich praktischen Tagen, als Viktoria noch Königin von England war, getan haben mochte. Selbst Luke, der nun dazukam, erschütterte ihr Gleichgewicht nicht. Sie setzte sich, während er mit ihr redete, und beantwortete gelassen seine bohrenden Fragen.

Von Anfang an fand Campion das Verhör nervenaufreibender als sie. Es war die alte Alptraumsituation, vor der alle guten Polizisten Angst haben; in diesem Fall war es doppelt unbefriedigend, weil schon bald offensichtlich wurde, daß sie leicht alle möglichen dummen Fehler in ihrer Getränke-Brauerei hätte begehen können. Allerdings glaubte keiner der Anwesenden auch nur eine Minute lang, daß sie die Verbrechen begangen haben könnte.

Er wollte sich gerade von der unerträglichen Befragung abwenden, als Miss Jessicas Stimme seine umherschweifenden Gedanken unterbrach.

»Ist das das Glas, aus dem Lawrence getrunken hat? Seien Sie vorsichtig damit. Das ist eins von Evadnes Sherry-Gläsern. Sie hat nur noch zwei. Das ist altes Bristol-Glas.«

Die Worte lösten sich aus ihrem Zusammenhang und standen ihm klar und deutlich vor Augen, als stünden sie an der Wand. Sofort drängten sich ihm zwei Probleme auf.

Luke, der das kleine grüne Glas mit einem Taschentuch umfaßt hielt, sah zufällig zu ihm herüber, einen fragenden Ausdruck in seinen hellen, seltsam geformten Augen.

Campion beugte sich zu Miss Jessica und stellte voller Überraschung fest, daß seine Stimme zitterte.

»Ich habe Blumen in diesen Gläsern gesehen«, sagte er. »Benutzt Ihre Schwester sie für Blumen? Plastikblumen?«

»Blumen?« Sie war entsetzt. »O nein. Das sind die letzten Sherry-Gläser meines Vaters. Evadne würde sie niemals für etwas anderes benutzen. Sie sind sehr kostbar. Ich wußte gar nicht, daß sie sie heute herausgeholt hat. Normalerweise stehen sie auf dem Kaminsims. Wir hatten gar keinen Sherry. Deshalb mußten wir ja auch etwas anderes machen.«

Campion hörte ihr schon gar nicht mehr zu. Mit einer Entschuldigung drehte er sich auf dem Absatz um und ging aus dem Zimmer hinüber in den Salon, wo Lawrence lag. Er stellte nur eine einzige, und wie es dem Kranken vorkam, seltsam absurde, irrelevante Frage.

»Ja«, erwiderte Lawrence Palinode. »Ja, das machten wir in der Tat so. Immer. Es war eine Sitte aus vergangenen, glücklicheren Tagen. Wir alle. Ja. Bei jeder Gelegenheit. Du lieber Himmel, Sie glauben doch nicht etwa ...«

Campion verließ ihn. Er ging sehr rasch, und als er den Kopf durch die Eßzimmertür steckte, wirkte er wie eine verblichene Ausgabe seiner selbst als junger Mann.

»Kommen Sie«, sagte er zu Luke mit ungewohnter Autorität. »Wir haben Beweismittel eins, glaube ich, und jetzt, mein Junge, sollten Sie Ihr Netz besser zuziehen, wenn wir nicht schon zu spät kommen.«

25
In die Apron Street

Die Menge vor Portminster Lodge war geschrumpft wie ein Flanelltuch im Regen. Vor fünf Minuten hatte Dice die Vordertür geöffnet und die Presse zu »einem kleinen Plausch mit Inspektor Bowden« hereingebeten, und als der letzte durchnäßte Regenmantel dankbar hineingeschlüpft war, kamen die vier Männer, die nicht gesehen werden wollten, leise die Kellertreppe hinauf und verschwanden scheinbar in unterschiedlichen Richtungen. Sie trafen sich wieder vor den Mews. Lugg und Charlie Luke gingen zum Vordereingang der Bank, während Yeo und Campion vor der dunklen und schmutzigen Seitentür unter den Kolonnaden stehenblieben. Rechts von ihnen lag die Apron Street. Der Lichtschein aus den Fenstern des Palinode-Hauses zeichnete glitzernde Streifen auf das nasse Pflaster; links war das Gewirr der Ställe. Yeo rückte dichter zu seinem Begleiter. Sein Gemurmel klang griesgrämig und etwas verwirrt.

»Warum nennt Luke den Mann immer ›Blubberlippe‹?«

»Das wird sich hoffentlich noch herausstellen.« Campion beugte sich hinunter, um an der Tür zu horchen.

Das schrille Geräusch der Klingel, auf die Lugg auf der anderen Seite des Gebäudes drückte, drang durch das Holz bis zu ihnen. Es ging beständig weiter, ohne Unterbrechung, wie der Regen. Yeo war nervös. Mit vorgerücktem Alter war er kurzatmig geworden, und nun drang sein Flüstern ungestüm durch das Plätschern des Regens.

»Komisch. Muß doch jemand da sein. Ohne Durchsuchungsbefehl brechen wir die Tür nicht auf, Campion, ich warne Sie! Ich vertraue Ihnen. Wir alle vertrauen Ihnen, aber es gibt Grenzen.« Das Geräusch der Türklingel verstummte.

Ein neues Geräusch, dieses Mal das Schrillen der beiden Alarmglocken in und vor dem Haus, ließ beide Männer zusammenzucken. Yeo hatte gerade noch Zeit zu fluchen, als auch schon ein Schatten vor ihnen auftauchte.

Es war Luke. Er war mit einem Schlag wieder fröhlich geworden. »Alles in Ordnung«, murmelte er. »Das ist Lugg. Er ist in einem Glasregen durch's Fenster gegangen. Er ist ein toller Einbrecher, was? Hoffe, er kriegt die Haustür auf, damit wir reinkönnen, um das Eigentum zu beschützen. Tut mir leid, Super, aber ich mußte auf eigene Rechnung arbeiten.«

Mr. Campion konnte sich denken, was Yeo für ein Gesicht machte, und er hätte beinahe laut aufgelacht, wenn es nicht so unpassend gewesen wäre. Er sah sich selbst schon den Eckschrank öffnen, und am Ende war er leer oder voller Bücher.

Luke zog ihn am Ärmel. »Zeit, daß wir unsere Pflicht tun und auf die Glocke reagieren, bevor es unsere leistungsstarken Untergebenen auf der anderen Straßenseite hören.« Er grinste ihn voller Zuneigung und Vertrauen an. »Kommen Sie, Sir, ziehen Sie Ihren Zauber ab.«

Sie gingen zur Straße, aber kurz vor der Ecke sah Campion sich noch einmal um. Auf den Laut hin, den er von sich gab, blieben auch die beiden anderen stehen und drehten sich um. Zwischen den Ställen bot sich ihnen ein phantastisches Schauspiel. Aus einer dunklen Remise, deren Türen in der Dunkelheit unbemerkt offengestanden haben mußten, war ein monströser Anachronismus aufgetaucht. Es war ein großer schwarzer Pferdewagen mit einem Hochsitz für den Kutscher und einem ganz zugedeckten, seltsam flachen Körper. Schwankend und im Licht seiner altmodischen Lampen glänzend fuhr der Sargwagen in entgegengesetzter Richtung weg und bog mit überraschender Geschwindigkeit in die Barrow Road ein.

Yeo packte Campion heftig an der Schulter. Der Superintendent war völlig außer sich.

»Was zum Teufel war das?« fragte er. »Wer ist das? Wohin fährt er mitten in der Nacht?«

Campion lachte laut auf. Es klang ein wenig hysterisch.

»Das ist Jas«, sagte er. »Er ist uns entwischt – das haben wir wohl Lukes einfallsreicher Betätigung der Alarmglocke zu verdanken. Er fährt vor unseren Augen aus der Apron Street. Können wir ein Auto haben?«

»Sofort.« Luke eilte mit verdächtiger Bereitwilligkeit über die Straße.

Über allem schrillte weiterhin die Alarmglocke mit ihrer ohrenbetäubenden Kakophonie. Yeo schwieg sekundenlang, bevor er sich an seinen alten Freund wandte. Dann räusperte er sich und sagte mit mühsamer Zurückhaltung, die den Ausbruch einer Explosion ankündigte: »Ich hoffe, Sie wissen, was Sie tun.«

»Das bleibt zu hoffen, Chef«, sagte Campion ehrerbietig.

In diesem Augenblick tauchte eine schwarze Limousine hinter den Regenschleiern auf.

Yeo grunzte: »Was ist mit der Bank?«

»Dice und die anderen sind direkt hinter mir. Sie kümmern sich schon drum.« Luke verfrachtete ihn ins Auto, wartete, bis Campion eingestiegen war, und wollte ihm gerade folgen, als eine dicke, nasse Gestalt angelaufen kam, wütend wie ein aufgescheuchtes Huhn und auch die gleichen Geräusche von sich gebend.

»He, he, he! Was soll das? Was wird hier gespielt? Was is das für'n Spielchen?« Lugg war völlig durchnäßt. Wasser rann von seiner Glatze, und sein Schnurrbart hing voller glänzender Regentropfen. Er schob Luke beiseite und schoß wie eine Kanonenkugel in den Fond des Wagens. Dort landete er auf dem Boden der gegenüberliegenden Seite, wo er beträchtlich zum Mißbehagen aller Anwesenden beitrug.

Als sich die Tür hinter Luke schloß, und das Auto startete, schimpfte er immer noch wie ein Rohrspatz.

»Glassplitter im Arm, überall Fingerabdrücke von mir auf

der Tür. Jetzt is sie nur noch angelehnt, und ihr haut ab wie ein paar dumme Jungs ... Bei einigen von euch wundert mich das ja nich, aber was Sie sich gedacht haben, Mr. Yeo, das möcht ich gern mal wissen!«

Luke legte ihm seine breite Hand nicht unfreundlich übers Gesicht.

»Nun, Sir«, sagte er rasch zu Campion, »was sollen wir durchgeben?«

Innerhalb von Sekunden ging eine Meldung über Funk heraus, die im ganzen Umkreis gehört werden konnte.

»Q23 ruft alle Einsatzwagen. Chefinspektor Luke. Verfolgen schwarze Pferdekutsche, technische Bezeichnung Sargwagen, ich wiederhole, Sargwagen. Zuletzt Barrow Road, Westen, fährt Richtung Norden. Informieren Sie alle Einsatzorte. Ende.«

Als sie an den alten Trambahn-Bahnhof am Ende der Barrow Road kamen, konnte Yeo es nicht länger aushalten.

»Was ist hier eigentlich los?« murrte er Campion an, der neben ihm eingezwängt war. »Niemand auf Gottes Erdboden könnte einen so archaischen Apparat verfehlen. Mit einer normalen Durchsage müßten wir ihn in einer halben Stunde ausfindig gemacht haben. Was wird hier gespielt?«

»Er darf nicht anhalten. Wir müssen ihn eingeholt haben, bevor er anhält, das ist lebenswichtig.«

»Na gut, wenn Sie das sagen. Haben Sie überhaupt eine Ahnung, wohin er fährt?«

»Ich glaube, nach Fletcher's Town. Wie ist die Adresse, Lugg?«

Das zusammengesunkene Bündel hievte sich in eine bequemere Position.

»Die von Peter George Jelf? Lockhart Crescent 78. Wollen Sie das durchgeben? Sie werden nur noch seine Bremsspuren sehen.«

»Peter George Jelf? Das ist ja ein Name aus alten Tagen.« Yeo klang überrascht und erfreut. »Heute morgen kam der alte Pullen vorbei. Er erwähnte zufällig, daß er am Euston-Bahnhof fast in Jelf hineingerannt wäre. Der Mann wirkte ganz wie ein achtbarer Bürger, was ein sprichwörtlicher Widerspruch ist, und erzählte ihm, er habe eine kleine Wäscherei in Nord-London. Pullen warf einen Blick in seinen Lieferwagen, und das einzige, was der Bursche dabei hatte, war eine Kiste mit der Aufschrift ›Taschenspieler-Bedarf‹ – besonders passend, wenn man an seine Karriere zurückdenkt.«

»Taschenspieler-Bedarf.« Die träge Stimme des dünnen Mannes klang erleichtert und zufrieden.

»So haben sie also den Sarg zurückgeschafft; ich habe mir schon den Kopf darüber zerbrochen.«

»Zurückgeschafft?« sagte Luke und setzte sich auf. »Zurückgeschafft?«

Mr. Campion wollte es ihm gerade erklären, als der Lautsprecher ihn unterbrach.

»Zentrale ruft Q23. Schwarze Kutsche, anscheinend der Sargwagen, 23 Uhr 44 an der Ecke Greatorex Road und Findlay Avenue. Fährt mit ziemlicher Geschwindigkeit die Findlay Avenue in nördlicher Richtung hoch. Ende.«

»He, er ist um den Park rum«, verkündete Yeo, den plötzlich das Jagdfieber packte. »Vor siebeneinviertel Minuten. Er muß fliegen, Campion. Erstaunlich. Es ist natürlich kein Verkehr, aber die Straße ist doch naß. Hier, biegen Sie hier ab, Fahrer. Ich lotse sie zum Philomel Place. Nördlich davon gibt's einen direkten Weg zum Broadway. Wenn Sie da die Kanalbrücke überqueren, kommen Sie an der – verdammt – Dingsbums-Straße raus... Mir fällt's gleich ein. Da ist ein Wildgehege.«

»Wir dürfen ihn nicht verlieren. Er darf uns nicht in die Seitenstraßen entkommen«, sagte Campion gepreßt. »Er darf nicht bei Jelf ankommen, und er darf nicht anhalten. Das ist lebenswichtig!«

»Warum rufen Sie nicht einen von den anderen Wagen? J54 ist oben in Tanner's Hill.« Luke war ganz zappelig. »Er könnte zum Lockhart Crescent runterfahren und da auf ihn warten. Er könnte ihn aufhalten, bis wir kommen.«

»Ja, das könnte er wohl«, überlegte Campion, »aber ich möchte, daß er sich weiter in Sicherheit wiegt. Trotzdem, in Ordnung. Wahrscheinlich ist es das beste.«

Luke gab die Nachricht durch, während sie durch die menschenleeren dunklen Straßen rasten. Yeo, dessen Ortskundigkeit in London legendär war, hatte begonnen, Freude an der Sache zu finden, und der auch nicht gerade ortsunkundige Fahrer wurde erfreulich respektvoll.

Der Regen ließ nicht nach. Er war so richtig in Schwung gekommen und schien einen Punkt erreicht zu haben, an dem er nicht mehr aufhören konnte. Sie fuhren die Findlay Avenue hinunter und bogen am Kreisverkehr in die Legion Street ein, wo die großen Hauptstraßen-Siedlungen übergangslos in die nordwestlichen Vorstädte übergingen.

»Langsam.« Leiser hätte Yeo auch beim Forellen-Angeln kaum sprechen können. »Langsam jetzt. Selbst, wenn er noch an Tempo zugelegt hat, kann er nicht mehr weit sein.«

»Er und seine Kippenpäckchen«, sagte Lugg verhalten.

»Sie meinen, er und seine Lippe«, sagte Luke.

Yeo hatte begonnen, leise vor sich hinzumurmeln. Eine Art verbales Gekritzel, dessen er sich kaum bewußt war.

»Das ist der Besitz vom alten Duke... Wickham Street... Lady Clara Hough Street... da drüben ist ein kleiner Platz. Ich muß mal gucken... nein, die Straße kommt hierhin zurück. Wickham Place Street... Wick Avenue... langsam, Junge, langsam. Jede dieser kleinen Seitenstraßen könnte ihm einen halben Kilometer Vorsprung einbringen, wenn er sich auskennt. Vielleicht will er sich nicht verirren. Jetzt können Sie wieder schneller fahren. Hier gibt's auf hundert Meter keine Wendemöglichkeit. Verdammter Regen. Die halbe Zeit kann ich nicht sehen, wo wir sind. Ach ja, da ist die Peculiars-Kapelle. Vorwärts, los. Coronet Street – jetzt wieder langsam.«

Die Unterbrechung aus dem Lautsprecher kam wie eine Erlösung. Die unnatürliche Stimme mit dem metallischen Klirren wirkte ungewöhnlich laut.

»Zentrale ruft Q23. Achtung. Um 23 Uhr 58 meldet Wachtmeister 675 von Posten 3Y6 Ecke Clara Hough und Wickham Court Road Nordwesten Angriff. Wurde um zirka 23 Uhr 50 von Kutscher eines schwarzen Pferdewagens, wahrscheinlich gesuchter Sargwagen, mit schwerer Waffe, wahrscheinlich Peitschengriff, niedergeschlagen, als er laut Ihrer Anweisung 17GH den Wagen aufhalten wollte. Wagen fuhr mit hoher Geschwindigkeit weiter Richtung Norden Wickham Court Road. Ende.«

»Verdammt. Jetzt weiß er Bescheid«, sagte Campion erregt. »Bei der nächsten Gelegenheit wird er abladen.«

»Wickham Court Road – wir sind dicht hinter ihm!« Yeo hüpfte auf seinem Sitz hin und her. »Er kann nicht so schnell fahren wie wir. Hier hoch, Fahrer. Oben nach links. Es ist jetzt fast Mitternacht. Nur mit der Ruhe, Campion, wir kriegen ihn schon. Wir kriegen ihn!«

Sie fuhren jetzt gegen den Wind, und der Regen strömte die Scheiben hinunter. Yeo, der über die Schulter des Fahrers spähte, starrte durch die freien Flächen, die der Scheibenwischer machte.

»Jetzt rechts und sofort wieder links! Ausgezeichnet. Jetzt – he, he, was ist das? Ein Bauzaun? Warten Sie, Fahrer, warten Sie. Wir sind jetzt auf dem Wickham Hill. Wickham Court Road ist da unten links. Sie ist sehr lang, und die Polizeiwache liegt ungefähr fünfhundert Meter da runter. Er muß vor fünf Minuten hier entlang gekommen sein. Na. Luke, welchen Weg hat er genommen? Er ist uns nicht begegnet. Wenn er links in die Hollow Street gefahren wäre, wäre er so sicher wie das Amen in der Kirche in die nächste Streife gefahren, also gibt's nur zwei Alternativen: Polly Road, ungefähr fünfzig Meter da runter, oder hier die kleine Straße. Sie heißt Rose Way. Sie führt zur Legion Street.«

»Warten Sie mal.« Campion öffnete die Tür, und als das Auto anhielt, schlüpfte er hinaus in den Regen. Um ihn herum war nur Bauschutt und Wasser. Auf der einen Seite ragte der Bauzaun über seinen Kopf empor, und auf der anderen Seite lagen altmodische Wohnblocks.

Er lauschte angestrengt, um ein in diesem mechanisierten Zeitalter ungewöhnliches Geräusch zu hören. Luke trat neben ihn und lauschte auch. Er reckte sein kräftiges Kinn hoch, der niederrauschende Regen machte ihm nichts aus.

»Er wird es nicht mehr riskieren, weiterzufahren. Er lädt bestimmt ab«, sagte Campion leise. »Und er wird damit durchkommen.«

Der Lautsprecher im Auto dröhnte so laut zu ihnen hinaus, daß sie zusammenzuckten. Bestürzt hörten sie der unpersönlichen Durchsage zu.

»Zentrale ruft Q23. Zentrale ruft Q23. Meldung für Chefinspektor Luke. Joseph Congreve, Terry Street West 51B, aufgefunden. Lebensgefährlich verletzt durch Mordversuch. Eingesperrt in einem Schrank im Obergeschoß der Filiale der Cloughs Bank in der Apron Street, null Uhr zwo. Ende.«

Als die Durchsage beendet war, erwachte Luke aus seiner Erstarrung und packte Mr. Campion am Mantel. Er zitterte vor Wut und Enttäuschung.

»Apron Street«, brach es aus ihm heraus, »Apron Street. Blubberlippe ist in der Apron Street. Was zum Teufel tun wir hier?«

»Hören Sie!«

Vom äußersten Ende der Straße, die Yeo als Rose Way bezeichnet hatte, kamen unverkennbar Geräusche. Sie schwollen an, bis sie die Luft ganz zu erfüllen schienen. Galoppierende Hufe kamen auf sie zu, und hinter ihnen hörte man das Rütteln und Quietschen von Gummirädern.

»Sie haben ihn in der Legion Street überrascht. Er ist auf einen Streifenwagen gestoßen und hat gedreht.« Campion war kaum zu verstehen. »Ich werde verrückt, wir haben ihn endlich. Schnell, Fahrer, schnell, lassen Sie ihn nicht entkommen.«

Das Polizeiauto schoß auf die Einmündung der Straße zu. Im gleichen Augenblick tauchte mit einem Hufgetrappel, daß die Funken aus dem Pflaster schlugen, der Leichenwagen auf.

26
Taschenspieler-Bedarf

Der Leichenbestatter zog sofort die Zügel an, als er die Gefahr erkannte. Die Straße war zu eng, als daß er hätte wenden können, und er machte aus der Not eine Tugend. Er hielt das Pferd an, dem der Schaum von den Flanken troff. Fragend schaute er von seinem Hochsitz hinunter, wobei ihm das Wasser in Strömen von der Krempe seines steifen Hutes rann.

»Das ist ja Mr. Luke.« Er klang freudig überrascht. »Entsetzliche Nacht, Sir. Ich hoffe, Ihr Wagen hat keine Panne?«

Luke ergriff den Kopf des Pferdes.

»Kommen Sie herunter, Bowels. Kommen Sie, auf die Straße mit Ihnen.«

»Aber gern, wenn Sie darauf bestehen, Sir.« Er heuchelte völliges Unverständnis und begann, sich aus den zahllosen Ölhautschichten zu schälen, die ihn umgaben.

Campion, der schweigend außen herum gegangen war, schwang sich auf den Kutschbock, um die schwere Peitsche aus ihrer Halterung zu ziehen, und der alte Mann starrte ihn in plötzlichem Begreifen an.

»Mr. Luke«, begann er, während er sich vorsichtig auf die nasse Straße heruntergleiten ließ, »Mr. Luke, ich glaube, ich weiß, was Sie wollen, Sir. Einer Ihrer Beamten hat sich beschwert.«

»Reden können Sie auf dem Revier«, sagte der Chefinspektor steif und formell.

»Aber ich möchte es Ihnen erklären, Sir – wir sind ja schließlich keine Fremden«, erinnerte er ihn würdevoll. »Ein gutes Stück weg von hier sprang plötzlich ein Wachtmeister auf mich los. Er benahm sich wie ein Schlafwandler, Sir, ich wollte doch niemanden in Schwierigkeiten bringen. Ich hab zuerst im Regen seine Uniform gar nicht gesehen, und leider habe ich in meiner Nervosität nach ihm geschlagen. Ich wollte nur sein Leben retten, ehrlich. Das Pferd hat sich erschreckt, und ich hab's erst jetzt wieder beruhigt gekriegt. Es hat mich 'ne halbe Meile vom Weg abgebracht. Deshalb bin ich hier. Ich sollte eigentlich unten auf der Straße sein, und das wäre ich auch, wenn es nicht durchgegangen wäre.«

»Das können Sie alles auf dem Revier erzählen.«

»Gut, Sir. Aber das sieht Ihnen gar nicht ähnlich. Um Gottes willen, was ist das?«

Ein Geräusch vom hinteren Ende des Wagens hatte ihn erschreckt. Mr. Campion schloß gerade die Heckklappe des Wagens, die von einem eisernen Flügelbolzen gehalten wurde und sich wie ein Klavier nach oben öffnete. Als er zu ihnen zurückkam, lächelte Jas.

»Wie Sie gesehen haben, Sir, bin ich in Ausübung meines Amtes unterwegs«, sagte er herzlich. »Ein Herr ist in einem Altersheim gestorben und muß zur Beerdigung zu seinem Sohn gefahren werden. Die beauftragte Firma sah keine Möglichkeit, ihn heute nacht nach Hause zu schaffen, und da wandten sie sich an mich. Ich willigte ein. In meinem Beruf muß man so hilfsbereit wie nur möglich sein.«

»Kommen Sie jetzt, los, Mann.« Yeo tauchte aus dem Dunkel auf und packte den Kopf des Pferdes.

»Bringen Sie ihn zum Auto, Charlie.«

»Ja, Sir, ich gehe ja schon, Sir.« Jas klang eher verletzt als verärgert. »Kann einer von den Herren kutschieren? So ein Pferd muß man anders behandeln als ein Auto. Entschuldigen Sie die Frage, aber die Stute hat sich sehr erschreckt, und da ist sie unberechenbar.«

»Machen Sie sich darüber keine Gedanken. Ich bringe Ihr Pferd selbst zurück. Steigen Sie jetzt ins Auto.« Die Stimme des Superintendenten duldete keinen Widerspruch, war jedoch nicht unfreundlich, und der Leichenbestatter erkannte sofort, daß er ihn beeindruckt hatte.

»Gut, Sir«, stimmte er bereitwillig zu. »Ich bin in Ihrer Hand. Soll ich vorgehen, Mr. Luke?«

Schweigend kletterte er ins Auto und sank in den Sitz, den Yeo frei gemacht hatte. Als er seinen triefenden Hut abnahm, fiel sein Blick auf Lugg. Wenn es ein Schock für ihn war, so ließ er sich nichts anmerken. Er sagte nichts. Er hielt seinen runden Kopf mit dem Kranz weißer Locken hocherhoben, aber seine Gesichtsfarbe hatte etwas von ihrer aggressiven Gesundheit verloren, und seine Augen blickten nachdenklich.

Die Prozession setzte sich augenblicklich in Gang.

Yeo kutschierte, und Campion saß auf dem Kutschbock neben ihm. Der Wind ließ die Öldecken, die sie sich um die Schultern gelegt hatten, wie große schwarze Flügel flattern. Sie verliehen dem Wagen die Illusion übernatürlicher Geschwindigkeit. Die halb überflutete Stadt rauschte an ihnen vorbei, und sie hatten nur noch den Wunsch, schnell zur Polizeiwache in der Barrow Road zu gelangen.

Dort übergab Luke seinen Gefangenen dem verblüfften Wachtmeister, der ihnen entgegengeeilt kam, und dann ging er, gefolgt von Lugg, um den Sargwagen herum.

»Er benimmt sich verdammt normal«, verkündete er ohne Einleitung.

»Das fand ich auch«, sagte Yeo mißbilligend. Beide Männer sahen Campion, der von dem tropfenden Ölzeug fast völlig verdeckt wurde, ärgerlich an.

Campion sagte nichts. Ruhig kletterte er von seinem Sitz und ging nach hinten an den Wagen. Ein Wachtmeister hielt die Zügel des Pferdes. Als die anderen zu ihm kamen, hatte Campion bereits die Klappe aufgemacht und leuchtete mit seiner Taschenlampe über den Sarg. Er war schwarz und glänzend, ungewöhnlich groß, und die Ornamente auf ihm wären einer Staatskarosse angemessen gewesen.

»Das isser, Boss, das isser.« Luggs fette Stimme war noch heiserer als sonst. Vorsichtig legte er seine Hand auf das Holz. »Die Scharniere müssen an den Ecken sein, hier und hier. Man kann sie gar nich sehen, nich? Is 'n Künstler auf seine Art, der alte Halunke. Hat sich den ganzen Weg hierhin überlegt, ob er nich doch mal Beatt erwähnen soll.«

Yeo zog seine eigene Taschenlampe hervor.

»Ich finde, er sieht ganz normal aus«, verkündete er schließlich. »Ich will hängen, wenn ich das hier gutheißen soll, aber das muß Luke entscheiden.«

Der Chefinspektor zögerte und blickte Campion zweifelnd an. Das Gesicht des dünnen Mannes war so ausdruckslos wie immer, wenn er ungewöhnlich erregt war.

»Ich denke schon«, sagte er dann leise. »Ich denke schon. Holen Sie ihn herein, und öffnen Sie ihn.«

Im Büro des Chefinspektors stellten Campion und Lugg zwei Stühle genau so gegenüber, wie sie sie im Zimmer des Apothekers vorgefunden hatten. Dann kam Luke mit zwei Wachtmeistern und Dice langsam herein, sie trugen den Sarg zwischen sich. Sie setzten ihn der Länge nach vorsichtig auf die Stühle und traten zurück. Yeo, der ihnen gefolgt war, die Hände tief in den Taschen vergraben, pfiff leise einen tonlosen Trauermarsch.

»Das Gewicht stimmt ungefähr«, bemerkte er zu Luke. Der jüngere Mann sah ihn unglücklich an und nickte bestätigend. Da er jedoch die Anweisung selbst gegeben hatte, blieb er fest. Er nickte dem Wachtmeister zu. »Bringen Sie ihn her.«

Kurz darauf hörten sie, wie der Leichenbestatter mit seiner Eskorte den Gang entlang kam. Er hatte einen selbstsicheren Tritt, so schwer wie der der Polizisten, und ohne seinen tropfenden Regenumhang sah er äußerst ehrenwert aus.

Jeder Mann im Zimmer beobachtete sein Gesicht, als er den Sarg erblickte, aber nur einer konnte seine beachtliche

Selbstbeherrschung wirklich würdigen. Er hielt zwar in seinen Bewegungen inne, und die üblichen Schweißtropfen erschienen unter seinem Lockenkranz, aber er gab sich eher entrüstet als erschrocken. Mit sicherem Instinkt wandte er sich an Yeo.

»Das habe ich nicht erwartet, Sir«, sagte er sanft. »Es ist vielleicht anmaßend von mir, so etwas zu sagen, aber das ist nicht nett von Ihnen.« Die Untertreibung umfaßte die Schäbigkeit des Zimmers, das Sakrileg an dem eben Verstorbenen, die Rechte des Individuums und die Willkür der Behörden im allgemeinen. Er stand als ehrbarer, empörter Geschäftsmann vor ihnen.

Luke begegnete trotzig seinem Blick, um weiteren Widerstand zu vermeiden.

»Öffnen Sie ihn, Bowels.«

»Ihn öffnen, Sir?«

»Ganz richtig. Wenn Sie es nicht tun, tue ich es.«

»Nein, nein, ich mache es schon, Mr. Luke. Sie wissen nicht, was Sie von mir verlangen, Sir.« Seine plötzliche Bereitwilligkeit war verwirrender als sein empörter Protest.

»Ich mache es schon. Ich muß ja schließlich tun, was Sie von mir verlangen. Ich kenne meine Pflicht. Aber ich bin erstaunt, sehr erstaunt. Ich kann nicht mehr und nicht weniger sagen.«

Er schwieg und sah sich voller Abscheu um. »Habe ich richtig verstanden, was Sie von mir verlangen, Sir?«

Wieder einmal begann Yeo verhalten zu pfeifen. Er bemerkte anscheinend gar nicht, daß er Geräusche von sich gab, und sein Blick wich keinen Augenblick von dem runden, rosa Gesicht mit den scharfen kleinen Augen und dem schmalen, unangenehmen Mund. »Hier und jetzt.« Luke war unerbittlich. »Haben Sie einen Schraubenzieher bei sich?«

Jas machte erst gar keinen Versuch zu zögern. Er griff in seine Tasche und nickte.

»Habe ich, Sir. Ich gehe nie ohne meine Werkzeuge aus

dem Haus. Ich ziehe nur meine Jacke aus, wenn Sie erlauben.«

Sie sahen zu, wie er das schneeweiße Hemd mit dem altmodischen steifen Kragen freilegte. Sorgfältig zog er die goldenen Manschettenknöpfe ab und legte sie auf eine Ecke des Schreibtisches. Dann rollte er seine Ärmel auf, wobei er Unterarme wie die eines Hafenarbeiters enthüllte.

»Jetzt bin ich soweit, Sir. Aber da ist noch eine Kleinigkeit.«

»Spucken Sie's aus, Mann.« Gegen seinen Willen griff Yeo ein. »Sie haben das Recht, alles zu sagen, was Sie auf dem Herzen haben. Was ist?«

»Nun, Sir, ich hätte gern etwas Lysol und Wasser, um mir die Hände zu waschen.«

Während ein Wachtmeister das Gewünschte holte, zog er ein großes Taschentuch hervor, so weiß wie sein Hemd, und faltete es über Eck.

»Der Herr ist an einem ansteckenden Leiden gestorben«, sagte er zu den Anwesenden. »Ich muß Sie bitten, ungefähr eine Minute lang einen halben Meter zurückzutreten. Es ist zu Ihrer eigenen Sicherheit. Sie müssen Ihre Arbeit tun, aber es ist ja nicht nötig, daß Sie sich größerer Gefahr aussetzen als unbedingt notwendig. Ich weiß, daß Sie Verständnis dafür haben.«

Er band sich das Taschentuch vor Nase und Mund und tauchte seine Hände in die schlichte weiße Schüssel, die der Wachtmeister ihm hinhielt. Dann begab er sich an die Arbeit.

Seine plumpen Hände hantierten geschickt mit dem Schraubenzieher. Die Schrauben steckten anscheinend in Stahlgewinden und ließen sich leicht drehen, aber es waren viele, und es dauerte einige Zeit, bis sie alle sorgfältig aufgereiht neben seinen Manschettenknöpfen lagen.

Als er schließlich fertig war, hielt er inne und blickte in die Runde. Yeo und Luke traten einen Schritt näher. Er bedeutete ihnen, zwei Meter vor dem Sarg stehenzubleiben, und um anzuzeigen, daß der Moment gekommen sei, nickte er kurz mit dem Kopf.

Während sie ihm mit der Faszination, wie sie nur wirklich entsetzliche Situationen hervorrufen, zusahen, schlug er den Deckel hoch.

Jeder im Raum warf einen Blick auf die Leiche. Der Körper war mit weißem, mullähnlichem Stoff zugedeckt, aber die auf der Brust gefalteten Hände waren unverkennbar menschlich und echt. Ein einzelner Ton von Yeos Pfeifen erklang laut in dem stillen Zimmer, und Luke sackte in sich zusammen. Seine breiten Schultern wirkten auf einmal gar nicht mehr vierschrötig.

Da legte sich ihm eine Hand wie eine Schraubzwinge auf die Schulter. Campion schob ihn mühelos das letzte Stück vorwärts.

Jas Bowels wollte den Deckel schon wieder aufsetzen, da wurde er ihm aus der Hand geschlagen, und Lukes Hand senkte sich, geführt von Campion, über die gefalteten Finger auf dem Leichentuch.

Der Chefinspektor schauderte zurück, aber als Yeo neben ihn trat, beugte er sich vor, ergriff die gefalteten Hände und hob sie hoch. Im nächsten Augenblick hatte er den Mull von dem weiß gepuderten Gesicht weggerissen, und das ganze Zimmer war in Aufruhr. Ihnen bot sich ein höchst ungewöhnlicher Anblick.

Ein Mann in dicker wollener Unterwäsche lag zusammengeschnürt in einem Behältnis, das etwas von einem gepolsterten viktorianischen Sofa hatte, allerdings auch ein wenig wie ein Chirurgenstuhl wirkte. Ein Stoffkorsett hielt ihn in seiner Lage fest, und quer über seinem Körper bis unter die Hände war eine hölzerne Konstruktion angebracht, die das obere Ende des Käfigs sicher vom unteren abtrennte. Sein Kopf und der obere Teil seines Brustkorbs lagen frei, und genial angebrachte Löcher oder Schlitze, die von außen nicht sichtbar waren, sorgten für ausreichende Luftzufuhr. Er atmete schwer, aber nicht geräuschvoll. Seine Hände waren von Lederarmbändern umschlossen, die es ihm, obwohl sie ihm wenig Spielraum ließen, doch gestatteten, an die Decke seines Gefängnisses zu klopfen.

Yeo fand als erster die Sprache wieder. Er war kreideweiß, aber seine Stimme hatte nichts von ihrer Autorität verloren.

»Betäubt«, sagte er heiser. »Lebt aber.«

»Ja, er lebt.« Campion klang erschöpft, aber sehr erleichtert.

»Sie lebten alle. Das war der Zweck der Übung.«

»Sie?« Yeos Blick wanderte zu dem Leichenbestatter, der wie erstarrt zwischen zwei Wachtmeistern stand. Seine Taschentuchmaske hing ihm schlaff um den Hals wie eine Schlinge.

Campion seufzte. »Greener, Ihr Kandidat aus der Greek Street, lag vor ihm hier drin«, sagte er leise. »Davor Jackson, der Schütze von Brighton, glaube ich. Und davor Ed Geddy, der das Mädchen aus dem Kiosk umgebracht hat. Die anderen wissen wir noch nicht. Man hat sie so nach Irland gebracht, und von da aus konnten sie, auf orthodoxere Weise, fahren, wohin sie wollten. Normalerweise ist eine trauernde Witwe dabei, die sie am Zoll beweint. Sie hat die Verschiffungspapiere des Staatsanwalts in ihrer zerschlissenen schwarzen Handtasche.«

»Das ist ein feiner Job, der ist allein schon die Genehmigungsgebühr wert. Die Organisation ist wirklich ganz ausgezeichnet.«

»Du lieber Himmel!« Yeo blickte auf Jas Bowels' verehrungswürdigen weißen Lockenkranz. »Wer hat das alles gemacht? Er?«

»Nein, das hier ist der Boss.« Campion wies auf die schlafende Gestalt. »Ein Genie auf seine Art, aber als Mörder hoffnungslos. Ich weiß wirklich nicht, wie es ihm gelungen ist, Miss Ruth erfolgreich umzubringen. Alles andere hat er vermasselt.«

Yeo wartete auf weitere Erklärungen. Als nichts kam, wurde er gereizt. »Campion!« explodierte er schließlich. »Das ist keine Art, Erklärungen abzugeben! Ein angehender Wachtmeister, der seit sechs Wochen bei der Polizei ist, könnte das besser. Was müssen Sie zuerst sagen, Mann, was zuerst?«

Luke riß sich zusammen.

»Tut mir leid, Sir«, sagte er rasch. »Sein Name ist Henry James. Er ist der Leiter der Filiale der Clough's Bank in der Apron Street.«

»Na endlich«, sagte Yeo tief befriedigt. »Das klingt schon besser. Jetzt kommen wir der Sache doch wenigstens näher.«

27
Leb wohl, Apron Street!

»Ich hab's aus reiner Gefälligkeit getan«, sagte der Leichenbestatter halsstarrig. »Das können Sie ruhig ins Protokoll schreiben, vergessen Sie's bloß nicht! Es waren eben gejagte Tiere, genau wie er hier am Schluß.«

»Ungeachtet der Tatsache, daß nach Ihren eigenen Aussagen Wilde, der Apotheker, und Sie von James gezwungen wurden, nach langer Erpressung, an diesem – hm – seltsamen Verkehr teilzunehmen?« Yeo trat gewichtig auf und spielte seine berühmte Rolle als »Ankläger der Krone, den ich gekannt habe«, ein sicheres Zeichen dafür, daß er das Ganze ungeheuer genoß.

Mr. Bowels seufzte. Seine Verschlagenheit schlug langsam in Resignation um.

»Ja, Wilde und ich waren im Rückstand mit unserem Geld«, gab er zu. »Erst bei der Bank und dann auch privat. Sie werden ihn jedoch nie verstehen können, wenn Sie die Apron Street nicht verstehen. Sie hat sich geändert, und er wollte das nicht.« Er lachte auf. »Er wollte die Zeit anhalten.«

»Wenn er nur alte Denkmäler hätte erhalten wollen, hätte er sich nicht so aufführen müssen«, bemerkte Luke und deutete auf die Ansammlung von Päckchen, die sie aus dem Sarg geholt hatten. Sie lagen aufgereiht auf dem Schreibtisch, Schatzbriefe, Aktien, Beutel voller Bargeld.

Jas senkte den Blick, allerdings wohl kaum aus Bescheidenheit. »Die Idee hatte Besitz von ihm ergriffen«, sagte er. »Ich habe ja schon erzählt, wie vor vier Jahren alles anfing. Damals wollte er lediglich, daß die Dinge so weiterliefen, wie sie das zu Zeiten seines Großvaters und seines Vaters getan hatten. Es war irgendwie eine fixe Idee von ihm. Später packte ihn dann die Vorstellung, er müsse unbedingt reich werden. Es kostet eine Menge Geld, wenn man die Zeit anhalten will.« Er schwieg und schüttelte seinen prachtvollen Kopf. »Er hätte nicht zum Mörder werden sollen. Damit ist er zu weit gegangen. Anfangs konnte ich es gar nicht von ihm glauben.«

»Aber hinterher konnten sie es«, warf Campion freundlich ein, »denn nachdem Sie den Fehler begangen hatten, Ihren Schwager zu bitten, ich solle Nachforschungen anstellen, hatten Sie schreckliche Angst, daß er das herausfinden könnte.«

Mr. Bowels sanfte Augen musterten ihn scharf.

»Ach, Sie haben also den alten Congreve nachts in meiner Küche gesehen? Dachte ich es mir doch. Sie sind sehr scharfsinnig, Mr. Campion, alles, was recht ist. Congreve kam rüber und wollte rumschnüffeln. Er stellte so komische Fragen, und ich wußte nicht, ob er es für James tat oder auf eigene Rechnung. Das ist die ganze Geschichte.«

Campion lehnte sich zurück. Die letzten kleinen Knoten in seinem Knäuel entwirrten sich.

»Warum haben Sie den jungen Dunning niedergeschlagen?« fragte er plötzlich. »Oder war Ihr Sohn das?«

»Keiner von uns, Sir. Das wissen Sie sehr gut.« Jas öffnete seinen kleinen Mund zu einem erstaunten »O«. Mit seinen beiden großen Vorderzähnen sah er aus wie ein Papageienfisch. »Greener war's, Mr. Campion, mit dem Lauf einer Kanone. Wollte keinen Lärm machen.«

Die Wahrscheinlichkeit der Erklärung war für jeden im Zimmer eine Erleichterung. Der alte Mann fuhr fort: »Greener kam nach Einbruch der Dunkelheit an meine Tür, wie verabredet. Ich mußte ihn verstecken, bis Wilde, der ziemlich nervös war, fertig war. Er war ganz aus dem Häuschen vor Angst. Man konnte es förmlich riechen. Aber ich wagte nicht, ihn ins Haus zu lassen, weil Magers unerwartet aufgetaucht war, und dick und breit da saß. Deshalb hab ich Greener zum Schuppen geschickt, wußte aber nicht, daß

Rowley, der ja noch jung ist, ihn dem jungen Dunning überlassen hatte. Ich weiß nicht, was genau passiert ist, aber ich kann's mir denken. Greener war ein Killer, und er war auf der Flucht.«

Nachdenklich saugte er an einem Zahn.

»Wir hatten schon komische Kunden.«

Yeo sagte etwas zu Luke, der sich an Dice wandte. »Sie sagten, James habe Aussagen über ihn von Raymond und wem noch?«

»Steiner, Sir. Den haben wir letztes Jahr verhört.«

»Raymond?« Yeo klang hocherfreut. »Wenn wir endlich Belastendes gegen ihn in der Hand hätten, wäre das allein den ganzen Ärger wert gewesen. Wie genial von James, mit den großen Hehlern zusammenzuarbeiten. Ein gründlicher kleiner Geschäftsmann, was?«

Er reckte sich auf seinem Stuhl und zündete sich noch eine Zigarette an. »Nun, es ist spät, Chefinspektor. Wollen wir sonst noch etwas von Bowels?«

Luke sah Campion an, der etwas unglücklich wirkte.

»Da ist immer noch Ed Geddy«, sagte der dünne Mann mißmutig, und zum ersten Mal an diesem Abend wurde Jas Bowels starr vor Angst.

»Ed Geddy«, echote Yeo geringschätzig. »Er hat ein armes kleines Mädchen umgebracht, das gegen ihn absolut keine Chance hatte. Er ist auch in diesem Taschenspieler-Kabinett weggebracht worden? Das allein ist schon ein Verbrechen.«

Campion zögerte. »Er wurde weggebracht, aber er kam nicht an«, murmelte er schließlich. »Ed Geddy ist schuld daran, daß die Apron Street unter seinesgleichen einen so schlechten Ruf hat. Entweder war das Betäubungsmittel zu stark, der Sarg zu eng oder die Reise zu lang. Ed ist in der Kiste gestorben. Wenn man an die Reaktion von Pa Wilde denkt, als er glaubte, Luke sei dahintergekommen, dann hat er ihm wahrscheinlich das Mittel injiziert.«

In dem tiefen Schweigen, das nun eintrat, ruhten alle Blicke im Zimmer auf ihm. Jas Bowels tat einen tiefen, seufzenden Atemzug. Seine verschlagenen Augen, in denen jetzt Tränen standen, begegneten Yeos Blick. Er war bleich und schwitzte, verlor aber nicht den Kopf.

Schließlich sagte er leise und geringschätzig wie immer: »Das dürfte noch zu beweisen sein, Sir, auch wenn es wahr ist, nicht?« Eine Weile später brachten sie ihn in die Zelle.

»Ich frage mich, wieviel von der Beute er aus dem Sarg herausgeholt hat, bevor er ihn zugeschraubt hat«, bemerkte der Superintendent beinahe fröhlich, als die Schritte im Flur verhallten. »Es spricht für ihn, wenn er nicht zu viel genommen hat. Ihre Männer bringen das Zeug jetzt weg, nicht, Charlie? Haben Sie eigentlich die Aktien gefunden, von denen Campion dauernd redet? Hatte er sie bei sich?«

»Alles da und in Ordnung.« Luke legte einen langen Briefumschlag auf den Schreibtisch. Er hob den Kopf, als ein Polizist, der eben ins Zimmer getreten war, auf ihn zukam.

»Nachricht vom Doktor, Sir. Ich soll Ihnen sagen, es war wahrscheinlich Chloralhydrat.«

»Sonst noch was?«

»Die Reporter, Sir. Vorne im Büro sind nicht mehr viele von uns, und sie sind so hartnäckig, Sir.«

»Wo ist Inspektor Bowden?«

»In der Bank, Sir. Anscheinend ist die gesamte Belegschaft der Hauptfiliale erschienen. Ich habe die Herren noch nie so aufgebracht gesehen.«

»Nein, das glaube ich Ihnen. Womit sind sie gekommen? Mit offenen Kutschen?«

»Mietwagen, Sir.«

»Ich denke, Inspektor Gage sollte aus der Fowler Street kommen?«

»Er ist bei den Leichenbestattern. Sie haben gerade den jungen Bowels festgenommen. Mr. Pollit ist mit zwei Männern zu Jelf gefahren, und Sergeant Glover ist unterwegs, um den Staatsanwalt zu wecken.«

Luke lachte.

»Sagen Sie ihnen, wir werden sie nicht länger aufhalten als nötig, und Superintendent Yeo wird eine kurze Erklärung abgeben.«

»Was höre ich da?« fragte Yeo gutgelaunt. »Vertrauen Sie mir etwa, Charlie?«

Luke grinste ihn an. »Ich verlaß mich auf Sie, Chef«, antwortete er fröhlich.

»Campion, ich habe immer gedacht, Sie seien klug«, begann Yeo augenzwinkernd. »Alles, was ich mitbekommen habe, ist, daß James die alte Frau wegen Geld umgebracht hat. Das ist das überzeugendste Motiv, das ich in all den Jahren von Ihnen gehört habe. Sie haben lange dazu gebraucht, es herauszufinden. Es war so einfach, daß Sie fast nicht dahintergekommen wären.«

Campion sah ihn voller Zuneigung an.

»Geben Sie mir eine Zigarette, und ich erzähle Ihnen, wie es gewesen ist.«

Er ließ sich von Luke Feuer geben und lehnte sich zurück.

»Es sind Löcher drin, bis man sie zustopft. James hat erfahren, daß *Brownie Mines* praktisch sofort große Mengen von einem gewissen Stoff produzieren können. Das ist eine von diesen ›Vor dem-Lesen-sofort-verbrennen-Geheimsachen‹, die heutzutage die erschreckende Tendenz haben, durchzusickern. Jedenfalls erfuhr er davon, und es interessierte ihn, weil Miss Ruth, Spielerin und das schwarze Schaf der Familie, nicht nur erstklassige Aktienanteile im Wert von achttausend Pfund an der Gesellschaft besaß, sondern sie ihm auch, da sie sehr wohl wußte, daß sie wertlos waren, hinterlassen hatte.«

Luke legte die Füße auf den Schreibtisch.

»Wenn Sie das so erzählen, klingt das wie eine große Versuchung«, stellte er ernst fest.

»Das war es auch. Und nicht nur das. Die Gelegenheit, sie umzubringen, ergab sich praktisch jeden Tag. Sie kam immer unter irgendeinem Vorwand in sein Büro, und – und jetzt kommt der springende Punkt, ob Sie es glauben oder nicht – wann immer einer der Palinodes mit dem Bankdirektor sprach, zu Hause oder in seinem Büro, erwarteten sie, daß er ein Glas Sherry mit ihnen trank.«

»Hören Sie doch auf!« Yeo war sichtlich aus dem Gleichgewicht geraten. »Keine Bank macht das fünfzig Jahre lang!«

»Außer dieser! Kennen Sie die Zug-Bilder von Emett? Clough's ist so eine Emett-Zug-Bank. Deshalb war ich heute nachmittag auch so verwirrt.«

»Das also war die Bedeutung des grünen Sherryglases?« warf Luke ein.

Campion nickte. »Das Ganze wurde mir sozusagen auf dem Silbertablett serviert, als ich das erste Mal in Miss Evadnes Zimmer war. Sie und James unterhielten sich, als ich in ihr Zimmer kam, und als ich auftauchte, verbarg sie die Gläser und versteckte die leere Flasche, wahrscheinlich, weil sie leer *war.* Bis heute abend war mir der Vorfall entfallen, aber dann erwähnte unsere liebe kleine Miss Papphut die apfelgrünen Gläser. Ich ging zu Lawrence und fragte ihn, ob die Familie etwas angeboten bekäme, wenn sie sich in der Bank aufhielte. Er merkte gar nicht, daß das unüblich ist. Sein Vater erwartete es, der Vater des Bankdirektors erwartete es. Also tun es die Kinder auch. Die Palinodes sind eben so. Die Welt um sie herum kann in Trümmer gehen, sie stecken immer noch ihre Nase in ein Buch.«

»Na verdammt.« Yeo schien über diese verblichene Grandezza erschütterter zu sein als über das Verbrechen. »Dann hat er also an dem bewußten Morgen einfach nur etwas in das Glas der alten Dame getan? Ich wußte gar nicht, daß er die Aktien erben sollte.«

»Er hat sie auch nicht geerbt. Miss Ruth hatte ihr Testament geändert, seit sie das letzte Mal mit ihm gesprochen hatte, und hatte die Aktien nun ihrem neuesten Intimfeind, Captain Seton, hinterlassen, mit dem sie sich wegen eines

Zimmers zankte. Die Neuigkeit sprach sich nicht sofort herum, und bald danach begannen die anonymen Briefe, die Polizei fiel in die Straße ein wie eine Herde Büffel, und es war der Teufel los.«

Yeo kicherte wie ein alter Mann.

»Ihr zwei könnt für seinen Fahrdienst nicht gerade gut gewesen sein.«

»Ganz richtig. Deshalb fühlte Jas sich auch so unwohl. Wir schnüffelten überall rum. Die Bowels mußten den Sarg im Keller von Portminster Lodge bereitstellen, um Lugg aus dem Weg zu gehen. Greener mußte im letzten Moment mit Sarg und allem in einer Packkiste weggeschmuggelt werden, und Bella mußte, ungeachtet ihres Witwenstandes, hinten auf dem Lastwagen mitfahren.«

»Wie hat Jas das eigentlich gemacht?« fragte Luke. »Hat er den Totenschein gefälscht, um die Überführungsgenehmigung des Staatsanwaltes zu bekommen?«

»Noch besser. Er hat seine Kunden einfach verdoppelt. Ich habe den größten Teil des Tages damit zugebracht, die Adressen abzuklappern, die ich vom Staatsanwalt bekommen habe. In sieben von zehn Fällen, in denen Bowels in den letzten drei Jahren um eine Genehmigung eingekommen ist, hatte die Familie nichts dergleichen veranlaßt, und die Verwandten sind hier beerdigt worden. Die Verbrecher sind mit dem Namen eines echten Toten auf dem Deckel außer Landes gekommen. Die Namenstafel für Edward Palinode hatte Bowels wahrscheinlich irrtümlich gemacht, da er fest davon überzeugt war, den Auftrag zu bekommen. Irgendeiner der Gauner hat seine Überfahrt allerdings nicht bekommen. Zwischen Jackson und Greener klafft eine große Lücke. Vielleicht gab es in dieser Zeit keinen anderen echten Kunden. Die Leute sterben schließlich nicht auf Bestellung.«

»Sehr schön«, erklärte Yeo. »Sehr durchdacht. Der seltsame James war in dem einen Geschäft so geschickt, wie er in dem anderen tölpelhaft war. Ich sage immer, ein Mörder ist kein Gauner, außer er ist beides. Er wollte also die Aktien haben, darum ging es also.«

»Ja. Er überredete Lawrence, sie zu kaufen, und akzeptierte sie als Teilsicherheit für eine kleine persönliche Anleihe – darauf gehe ich jede Wette ein. Das Verhalten von Lawrence sah mir ganz danach aus. Da sah es wieder so aus, als sei der Mord an Ruth Zufall gewesen. Andererseits verstehe ich allerdings nicht, warum er nicht das gleiche zuerst bei ihr versucht hat. Aber das Doppelmotiv ist immer vorhanden. Der Aufruhr, den wir machten, zermürbte ihn, und so inszenierte er das Theater von heute, das dazu dienen sollte, Lawrence auszuschalten und das Geheimnis so aufzuklären, daß Miss Jessica als Täterin dastand.«

»Seien Sie nicht so selbstbewußt, mein Junge«, sagte Yeo grimmig. »Sie hätten es schwerlich herausgefunden, wenn er nicht plötzlich kalte Füße bekommen hätte und abgehauen wäre. Warum tat er das überhaupt?«

»Weil mitten auf der Party, nachdem er Lawrence das Zeug angedreht hatte, Miss Evadne ihm plötzlich erzählte, daß Glossop im Haus gewesen sei. Er zählte zwei und zwei zusammen und heraus kam *Brownie Mines*. Da er ebenfalls mitgekriegt hatte, daß die Aufregung und das Geschrei jemandem galten, nahm er das Schlimmste an. Also mußte er aus der Apron Street verschwinden.«

»Und da kam natürlich«, sagte Luke, »die große Stunde von Blubberlippe. Er versteckte sich in der Bank, das arme Würstchen. Wir haben nie daran gedacht, sie zu überprüfen; das tut man nicht bei einer Bank.«

»Blubberlippe? Er wollte nur erpressen«, fuhr Campion fort. »Aber es war anscheinend sein erster Versuch, wahrscheinlich nach der Party, und da hat er dann bekommen, worum er gebeten hatte, nämlich ordentlich eins über den Schädel. Die übrige Zeit hat er anscheinend nur Beweise gesammelt. Ich kann mir gar nicht vorstellen, wie er auf die Idee gekommen ist.«

Ein diskretes Hüsteln vom anderen Ende des Tisches richtete die Aufmerksamkeit aller auf Dice. Er war ungewöhnlich lebhaft. »Sie sagten, Sir, daß James das Skopolamin von irgendwoher bekommen haben muß. Aber das brauchte er gar nicht. Es war nämlich schon da. Und das wußte Mr. Congreve. Ich hab's im Krankenhaus aus ihm herausbekommen. Es steht in meinem Bericht.«

Yeo wandte sich um und sah den Sergeanten an, als sei er ein Haustier, das sich plötzlich entschlossen hatte, Widerstand zu leisten.

»Was soll das heißen, das Skopolamin war schon da? Wo?«

»Im Eckschrank im Büro des Bankdirektors, Sir, neben der Sherry-Karaffe und den Gläsern und vielen anderen Dingen.«

»Skopolamin?«

»Ja, Sir. Jedenfalls sagt Congreve das. Als er merkte, daß es weg war, schlugen er und seine Schwester im medizinischen Hausbuch nach, und dann fielen ihnen Miss Ruths Symptome ein, die seine Schwester vom Captain erfahren hatte.«

Das Schweigen seines Publikums war so durchdringend, daß er rasch fortfuhr: »Congreve hatte sein ganzes Leben in der Bank gearbeitet. Er war schon da zu Zeiten des Vaters, des Häftlings. Dieser Herr pflegte ein wenig Skopolamin in einem versiegelten Glaskasten aufzubewahren und es den Besuchern zu zeigen. Es stand natürlich Gift darauf. Wirklich seltsam.«

»Schauderhaft«, sagte Campion trocken. »Und warum?«

Der Sergeant räusperte sich. Seine stumpfen Augen begannen zu glänzen.

»Als Kuriosität, Sir. Es war das Gift, das Dr. Crippen benutzt hat.«

»Herr im Himmel, das ist es natürlich!« Yeo sprang vor Aufregung hoch. »Ich erinnere mich noch gut daran, daß die achtbarsten Leute sich damals bei dem Fall Crippen genauso aufgeführt haben. Damals war Skopolamin vergleichsweise neu. Das ist auch ein guter Anhaltspunkt. Das nimmt uns jeder Richter ab. Hervorragend, Dice!«

Luke unterbrach den Begeisterungsausbruch. Er war von Natur aus skeptisch.

»Ist dieser Schrank denn nie aufgeräumt worden? Seit Crippen gehängt worden ist, sind zwei Weltkriege vergangen.«

»Saubergemacht, aber nicht aufgeräumt, Sir«, sagte Dice selbstgefällig. »Das ist so, als ob man in einen alten Eßzimmerschrank hineinguckt. Lauter Erinnerungsstücke. Alle wichtigen Papiere fanden wir in einem alten Weinkühler in seinem Schlafzimmer. Wir werden all seinen Verbindungen nachgehen.«

»Ausgezeichnet, wirklich ausgezeichnet. Sergeant. Nett erzählt und sehr gute Arbeit!« Yeo stand auf und zog seinen Regenmantel aus. »So«, sagte er zu den anderen, »und jetzt zu der netten, nicht zu bescheidenen Erklärung für die Presse. Gehen Sie und wecken Sie sie auf, Sergeant, ja?«

Der Regen hatte aufgehört, und ein schöner, klarer Morgen brach an, als Luke und sein Freund zur Apron Street gingen. Luke war überglücklich. Campion dachte voller Zuneigung, daß er einen Gang hatte wie ein stolzer Kater. Als sie an der Ecke vor dem großen schäbigen Herrenhaus standen, lachte Luke.

»Ich hab mir gerade überlegt«, sagte er, »wenn mein Bankdirektor mir jetzt in seinem Büro ein Glas Sherry anbieten würde, würde ich vermutlich Skopolamin drin erwarten. Na, auf Wiedersehen. Alles Gute. Und wenn ich das nächste Mal in Schwierigkeiten bin, kriegen Sie ein Telegramm oder sogar eine Eskorte.«

Er zögerte und sah grüblerisch auf das Haus.

»Meinen Sie, die heiraten?«

»Clytie und Mike?« fragte Campion überrascht. »Ich weiß nicht. Schon möglich.«

Charlie Luke schob seinen Hut verwegen über ein Auge und wölbte seinen Brustkorb vor.

»Was wollen wir wetten?« sagte er. »Das ist nämlich *mein* Bier. Der arme Junge weiß noch nichts davon. Aber meiner Meinung nach bringt er ihr gerade das Sprechen bei.«

Campion blickte ihm nachdenklich hinterher, bis er mit einem Winken um die Biegung verschwunden war. Aber als er dann leise den Weg zum Haus hinaufging, grinste er vor sich hin. Miss White würde noch ihre helle Freude an ihm haben!

Er ging gerade durch die Halle, als er entdeckte, daß er Renee unterschätzt hatte. Munter wie ein Vogel saß sie auf der untersten Treppenstufe.

»Und auch noch zur rechten Zeit«, sagte sie und schlang ihre Arme um seinen Hals in einer Gefühlsaufwallung, die sie sich für besondere Gelegenheiten vorbehielt. »Sie sind ein wunderbarer Mann.«

Als ganz spontanen Dank fand Campion dies als das Beste, was er je bekommen hatte. Sie hakte ihn unter und schob ihn zur Hintertreppe.

»Kommen Sie, ich habe Kaffee gekocht. Das war vielleicht eine Nacht. Der reinste Presseempfang! Wie in den alten Tagen im Manchester Hipp. Ich weiß nicht, was alles in den Morgenzeitungen stehen wird. Jessica hat Ihnen eine ihrer kleinen Schweinereien gebraut, aber ich hab's in den Ausguß geschüttet. Ich werde ihr sagen, Sie hätten's getrunken, und es hätte Ihnen geschmeckt. Kommen Sie. Clarrie hat sich um Mr. Lugg gekümmert... was für ein reizender Mann... ein bißchen habe ich noch in Sicherheit gebracht. Zanken Sie sie nicht aus. Nehmen Sie sie überhaupt nicht zur Kenntnis. Sie waren beide so durstig nach der ganzen Aufregung.«

Er brach in Lachen aus. Bis jetzt hatte sie ihn noch nicht zum Reden kommen lassen, und auch jetzt war sie schneller.

»Oh, beinahe hätte ich es schon wieder vergessen. Da ist ein Brief für Sie. Er kam gestern früh, und keiner hat daran gedacht, ihn Ihnen zu geben. Hier liegt er, mein Lieber, hier auf dem Tablett. Es ist eine Frauenhandschrift, dann ist er vielleicht persönlich. Sie sollten ihn besser lesen. Ich gehe schon mal und setze Wasser auf. Beeilen Sie sich, wir warten alle auf Sie.«

Sie flatterte davon wie ein vertrockneter, aber unglaublich zäher Schmetterling. Er nahm seinen Brief und setzte sich damit unter den Leuchter in der Halle. Der Briefbogen war mit der eleganten Handschrift seiner Frau bedeckt.

Lieber Albert,
danke, daß Du mir mitgeteilt hast, daß wir nicht fort müssen, um diese Insel zu regieren. Ich bin so froh darüber. Der neue Cherubim Jet ist jetzt fast testreif, ich kann also mit Alan und Val kommen, wann immer Du willst.

Der junge Sexton Blake zeichnet den ganzen Tag – immer nur Pilze, die ich eigentlich für unschuldig märchenhaft und eine ganz gute Sache hielt, bis ich die Bildunterschriften las. Sie bestehen alle nur aus einem einzigen Wort – ›Bumm‹!

Ich habe Deinen Fall, so gut ich konnte, in den Zeitungen verfolgt, aber es wird leider nicht sehr ausführlich berichtet, und ich fürchte, daß jeder Kommentar, den ich dazu abgeben könnte, so weit neben das Ziel treffen würde, daß es Dich nur irritieren würde. Ich hoffe, wir sehen Dich bald.

Alles Liebe
Amanda

PS. Ich kann mir nicht helfen, aber hast du schon mal an den Bankdirektor gedacht? Eine äußerst zwielichtige Person!

Campion las den Brief zweimal und das Postskriptum fünfmal. Als er das Blatt sorgfältig gefaltet in eine Innentasche steckte, hörte er ein seltsames, ersticktes Jammern. Offensichtlich versuchte jemand zu singen. Es klang verdächtig nach Lugg.

Margery Allingham im Diogenes Verlag

Die Handschuhe des Franzosen
Kriminalgeschichten
Aus dem Englischen von Peter Naujack
Zeichnungen von Georges Eckert
detebe 20929

Trau keiner Lady
Roman. Deutsch von Gerd van Bebber
detebe 21567

Gefährliches Landleben
Roman. Deutsch von Brigitte Mentz
detebe 21568

Süße Gefahr
Roman. Deutsch von Peter Fischer
detebe 21569

Judaslohn
Roman. Deutsch von Edith Walter
detebe 21570

Wenn Geister sterben
Roman. Deutsch von Brigitte Mentz
detebe 21616

Überstunden für den Totengräber
Roman. Deutsch von Theda Krohm-Linke
detebe 21630

Celia Fremlin im Diogenes Verlag

Klimax
oder Außerordentliches Beispiel von Mutterliebe
Roman. Aus dem Englischen von Dietrich Stössel
detebe 20916

Wer hat Angst vorm schwarzen Mann?
Roman. Deutsch von Otto Bayer
detebe 21302

Die Stunden vor Morgengrauen
Roman. Deutsch von Isabella Nadolny
detebe 21515

Rendezvous mit Gestern
Roman. Aus dem Englischen von Karin Polz
detebe 21603

Robert van Gulik im Diogenes Verlag

Kriminalfälle des Richters Di,
alten chinesischen Originalquellen entnommen
Mit Illustrationen des Autors in
chinesischem Holzschnittstil

Mord im Labyrinth
Roman. Aus dem Englischen von Roland Schacht
detebe 21381

Tod im Roten Pavillon
Roman. Deutsch von Gretel und Kurt Kuhn
detebe 21383

Wunder in Pu-yang?
Roman. Deutsch von Roland Schacht
detebe 21382

Halskette und Kalebasse
Deutsch von Klaus Schomburg
detebe 21519

Geisterspuk in Peng-lai
Roman. Deutsch von Irma Silzer
detebe 21622

Mord in Kanton
Roman. Deutsch von Klaus Schomburg
detebe 21623

Der Affe und der Tiger
Roman. Deutsch von Klaus Schomburg
detebe 21624

Cornell Woolrich im Diogenes Verlag

Der schwarze Vorhang
Roman. Aus dem Amerikanischen von Signe Rüttgers
detebe 21625

Der schwarze Engel
Roman. Deutsch von Harald Beck
und Claus Melchior. detebe 21626

Der schwarze Pfad
Roman. Deutsch von Daisy Remus
detebe 21627